Gisbert Strotdrees

Tatort Dorf

Historische Kriminalfälle vom Land

Landwirtschaftsverlag Münster

Gisbert Strotdrees

TATORT DORF

Historische Kriminalfälle vom Land

Der Autor

Gisbert Strotdrees, geboren 1960, hat Geschichtswissenschaft, Germanistik und Pädagogik an den Universitäten Münster und Bielefeld studiert. Seit 1988 ist er Redakteur beim Landwirtschaftlichen Wochenblatt Westfalen-Lippe in Münster für die Themenfelder Kultur, Freizeit, Agrar- und Landesgeschichte. Er hat zahlreiche Aufsätze und Bücher zur Geschichte der Landwirtschaft und der ländlichen Gesellschaft veröffentlicht. Seit 2003 nimmt er einen Lehrauftrag an der Universität Münster wahr.

Lektorat: Ilse Eberhardt
Gestaltung: Corinna Austermühle
Druck: Griebsch & Rochol Druck GmbH & Co. KG, Hamm

ISBN 978-3-7843-5324-1

Inhalt

Vorwort

Dieses Buch ist kein Kriminalroman. Vielmehr zeichnet es historisch wahre, „tatsächliche“ Kriminalfälle nach. Es geht um Raub, Mord und Totschlag, um Sexualverbrechen, Eigentumsübergriffe und andere Delikte am „Tatort Dorf“, also auf dem Land. Die Fälle haben sich auf Bauernhöfen und in Bauerschaften zugetragen, auf Feldern und im Wald, in Dörfern und Kleinstädten – oder es sind Menschen vom Land betroffen: Bäuerinnen und Bauern, Dienstmägde, Heuerlinge, Jagdpächter, Dorfpolizisten.

Diese Sammlung von Kriminalfällen ist aus einer Artikelserie für das Landwirtschaftliche Wochenblatt Westfalen-Lippe hervorgegangen. Die Beiträge sind für das vorliegende Buch zum Teil stark erweitert und um Karten, Bilder und Dokumente ergänzt worden.

Als Quellen dienen Verhörprotokolle und Ermittlungsakten, Dorfchroniken, Zeitungsberichte und zeitgenössische Aufzeichnungen. Wie aber können auf dieser Grundlage überhaupt historische Kriminalfälle erzählt werden?

Zwei Wege bieten sich an. Der eine lenkt den Blick auf Täter und Opfer, auf einzelne Personen also – und damit auf „den Menschen in den verwickeltesten Lagen“, wie Friedrich Schiller es 1792 formuliert hat, als er eine Sammlung merkwürdiger Rechts- und Kriminalfälle einzuleiten hatte. „Triebfedern, welche sich im gewöhnlichen Leben dem Auge des Beobachters verstecken, treten bei solchen Anlässen, wo Leben, Freiheit und Eigentum auf dem Spiele steht, sichtbarer hervor, und so ist der Kriminalrichter im Stande, tiefere Blicke in das Menschenherz zu tun.“ Ein Kriminalprozess, so Schiller, enthülle oftmals „das Innerste der Gedanken und bringt das versteckteste Gewebe der Bosheit an den Tag“.

Den anderen Weg hat Gustav Radbruch, Jurist, Rechtsphilosoph und Justizminister in der Weimarer Republik, beschrieben. In seiner „Geschichte des Verbrechens“, 1951 erschienen, schaut Radbruch gerade nicht auf den Einzelnen, nicht „auf die verbrecherische Täterpersönlichkeit“, sondern vielmehr „auf das Ganze der Gesellschaft“. Kriminelle Verstöße gegen die geltende Rechtsordnung betrachtet und analysiert er „nicht als Rechtsgüterverletzungen“, sondern „als sozialpathologische Erscheinungen, als Krisenerscheinungen des sozialen, politischen und kulturellen Lebens“.

Beide Sichtweisen auf den Einzelnen und auf das Ganze haben ihr Recht, und sie verschränken sich im vorliegenden Buch. Es schildert, chronologisch geordnet, Einzelfälle von Kriminalität in der ländlichen Gesellschaft und blickt dabei stets auch auf die Geschichte hinter der Geschichte: auf die Dorfgesellschaft, auf die Lage der (Land-)Wirtschaft und auf das Verhalten der „Anderen“, also der Nachbarn, der Polizei, der Justiz, der Medien, der Politik. Unter dem Strich entsteht ein vielfältiges Bild vom Alltag auf dem Land, von seinen Krisen und dem Wandel der Lebenslagen am Tatort Dorf.

Gisbert Strotdrees

Ein entfernter Verwandter

Ein Hohlweg bei Gevelsberg, 7. November 1225

Die Ermordung des Kölner Erzbischofs Engelbert

Ein Erzbischof wird nicht alle Tage erschlagen. Anno 1225 passierte genau das – nicht in einem Dorf, aber doch im ländlichen Westfalen: in einem Hohlweg, der durch ein Waldstück bei Gevelsberg führte. Dort überfielen am 7. November 1225 adlige Helfershelfer des Grafen Friedrich von Isenberg den erzbischöflichen Tross und töteten den Kölner Erzbischof Engelbert.

Dieser Anschlag erzürnte alle, die davon erfuhren. Kein Geringerer als der Dichter Walther von der Vogelweide, der in Diensten des Erzbischofs gestanden hatte, giftete voller Wut:

„Wehe dem, der den ehrwürdigen Fürsten von Köln erschlagen hat! Ich kann keine Marter finden, die zu seinem Verbrechen passt. Legte man ihm eine Schlinge aus Eichenseil um den Hals, wäre das allzu sanft.“ Den Täter bei lebendigem Leibe verbrennen, an Gliedern zerstückeln, ihm die Haut abziehen, ihn mit dem Rade zerbrechen und ihn darauf binden – all das sei viel zu gnädig angesichts der ruchlosen Tat. „Ich warte, ob die Hölle ihn nicht bei lebendigem Leibe verschlingen will.“

Schon kurz nach der Tat kursierte der Name des Anstifters: Graf Friedrich von Isenberg, der Sohn eines Vetters des toten Erzbischofs Engelbert. Eine Familienfehde also? Wollte Isenberg seinen Verwandten im buchstäblichen Sinne entfernen?

Ein Bericht über die Tat

Über den Ablauf der Tat ist die Nachwelt recht gut unterrichtet. Denn der Zisterziensermönch Caesarius von Heisterbach, ein Gefolgsmann Engelberts, schrieb kurz nach der Tat alles auf. Die Niederschrift weist jedoch einige Widersprüche auf. Außerdem zeigt sich der Mönch bemüht, den Märtyrertod seines früheren Herrn herauszustreichen, der für seinen Glauben gestorben sei. Was gab es Ehrenvolleres für einen Christenmenschen und Kirchenmann?

Der gottesfürchtige Mönch zog sogar Parallelen zum

Diese Reliquienbüste stellt Engelbert von Köln dar. Sie entstand vermutlich um 1500 in einer Dortmunder Werkstatt und zählt heute zum Essener Domschatz.

So stellte man sich vor 100 Jahren das Geschehen vor: Erzbischof Engelbert versucht, seinen Mördern zu entkommen.

Tod Jesu Christi. Dergleichen wurde im Mittelalter nicht als ungeziemend oder peinlich empfunden, sondern war ein gängiges Erzählmuster.

Liest man diese Vorgaben mit, so können die Aufzeichnungen des Zisterziensers als eine Art Kronzeugenbericht der Tat gelten. Sie vermitteln das folgende Bild:

An jenem Novembertag 1225 überfiel Friedrich von Isenberg mit seinen Getreuen den Tross des Erzbischofs und tötete den hohen Würdenträger. Ein Mann namens Giselbert gab den ersten Schlag auf den Kirchenmann und verwundete ihn am Kopf, ehe er ihm eine Hand abhieb. Ein Zweiter, er hieß Jordan, schlug auf den Kopf des Erzbischofs, der zu Boden sank.

Seine Begleiter erschraken und suchten angesichts der Übermacht eilig das Weite. Der Erzbischof soll, wie der Zisterziensermönch berichtet, um Gnade gefleht haben. Friedrich von Isenberg habe seiner Anhängerschar daraufhin kühl zugerufen: „Tötet den Räuber! Tötet ihn, der die Adligen enterbt und keinen schont!"

Nun stürzten sich alle Helfershelfer des Grafen von Isenberg auf den wehrlosen Kirchenmann und stachen wie im Rausch auf ihn ein. 47 Stichwunden habe man später an dessen Körper gezählt, berichtet der Zisterziensermönch Caesarius von Heisterbach. Einer der Täter soll am Ende dem Kirchenmann ein Messer in den Fuß gestoßen haben, um herauszufinden, ob er tatsächlich tot war.

Nach Einbruch der Dunkelheit fassten die Begleiter des Erzbischofs wieder Mut und suchten den Tatort auf. Der Tote lag dort noch. Die Begleiter besorgten eine Karre, auf der ein Bauer wenige Stunden zuvor noch Mist gefahren hatte. Darauf transportierten sie nun den Toten in den nächsten Ort, nach Schwelm.

Blutig, nach Mist riechend, in zerrissener Kleidung: Die Leiche des mächtigen Kirchenmannes war auf das Übelste zugerichtet. Der Schwelmer Pfarrer verweigerte eine öffentliche Aufbahrung in der Kirche. Am nächsten

Morgen wurde der Leichnam zum Kloster Altenberg gefahren, wo man ihn reinigte und in kirchliche Gewänder kleidete. Später wurden die sterblichen Überreste des Erzbischofs im Dom zu Köln feierlich bestattet.
Mehr als 750 Jahre nach der Tat und der Beisetzung, 1978, wurde der Kölner Engelbert-Schrein geöffnet. Rechtsmediziner untersuchten die leiblichen Überreste. An den Knochen fanden die Mediziner überaus zahlreiche Hieb- und Stichverletzungen, von denen schon Heisterbach berichtet hatte. Vollständig durchtrennt – vermutlich von einem scharfen Schwert – waren ein Schulterbein, der Speichen- und Ellenknochen am linken Unterarm, der linke Oberschenkelknochen sowie der Kopf des rechten Oberschenkelknochens. Hinzu kamen tiefe Schlagverletzungen an Stirnbein und Unterkiefer, am linken Schlüsselbein sowie an den Beckenknochen. Kurzum: Noch 750 Jahre nach der Tat bot sich den Kölner Rechtsmedizinern das Bild einer Täterschar, die den Kirchenmann besinnungslos und im Blutrausch getötet und seinen Leib regelrecht in Stücke geschlagen hat.

„Zweiter Mann" des Kaisers

Um die Tat zu verstehen, ist es notwendig, die Vorgeschichte auszuleuchten. Engelbert war nicht einfach „nur" Erzbischof. Vielmehr zählte er zu den mächtigsten Männern im Reich. Er war die rechte Hand des Kaisers Friedrich II., der erst wenige Wochen zuvor das Land in Richtung Italien verlassen hatte, um dort seine Macht auszubauen. Seinen minderjährigen Sohn Heinrich, der gerade erst König geworden war, hatte er zurückgelassen. Zu dessen Vormund hatte er den „Reichsverweser" Engelbert von Köln ernannt.
Die Machtfülle des Erzbischofs stand einer Reihe von Landadligen im Rheinland und in Westfalen im Wege. Sie strebten nach mehr Unabhängigkeit und Eigenmächtigkeit. Mit gewissem Wohlwollen dürften sie es betrachtet haben, als einer der Ihren, der spätere Täter Friedrich von Isenberg, sich mit seinem mächtigen Kölner Verwandten überwarf.
Äußerer Anlass war der Streit um das wohlhabende Damenstift in Essen. Isenberg war dort Vogt, also Amtsverwalter. Er soll dieses Amt genutzt haben, um sich zu bereichern. Diesen Vorwurf jedenfalls erhoben die frommen Essener Stiftsfrauen, die damit bis zum Papst und zum Kaiser Friedrich II. vordrangen. Er wiederum drängte Engelbert, gegen den Verwandten vorzugehen.
Engelbert von Köln schob das zunächst auf, zögerte – und verhandelte schließlich, im November 1225, in Soest mit dem eigenwilligen Grafen von Isenberg. Um die Gespräche nicht abzubrechen, lud Engelbert seinen Verwandten ein, ihn auf dem Weg nach Köln zu begleiten. Auf diesem Weg kam es wenige Tage später in einem Hohlweg bei Gevelsberg zur Bluttat.

Einstürzende Tribünen

Hatte Isenberg das so geplant? Hatte er ein kaltblütiges Attentat auf den damals zweitmächtigsten Mann im Land von langer Hand vorbereitet und in die Tat umgesetzt? Oder hatte Isenberg eine Entführung geplant, die dann am Tatort aus dem Ruder lief? „Weh mir Elendem, es ist schon zu viel" – soll er unmittelbar nach der Tat gerufen haben, wie Caesarius von Heisterbach überliefert.
Über diese Frage haben sich schon die Zeitgenossen die Köpfe heißgeredet. Am Hof des Königs, der in Nürnberg Station gemacht hatte, kam es bereits wenige Wochen nach der Tat darüber zu so hitzigem Streit, dass am Ende Tribünen und eine Treppe einbrachen und viele in den Tod gerissen wurden.
Bis heute ist die Frage nicht beantwortet. Historiker-Generationen haben wieder und wieder den Fall debattiert und eine Reihe ausgefeilter

Argumente ausgebreitet. Letztlich muss die Antwort offen bleiben. Unbestreitbar aber hatte Engelbert von Köln schon aufgrund seiner Politik und seiner Machtposition viele Gegner – nicht zuletzt unter den Adligen, deren Macht er beschränkte. So gilt es als sicher, dass Engelbert das Opfer einer rheinisch-westfälischen Adelskoalition geworden ist.
Die Namen der Verschwörer zählt der Mönch Caesarius von Heisterbach in seinem Kronzeugenbericht auf. Neben dem Grafen Friedrich von Isenberg nennt er als Mittäter oder als Beteiligte im Hintergrund die Namen seiner beiden Brüder, die immerhin Bischöfe zu Münster und Osnabrück waren, außerdem die Edelherren zur Lippe, die Grafen von Arnsberg, Kleve, Tecklenburg und Schwalenberg sowie den Herzog von Limburg. Sie alle hatten mit dem Kölner Erzbischof Rechnungen offen und wollten sich seiner Oberherrschaft entziehen.

Exkommuniziert und gerädert

Friedrich von Isenberg wurde wie seine Mittäter exkommuniziert, also aus der Kirche ausgeschlossen. Außerdem wurde über ihn die Reichsacht verhängt. Seine Frau und die

Detail aus der Oldenburger Handschrift des Sachsenspiegels von 1336: Wer eine Mühle (oben links) oder eine Kirche (oben rechts) beraubte oder wer einen Menschen ermordete (unten links), dem drohte die Strafe des Räderns.

Kinder mussten die Burg Isenberg bei Hattingen verlassen, die bis auf die Grundmauern zerstört wurde. Seine Brüder wurden entmachtet, andere Mittäter verbannt.
Der „Isenberger“ irrte währenddessen durchs Land, vogelfrei und verfolgt von Truppen des neuen Kölner Erzbischofs Heinrich von Molenark, der nur eine Woche nach dem Mord das Amt übernahm. Der Nachfolger sann auf Rache und setzte ein stattliches Kopfgeld auf den Täter aus.
Bis nach Rom soll Friedrich von Isenberg geflohen sein und angeblich sogar beim Papst um Vergebung seiner Mordtat gebeten haben. Ob das den Tatsachen entsprach oder mittelalterlich gut erfunden war, lässt sich kaum mehr überprüfen.
Gut ein Jahr nach der Tat, im Herbst 1226, wurde Friedrich von Isenberg in Lüttich gefangen genommen und dem Amtsnachfolger Engelberts übergeben. In Köln wurde Isenberg zur schändlichsten Strafe verurteilt, die zu jener Zeit verhängt werden konnte: Tod durch Rädern.
Diese Strafe war dem Minnesänger Walther von der Vogelweide in seinen Fluchversen nicht angemessen erschienen. Doch an Brutalität war sie kaum zu überbieten. Denn „Rädern“ hieß: Der Verurteilte wurde auf den Boden gelegt, gestreckt und festgepflockt. Dann zerschlug ihm der Henker mit einem scharfkantigen Wagenrad die Gliederknochen. Der zermarterte Körper wurde dann auf ein anderes Rad gelegt. Die Gliedmaßen wurden dabei wie Flechtwerk durch die Speichen geschoben. Der Delinquent starb nach endlosen Qualen durch Verbluten oder Herzstillstand.
Das Urteil gegen Friedrich von Isenberg wurde am 13. November 1226 vollstreckt, ein Jahr und eine Woche nach der Bluttat im Hohlweg bei Gevelsberg. Gerädert wurde der Täter nicht vor den Augen der Bürgerschaft auf dem üblichen Richtplatz, dem Kölner Heumarkt, sondern auf dem „velt“, einem Richtplatz vor den Mauern der Stadt.

Überm Rad

„Und überm Rade liegt ein Leib,
an dem sich weiden Kräh' und Made“:
Mit diesem drastischen Bild hat die Dichterin Annette von Droste-Hülshoff 1841 die Hinrichtung Friedrichs von Isenberg beschrieben.
In den Schlusszeilen ihrer romantischen Historienballade „Der Tod des Erzbischofs Engelbert von Cöln“ schlägt sie, die katholische Dichterin, nicht nur für die Ehefrau des Täters und dessen Kinder Töne des Mitleids an, sondern auch für den geräderten Mörder:

„Zerbrochen ist sein Wappenschild,
Mit Trümmern seine Burg gefüllt,
Die Seele steht bei Gottes Gnade.

Den Leib des Fürsten hüllt der Rauch
Von Ampeln [Lampen] und von
Weihrauchschwelen.
Um seinen qualmt der Moderhauch,
Und Hagel peitscht der Rippen Höhlen.
– Im Dome steigt ein Trauerchor,
Und ein Tedeum stieg empor
Bei seiner Qual aus tausend Kehlen.

Und wenn das Rad der Bürger sieht,
dann lässt er rasch sein Rösslein traben.
Doch eine bleiche Frau, die kniet
Und scheucht mit ihrem Tuch die Raben:
Um sie mied er die Schlinge nicht,
Er war ihr Held, er war ihr Licht –
Und ach! der Vater ihrer Knaben!“

Tod durch Rädern – eine Abbildung aus dem Soester Nequambuch des 14. Jahrhunderts

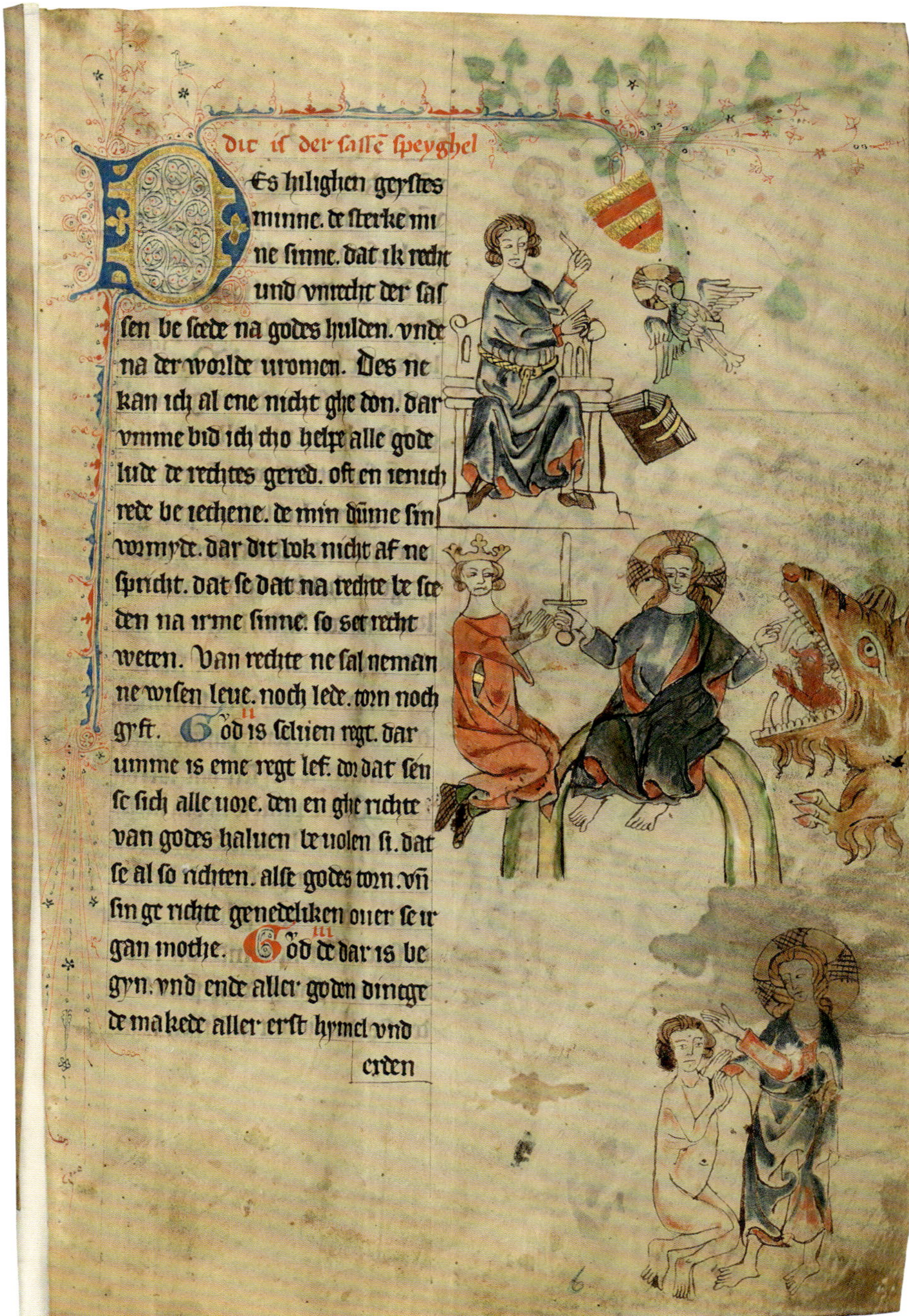

Titelseite des Oldenburger Sachsenspiegels – es ist eine der bekanntesten von zahlreichen Abschriften des Rechtsbuches. Die Oldenburger Bilderhandschrift entstand um 1336 und umfasst 136 Pergamentblätter.

Wer das Land eines anderen pflügt

Quedlinburg, um 1230

Der Tatort Dorf im Sachsenspiegel

„Wer des Nachts Korn stiehlt, ist des Galgens schuldig. Stiehlt er es bei Tage, dann geht es ihm an den Hals."
Dieser Rechtsgrundsatz wurde im 13. Jahrhundert im Sachsenspiegel niedergeschrieben, dem für Jahrhunderte bedeutendsten Rechtsbuch deutscher Sprache. Doch es sei gleich gesagt: Das Werk erzählt keine Kriminalfälle aus den Dörfern des Mittelalters. Das war nicht die Absicht des Buches. Der Sachsenspiegel wollte das Alltagsleben seiner Zeit nicht schildern, wie es war, sondern vielmehr regeln, wie es nicht sein durfte.
Das berühmte Rechtsbuch dokumentiert Normen und Rechtssätze, regelt den Ablauf von Gerichtsverfahren und stellt einen Strafkatalog auf, etwa für Kapitalverbrechen wie Raub, Brandstiftung, Vergewaltigung, Totschlag oder Mord. Darüber hinaus enthält das Werk eine Fülle an Vorschriften zum Zusammenleben in den Dörfern. So ist in der Rechtssammlung gut zu erkennen, auf welch unterschiedliche Weise das mittelalterliche Dorf zum „Tatort" werden konnte.
Einige ausgewählte Zitate aus dem Sachsenspiegel mögen das zeigen, übertragen ins heutige Hochdeutsch:

- „Wenn jemand etwas findet und er es leugnet, wenn man danach fragt, ist das Diebstahl. Was ein Mann findet oder Dieben oder Räubern abjagt, soll er seinen Dorfgenossen und in der Kirche bekanntmachen."
- „Schlägt ein Mann einen Hund tot oder einen Zuchteber, während das Tier ihm schaden will, braucht er dafür keine Zahlung zu leisten, wenn er sich traut, mit dem Eid auf die Reliquien zu bekräftigen, dass er es in Notwehr getan hat."
- „Geschieht im Dorf bei Tage ein Diebstahl, der weniger als drei Schillinge wert ist, darf der Bauermeister noch am gleichen Tag darüber richten zu Haut und Haar oder zu einer Ablösungssumme von drei Schillingen. Doch bleibt der Dieb ehrlos und rechtlos. Dies ist das höchste Gericht, das der Bauermeister hat."
- „Wer des anderen Land unwissentlich pflügt, wird nicht bestraft. Wer aber Land pflügt, das er für sich beansprucht und dem diese Absicht rechtens nachgewiesen wird, muss dafür Strafe zahlen. Wer bestelltes Land eines anderen pflügt, soll ihm den Schaden bezahlen und seine Buße geben."

Das sind nur vier von zahlreichen Rechtssätzen, die sich im Sachsenspiegel allein um Fragen des Dorflebens sowie des Feldbaus drehen. Die einzelnen Bestimmungen sind weder juristisch geschraubt noch abstrakt oder allgemein formuliert, sondern: Ihre Sprache ist klar, verständlich und geht mitunter tief ins Detail. Offenbar hat jemand das Rechtsbuch niedergeschrieben, der sich seinerzeit gut auf dem Land, in den Dörfern und im Mit- und Gegeneinander des „gemeinen Volkes“ auskannte. Und es war jemand, der wusste, welche Sprache das Volk sprach – und verstand. Wie ist dieses umfassende und richtungweisende Rechtswerk zustande gekommen?

Ein Mann vom Land

Der Sachsenspiegel wurde zwischen 1220 und 1235 von einem gelehrten Mann namens Eike von Repgow niedergeschrieben. Mit „Repgow“ ist das heutige Reppichau gemeint, ein Dorf zwischen Köthen und Dessau im heutigen Sachsen-Anhalt.

Eike von Repgow war ein Kind des Landes. Er war auf einem Gutshof groß geworden und kannte den Umgang mit der Landbevölkerung. Als Ministerialer, wie die gehobenen Dienstmannen genannt wurden, stand er beim Grafen Hoyer von Falkenstein in Diensten. Für den Grafen, der als Stiftsvogt in Quedlinburg herrschte und in der Stadt und den umliegenden Dörfern die entsprechenden Konflikte täglich hautnah mitbekam, verfasste Eike von Repgow ursprünglich das Rechtsbuch. Dafür benutzte er mehrere Vorlagen, unter anderem aus dem Lateinischen, die er ins (Mittelnieder-)Deutsche übertrug. Außerdem fügte er weitere damals geltende, mündlich überlieferte Bestimmungen ein und ordnete das Ganze. Fast im Alleingang fasste er damit das sächsische Recht zusammen und erarbeitete gleichzeitig das erste deutschsprachige Prosawerk.

Eike von Repgow ordnete die zusammengetragenen Rechtsgrundsätze in zwei große Bereiche:

- in das Lehnsrecht, also die Regelungen zwischen König, Adel und Ministerialen, und
- in das Landrecht, das die „einfachen Leute auf dem Land“ in den Blick nahm und Fragen ihres Zusammenlebens zu klären versuchte. Es ging dabei vor allem um das Strafrecht, um das Nachbarschafts- und Familienrecht, um das Erben und Vererben, um Rechte und Pflichten des Tierhalters, des Jägers oder auch des Richters. Sogar Vorfahrts- und Verkehrsregelungen enthält das Landrecht, ebenso auch Vorschriften zur Breite und Beschaffenheit von Straßen und Wegen.

Gerade auf die dörflichen und bäuerlichen Rechtsverhältnisse legte Eike von Repgow besonderen Wert. Schon der Umfang dieses Teiles spricht Bände, ebenso auch, darauf hat der Mittelalter-Historiker Arno Borst hingewiesen, die Reihenfolge der Themen und Kapitel im Landrecht: „Zuerst kommt Grund und Boden, dann Haus und Hof, dann Vieh und Hirt, zum Schluss die Gemeinde.“

„Universitas rusticorum“

Das Rechtswerk des Eike von Repgow spiegelt die unterschiedlichen Verstöße und die Felder kriminellen Verhaltens, die seinerzeit aus jedem Acker, aus jedem Waldstück und aus jedem Dorf einen Tatort machen konnten. Es lässt die Alltagskonflikte erkennen, die das Zusammenleben in den mittelalterlichen Dörfern und Bauerschaften und damit das Leben jedes Einzelnen gefährden konnten. Denn in den Landgemeinden, ständig von Missernten, Schlechtwetterkatastrophen und anderen Unbilden der Natur bedroht, kam es vor allem auf eines an: auf den Zusammenhalt aller Dorfbewohner, auf die „universitas rusticorum“, wie Arno Borst aus einer anhaltischen Urkunde um 1285 treffend zitiert.

Das Rechtsbuch war zuallererst ein „speculum“, wie es im Mittelalter hieß: also ein „Spiegel“, der als private Aufzeichnung gedacht war und alle gültigen Lebens- bzw. Rechtsregeln zusammenfassen sollte. Er diente als Nachschlagewerk, als Empfehlung und roter Faden, nicht mehr und nicht weniger. Das Werk setzte selbst kein Recht, war also kein für alle verbindlicher Kodex, kein Rechtsbuch im strengen Sinne des

Wortes. Das konnte der Sachsenspiegel schon deswegen nicht sein, weil in dem Werk andere Lebensbereiche gar nicht abgedeckt waren. So fehlten das Kirchenrecht, das Stadtrecht oder auch das Recht der Ministerialen, wie Eike von Repgow selbst einer war.

Vier Bilderhandschriften

Trotz dieser Lücken war die Rechtssammlung begehrt. Rund 70 Jahre nach der ersten Niederschrift kursierten Auszüge oder sogar vollständige Kopien zwischen Rhein und Weichsel, zwischen Elbe und Donau. Insgesamt 460 Handschriften sind bekannt, darunter zahlreiche Übertragungen in verschiedene Sprachen und Dialekte. Berühmt sind die mittelalterlichen Bilderhandschriften von Dresden, Heidelberg, Wolfenbüttel und Oldenburg, in denen die dargestellten Rechtsgrundsätze des Sachsenspiegels anschaulich illustriert sind.
Die Oldenburger Bilderhandschrift, aus der einige Abbildungen entnommen sind, umfasst 136 Pergamentblätter. Sie stammt aus dem Jahr 1336, ist also gut 100 Jahre jünger als ihre Vorlage. Die Abschrift war „durch die Hand des Mönchs Hinrich zu Restede, genannt Gloyesten“ (Gloystein) geschehen. So jedenfalls steht es in der Oldenburger Bilderhandschrift zu lesen. Genannt ist auch der Auftraggeber:
„Dieses Buch ließ Johann Graf zu Oldenburg schreiben, weil zu seinen Zeiten fast alle älteren Ritter und Vasallen gestorben waren, so dass die Rechte seiner Vorfahren den jungen Vasallen, die dann lebten, zum großen Teil unbekannt gewesen sind.“

„Wer als Erster zur Mühle kommt“

Der Sachsenspiegel galt in Preußen bis gegen Ende des 18. Jahrhunderts, ehe er 1794 vom „Allgemeinen Preußischen Landrecht“ abgelöst wurde. In anderen Regionen Deutschlands wie etwa Anhalt oder Thüringen blieb der Sachsenspiegel sogar bis zum Jahr 1900 verbindlich. Er wurde erst vom Bürgerlichen Gesetzbuch abgelöst. Noch 1932 klärte das Reichsgericht zu Leipzig eine Rechtsfrage, in dem es ausdrücklich auf eine Vorschrift im Sachsenspiegel verwies.

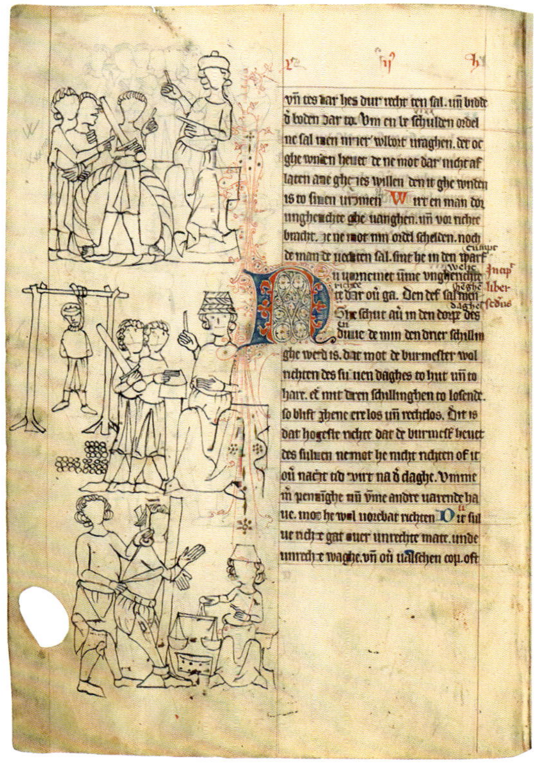

Die Illustrationen des Oldenburger Sachsenspiegels wurden nicht vollendet, sprechen aber schon in ihrer Vorzeichnungen eine deutliche Bildsprache.

Manche Grundsätze des Sachsenspiegels behielten zeitlose Kraft und Gültigkeit und gingen in den deutschen Sprichwortschatz ein. „Was einer verspricht, das soll er halten“ – diese Regel stammt ebenso aus dem Sachsenspiegel des Eike von Repgow wie das geflügelte Wort: „Wer als Erster zur Mühle kommt, soll als Erster mahlen.“

Nun hört von Verbrechen

Auszüge aus dem Landrecht des Sachsenspiegels von 1220/35

Kapitel XIII

Nun hört von Verbrechen, welches Gericht darüber ergeht: Den Dieb soll man hängen. Geschieht aber im Dorf bei Tage ein Diebstahl, der weniger als drei Schillinge wert ist, so darf der Bauermeister noch am gleichen Tag darüber richten zu Haut und Haar oder zu einer Ablösungssumme von drei Schillingen. Doch bleibt jener dann ehrlos und rechtlos. Dies ist das höchste Gericht, das der Bauermeister hat. Darüber hinaus darf er nicht richten, wenn nach der Klage eine Nacht vergangen ist.

Alle Mörder und die, die einen Pflug oder eine Mühle oder eine Kirche oder einen Kirchhof berauben, und Verräter und Mordbrenner oder die, die ihre Vollmacht zu ihrem eigenen Nutzen missbrauchen, soll man auf das Rad flechten.

Wer einen Mann erschlägt oder fängt oder ausraubt oder verbrennt, mit Ausnahme des Mordbrands, oder eine Frau oder ein Mädchen vergewaltigt und den Frieden bricht und die, die beim Ehebruch ergriffen werden, denen soll man den Kopf abschlagen.

Über diejenigen, die Diebes- oder Raubgut hüten oder die Täter mit Hilfe unterstützen und dessen überführt werden, soll man richten wie über jene Täter.

Ist ein Christ ungläubig und beschäftigt er sich mit Zauberei oder mit Giftmischerei und wird er dessen überführt, soll man ihn auf dem Scheiterhaufen verbrennen.

Kapitel XXVIII

Wer Holz haut oder Gras schneidet oder in den Gewässern eines anderen Mannes zu wilder Woge fischt, dessen Strafgeld beläuft sich auf drei Schillinge. Den Schaden bezahlt er dem Recht entsprechend. Fischt er aber in Teichen, die gegraben worden sind oder haut er Holz, das angepflanzt ist, oder fruchttragende Bäume oder pflückt er das Obst eines anderen oder haut er Grenzbäume oder gräbt er Steine aus, die als Grenzsteine gesetzt worden sind, dann bezahlt er dreißig Schillinge. Findet man ihn an der Stelle, dann darf man ihn ohne Erlaubnis des Richters pfänden oder für den Schaden festnehmen.

Wer des Nachts gemähtes Gras oder geschlagenes Holz stiehlt, den soll man mit dem Strang richten. Stiehlt er des Tages, so geht es ihm an Haut und Haar.

Jedes Gewässer, das wie ein Strom fließt, ist allgemein zugänglich, so dass darauf gefahren und darin gefischt werden darf.

Kapitel XXXVII

Wenn jemand etwas findet und er es leugnet, wenn man danach fragt, dann ist das Diebstahl. Was ein Mann findet oder Dieben oder Räubern abjagt, soll er seinen Dorfgenossen und in der Kirche bekanntgeben. Kommt derjenige, dem es gehört, innerhalb von sechs Wochen, soll er Anspruch erheben und die Kosten vergüten, die jener damit gehabt hat, wenn es ein Pferd oder Vieh ist. Ist aber derjenige, dem das Gut gehört, aus einem anderen Gerichtsbezirk, behält derjenige, der es den Dieben und Räubern abgejagt hat, den dritten Teil davon. Kommt innerhalb von sechs Wochen niemand, der Anspruch auf das Gut erhebt, dann nimmt der Richter zwei Teile und jener [der Finder] behält den dritten Teil.

Kapitel XLVI

Wer unwissentlich das Feld eines anderen Mannes oder das Feld, das ihm ein anderer übergeben hat, bestellt und deshalb beschuldigt wird, während er dort pflügt, so verliert er den Ertrag seiner Arbeit daran, wenn jener es [vor Gericht] erstreitet. Derjenige aber, der ihm das Land übergeben hat, soll ihm seinen Schaden ersetzen. Wer während der Klage auf dem Feld sät, verliert den Ertrag seiner Arbeit und seine Saat daran. Von dem, was er sät, ohne verklagt zu sein, erhält er die Saat und gibt demjenigen seinen Zins, dem das Feld gehört. Wer das besäte Feld eines anderen Mannes umpflügt, soll ihm den Schaden ersetzen und auch, wie es das Recht vorsieht, seine Buße entrichten.

Kapitel XLVII

Wer sein Vieh in das Kornfeld oder auf die Wiese eines anderen treibt, soll ihm den Schaden erstatten, wie es das Recht vorsieht, und es mit drei Schillingen büßen. Ist das Vieh so geartet, dass man es nicht einfangen kann, wie Pferde, die brünstig sind oder Gänse oder ein Zuchteber, dann rufe der Geschädigte zwei Männer herbei und zeige ihnen den Schaden an und folge dem Tier bis in seines Herrn Haus und beschuldige ihn deswegen. Dann muss dieser für das Tier büßen, als ob es gepfändet wäre.

Kapitel LI

Backöfen und Aborte und Schweineställe sollen drei Fuß von dem Zaun entfernt stehen. Jeder soll auf seinen Ofen und seine Mauer achten, damit die Funken nicht in den Hof eines anderen fliegen und dort schaden. Aborte, die gegen den Hof eines anderen stehen, soll man bis auf die Erde herab einhegen.

Kapitel LII

Wenn sich der Hopfen um den Zaun rankt, dann greife derjenige, in dessen Hof sich die Wurzel befindet, so nahe an den Zaun, wie er kann, und ziehe den Hopfen hinüber. Das, was ihm folgt, gehört ihm. Das, was auf der anderen Seite bleibt, gehört seinem Nachbarn. Die Zweige seiner Bäume sollen auch nicht zum Schaden seines Nachbarn über den Zaun hängen.

Kapitel LXII

Wer sich einen bösartigen Hund oder einen zahmen Wolf oder einen Hirsch oder Bären oder Affen hält, muss für den Schaden aufkommen, den diese Tiere anrichten.
Erschlägt jemand einen Hund oder einen Eber oder ein anderes Tier, während dieses ihn angreift, bleibt er ohne Strafe, wenn er mit Eid auf die Reliquien beschwört, dass er in Notwehr handelte.

Kapitel LXV

Kein Kind kann, solange es unmündig ist, etwas tun, wodurch es sein Leben verwirkt. Welchen Schaden das Kind anrichtet, den soll der Vormund gemäß dem Wert mit dem Gut des Kindes begleichen. Schlägt aber ein Mann ein Kind tot, soll er sein volles Wergeld* bezahlen. Wenn dagegen ein Mann ein Kind wegen eines Vergehens schilt, zerrauft oder mit einer Rute schlägt, bleibt er ohne rechtlichen Nachteil, wenn er auf die Reliquien zu schwören wagt, dass er das Kind nur wegen seiner Missetat und wegen nichts anderem geschlagen hat.

*Wergeld: Sühnegeldstrafe, das den Angehörigen des Getöteten zu zahlen war.

Das Buch der Übeltäter

Soester Börde, 1315–1421

Viehdiebe, Geldfälscher, Raubritter und andere Missetäter im Nequambuch

In Berenbrock, einer Bauerschaft östlich von Soest und unweit von Erwitte, fielen um 1320 vier westfälische Landadlige und ihre Gesellen über Soester Bürger her. Sie entwendeten ihnen das Vieh und verschwanden ebenso schnell, wie sie gekommen waren.
Solche Überfälle gab es in jener Zeit häufiger. Viele Quellen berichten davon, nennen aber nur selten die Täter. In diesem Fall sind die Namen bekannt: Balduin von Varendorf, Otto von Senden, Detmar von Rietberg und Hake von Tecklenburg, begleitet von ihren „complices".
So steht es säuberlich aufgelistet im Nequambuch, einem der ältesten Verzeichnisse von Kriminellen in Nordwestdeutschland. Das mittelalterliche Dokument wird im Stadtarchiv von Soest aufbewahrt.

Halb lateinisch, halb platt

Die Sammlung der 51 Pergamentblätter hatte ursprünglich keinen Titel. Ernst Friedrich Wilhelm Barthold, ein Geschichtsforscher des 19. Jahrhunderts, gab ihr die Bezeichnung „Nequambuch". Das bedeutet so viel wie „Buch der Übeltäter" bzw. „Nichtsnutze".
Die Blätter enthalten insgesamt 376 handschriftliche Eintragungen. Sie sind halb auf Lateinisch, halb im Niederdeutsch des Mittelalters verfasst und drängeln sich auf den damals teuren schmalen Pergamentblättern. Jedes Blatt ist kaum breiter als 15 Zentimeter, kaum höher als 21 Zentimeter, also etwa so groß wie eine Seite des Formats DIN A5.
Die älteste Notiz auf dieser Liste stammt aus dem Jahr 1315, die jüngste aus dem Jahr 1421. Straßenräuber, Zauberer, Geldfälscher, Viehdiebe und viele andere Übeltäter sind mit Tat und Namen aufgeführt. Da ist von verbotenem Würfelspiel die Rede, von Falschmünzerei, von der unrechtmäßigen Rodung eines Waldes, einmal sogar wird der Diebstahl einer kompletten Mühle vermerkt.
Die Eintragungen lassen in Abgründe blicken. Dabei werden die kriminellen Taten gar nicht ausführlich geschildert, sondern nur am Rande, häufig sogar nur mit einem Wort erwähnt. Wichtiger sind dem Buch die Namen der Missetäter. Sie sollten auf alle Ewigkeit festgehalten werden. Aber warum? Und von wem?
Bis heute umgeben einige Rätsel das Nequambuch. Lange Zeit galt es als „Liebhaberei eines Privatmannes", wie jener Geschichtsforscher Barthold im 19. Jahrhundert meinte. Im Mittelalter habe ein unbekannter Bürger der Stadt aus persönlichem Interesse dieses „Verzeichnis der Friedlosen, Verwiesenen, Missetäter" geführt. Inzwischen gilt als sicher, dass das Dokument von städtischen Bediensteten Soests angelegt und auf dem Laufenden gehalten wurde. Das haben Handschriftenverglei-

Den vier adligen Viehräubern von Berenbrock ist nicht nur ein Eintrag im Soester Nequambuch gewidmet, sondern auch eine der 13 Buchmalereien dieses Buches.

Weitere Malereien im Nequambuch zeigen die Strafe einer Hauseinäscherung und das Einkerkern eines Straftäters.

che mit anderen Soester Urkunden ergeben. Das Nequambuch war also eine Art „schwarze Liste“ der Stadt.

Geächtet auf immer und ewig

Soest war im Mittelalter die größte und reichste Stadt Westfalens. Und wie in allen Städten, so kannte auch die Bürgerschaft in Soest ein ausgefeiltes Rechtssystem. Raub, Mord, Viehdiebstahl und andere Verstöße ahndete das Stadtgericht nicht selten mit Todesstrafen. Sie konnten aber durch eine Begnadigung in einen Verweis aus der Stadt umgewandelt werden.
War ein Verbrecher flüchtig, traf ihn die Ächtung. Heute verstehen wir unter dieser Bezeichnung etwas anderes als im Mittelalter. Damals war das Wort „Ächtung“ ein feststehender rechtlicher Begriff. Er bedeutete, dass der Geächtete für „vogelfrei“ und rechtlos erklärt worden war. Wer ihm begegnete, durfte ihn töten, ohne deswegen anschließend dafür belangt zu werden. Der Geächtete war also im rechtlichen Sinne „auf immer und ewig“ aus der Gemeinschaft ausgestoßen.
Damit das auch nach Jahrzehnten nachvollzogen werden konnte, wurde der Name des Geächteten eingetragen. In vielen Städten, die im 11. und 12. Jahrhundert entstanden, geschah das auf einzelnen Blättern, dann in Urkunden-, Stadt- oder Rechnungsbüchern und schließlich in eigens angelegten Straf- und „Achtbüchern“. Zu ihnen ist das Nequambuch zu zählen.

Was die Bilder erzählen

Ursprünglich muss dem Soester Pergament aber ein anderer Zweck zugedacht gewesen sein. Darauf weisen vor allem die prachtvollen Miniatur-Malereien hin, die es in dieser Form in keinem anderen Straf- und Achtbuch mittelalterlicher Städte gibt. Die Miniaturen entstanden um 1315, als das Buch angelegt wurde, und be-

fassen sich mit dem Alltag der Rechtsprechung und Bestrafung.
Die Buchmalereien sind überaus aufwendig angelegt, teilweise mit Gold und Silberfarben gestaltet und wirken insgesamt repräsentativ, als sollte einem Außenstehenden erklärt werden, wer in der Hansestadt Soest Recht spricht – und wie es durchgesetzt wird. Wollte die reiche Bördestadt gegenüber ihrem Landesherrn demonstrieren, dass ihre Gerichtsbarkeit funktionierte, dass sie Recht sprach und den Vollzug der Strafen auch durchsetzen konnte?
Das erste Bild jedenfalls wirkt wie eine Art Kniefall vor dem Landesherrn und zeigt eine Huldigungsszene. Das zweite führt den Betrachter vor das städtische Gericht. Nachdem dieser „Instanzenzug“ vorgestellt ist, weisen die folgenden Blätter auf kriminelle Taten und auf die drohenden Strafen hin: Viehraub, Enthauptung und lügende Zeugen sind dargestellt, anschließend die Strafe der Einäscherung eines Hauses, das Rädern, die Anklage und Gefangennahme, Betrüger beim Spiel, die Ausweisung aus der Stadt und schließlich die Rügestrafe des Wippens.
Zu diesen Buchmalereien passen anfangs die Einträge der Übeltäter und ihrer Taten. Doch im Laufe der Zeit muss sich der Zweck des Buches geändert haben. Anders ist kaum zu erklären, warum der freie Platz auf den Pergamentblättern genutzt wurde, um andere Fälle und geächtete Übeltäter einzutragen, deren Taten kaum oder gar nicht zu den Abbildungen passen.

„Ich nehme keine Rache“

Das Soester Verzeichnis enthält insgesamt 18, nach anderer Zählung 19 Ächtungen. Für rund 100 Jahre Laufzeit sind das vergleichsweise wenige Fälle. Deutlich größer ist die Gruppe derer, die mit einer Verbannung bestraft wurden. Dieses Übeltäter mussten unter Eid schwören, dass sie für eine festgelegte Zeit oder für immer die Stadt und einen bestimmten Umkreis, die „Bannmeile“, nicht betreten würden. Bisweilen konnte dieser Umkreis auch zwei, vier, zehn oder sogar vierzig Meilen umfassen. Im Mai 1390 wurde in Soest ein Mann namens Johann Reudach sogar „des Landes zwischen Rhein und Weser“ verwiesen. Was ihm diese Strafe eingebracht hat, teilt das Nequambuch nicht mit. Offen bleibt auch, wie die Soester Strafverfolger kontrollieren wollten, dass der Mann diese Bannstrafe tatsächlich einhielt.
Nach der Ächtung und der Verbannung gibt es im Soester Nequambuch eine dritte Gruppe rechtlicher Maßnahmen, die besonders häufig auftaucht: die „Urfehde“. Sie wurde meist ausgesprochen, nachdem der Täter seine Haftstrafe abgesessen hatte. In der Urfehde musste der Täter unter Eid versprechen, dass er von Rachefeldzügen Abstand nimmt.

Die Stadt und das Umland

Die Urfehde schützte nicht nur die Stadt selbst und ihre Bürger, sondern auch das Umland, die Dörfer und Siedlungen der Soester Börde. So musste ein Mann namens Wenemer von Gladbach 1393 unter Eid versprechen, einem Dorf namens „Sweve“, gemeint ist Schwefe, und dessen bäuerlichen Bewohnern nichts anzutun.
Es ist nicht die Erste und nicht die Letzte der im Nequambuch erwähnten Taten, die sich auf das Umland bezieht. Das ist erstaunlich, denn eigentlich war es doch ein städtisches „Achtbuch“. Städtische Bürger finden sich in großer Zahl unter den namentlich aufgeführten Missetätern. Überraschend groß aber ist auch die Zahl derer, die außerhalb der Stadtmauern, im näheren und weiteren Umland wohnten. Kötter und Bauern sind da genannt, Dorfschulten und Landadlige. Untaten konnten eben jede Stadtmauer durchdringen – und das von innen nach außen, aber auch von außen nach innen.

Das Attentat auf den Bischof

Wolbeck bei Münster, 16. Juni 1534

Der Plan der friesischen Tagelöhnerstochter Hille Feicken

Ende Juni 1534 wurde auf dem Galgenberg bei Bevergern im Münsterland eine junge Friesin enthauptet. Ihr Name: Hille Feicken. Den Tod fand sie, weil sie ein ungewöhnliches Attentat vorbereitet hatte – und fast wäre es ihr sogar gelungen: In Wolbeck, einer kleinen Ortschaft vor den Toren der Stadt Münster, hatte sie in jenen Sommertagen des Jahres 1534 den Bischof von Münster umbringen wollen. Auf diese Weise wollte sie das vom Bischof und seinen Truppen belagerte Täuferreich zu Münster retten.
Wer war Hille Feicken? Was wollte sie? Antworten liefert das Verhörprotokoll, das nach ihrer Festnahme in den Verliesen der Wolbecker Bischofsresidenz niedergeschrieben wurde. Das gut dreiseitige Dokument gibt Einblick in ihren Lebenslauf und ihre Beweggründe.

Die Tochter des Tagelöhners

Hille Feicken stammte nicht aus Münster, sondern aus Wirdum, einem Bauerndorf in Westfriesland. Im Nachbardorf Sneek arbeitete ihr Vater als Tagelöhner auf den Bauernhöfen. Verwandte ihrer Mutter waren kleine Kaufleute. Sie selbst war verheiratet, hatte mit ihrem Mann in Sneek gewohnt und „viel Käse und Butter gehabt", wie sie im Wolbecker Verhör aussagte.
Durch Briefe habe sie erfahren, dass die Stadt Münster das „Neue Jerusalem" sei, „mit dem

Dieser Holzschnitt von 1540 stellt die biblische Geschichte der Judith dar, die ihre Stadt durch ein Attentat rettete.
Der Holzschnitt enthält Anspielungen an die geplante Tat der Hille Feicken in Wolbeck.

Worte Gottes zum gemeinen Besten erleuchtet“. Zunächst sei ihr Mann nach Münster gezogen. Gut drei Wochen später habe er sie gebeten, ihm zu folgen. Ihren Besitz habe sie den Armen von Sneek geschenkt, dann sei sie in Richtung Münster aufgebrochen – „nicht fürchtend um Leib und Leben, auch nicht begehrend Geld, Gabe oder Gut“. Friesland habe sie verlassen, um im Täuferreich zu Münster „ihrer Seelen Seligkeit in dem Worte Gottes zu suchen“.

In Münster lebte Hille Feicken im Niesing-Kloster. Ihr Mann arbeitete im Rat, während sie wie die anderen Frauen und Mädchen der Stadt dabei half, die Stadtmauern und Wälle zu befestigen. Denn längst belagerten die Truppen des Bischofs die Stadt, schnürten das Täuferreich vom Umland ab und warteten auf eine Gelegenheit, die Stadt zu stürmen.

Ein biblisches Vorbild

Im Frühsommer 1534 hörte Hille Feicken in einer Predigt die biblische Geschichte der Judith. Sie, so heißt es im Alten Testament, habe ihre belagerte Stadt gerettet, indem sie sich ins feindliche Lager der Assyrer geschlichen und sich bei dessen Heerführer Holofernes eingeschmeichelt habe. Auf dem Liebeslager habe sie ihn enthauptet.

Hille Feicken bezog diese Geschichte auf sich. Als „neue Judith“ habe sie Münster, das „Neue Jerusalem“, retten wollen, sagte sie später im Verhör. Jan van Leiden und Bernd Knipperdolling, die Anführer der Täufer, hätten zunächst gezögert, aber dann doch zugestimmt.

Aus der Stadtkasse drückte ihr Knipperdolling drei Goldringe und zwei Gulden in die Hand. Als Gabe für den Bischof trug sie außerdem ein Leinenhemd bei sich. Der Stoff soll, wie es später hieß, mit einem starken Gift getränkt gewesen sein. Bevor sie die Stadt verließ, legte sie „sehr schönen Weiberschmuck an, und sie suchte ihre durch die Geburt schon schöne Gestalt durch die Kunst noch schöner auszuzieren“, heißt es in einem zeitgenössischen Bericht. Ihr Plan sei es gewesen, den Bischof zu verführen und in der Liebesnacht zu ermorden.

Der Bischof war „den Frauen zugetan“

Dass der Bischof „den Frauen zugetan“ war, galt als offenes Geheimnis. Seit Jahren schon lebte er – trotz zölibatärer Vorschriften – in eheähnlicher Gemeinschaft mit der Einbecker Kaufmannstochter Anna Polman. Aus dieser Verbindung gingen acht Kinder hervor.

Einer seiner Söhne, Christoph von Waldeck, war sogar Kammerdiener des Täuferkönigs. Nachdem er den Täufern zu Münster in die Hände gefallen war, war er weder getötet noch als Geisel in Haft genommen worden. Vielmehr hatte der Bischofssohn „umb seiner schönen Gestalt willen“, wie es in einem Augenzeugenbericht heißt, dem Täuferkönig Jan van Leiden zu Diensten zu sein, bis er aus der Stadt fliehen konnte.

Doch zurück zu seinem Vater: Er, der belagernde Bischof, pflegte bekanntermaßen noch mit einer Reihe anderer Frauen Umgang. „Man kann gewiss nicht behaupten, dass Franz von Waldeck ein nach heutigen Maßstäben sittlich einwandfreies Leben geführt hat“, urteilt der langjährige Staatsarchivdirektor Hans-Joachim Behr in seiner Biografie über Franz von Waldeck. Am amourösen Leben des Fürstbischofs hätten „andere keinen Anstoß genommen in jener Zeit, die sich keineswegs durch ein Übermaß an Enthaltsamkeit in irdischen Dingen auszeichnete“.

Auf die Verführbarkeit des Bischofs gründete der Plan der Hille Feicken. Am 16. Juni 1534 schlich sie sich aus der Stadt. Sogleich wurde sie von Landsknechten festgenommen. Sie sagte, dass sie einen Weg kenne, wie die bischöflichen Truppen ohne Blutvergießen in die Stadt gelangen könnten.

Die Landsknechte brachten die Frau zu Dietrich von Merfeld, der Droste zu Wolbeck und „rechte Hand“ des Bischofs war. Merfeld war misstrauisch. Doch Hille Feicken gelang es, ihn umzustimmen – nicht zuletzt, als sie die goldenen Gaben vorzeigte. Ja, er werde sie zum Bischof führen, sagte Merfeld zu. Sie war fast am Ziel. Doch dann kam alles anders.
Zwei Tage später schlich sich ein Münsteraner namens Hermann Ramers aus der Stadt. Er gehörte zur Führungsriege der Täufer, war befreundet mit Knipperdolling und kannte auch den Plan der Hille Feicken. Ramers wurde ebenfalls zum Drosten zu Wolbeck geführt. Der Überläufer weihte ihn in den Plan der Hille Feicken ein. Sie sei „ein verschlagenes Weib“, soll Ramers gesagt haben, sie wisse „ihren Betrug außerordentlich zu verbergen und habe an Beredsamkeit nirgends ihresgleichen“ – so zumindest gibt eine zeitgenössische Beschreibung die Worte Ramers wieder.
Sofort wurde Hille Feicken festgenommen. Ihr Plan war gescheitert. Im bischöflichen Lager vor Münster wurde sie am 27. und 28. Juni 1534 verhört: zunächst „aen pyn“, wie das Verhörprotokoll vermerkt, also ohne die Pein der Folter. Am Tag darauf folgte das „peinliche Bekenntnis“. Welche Folter angewandt wurde, um Aussagen aus ihr herauszupressen, ist nicht bekannt.

Erst der Glaube, dann die Taufe

Ausführlich wurde sie an beiden Tagen über ihr Leben befragt, über ihren Weg nach Münster und über die Herrschaft der Täufer. Im Verhörprotokoll erfährt man viel aus dem Leben der Frau, von ihren Hoffnungen und Wünschen. Anzeichen für blinden Fanatismus sind kaum zu erkennen – und das immerhin in einem Dokument, das ihre Gegner, Leute des Fürstbischofs, unter dem Eindruck eines ungeheuerlichen Mordplans niedergeschrieben ha-

Das Reich der Täufer in Münster

Um 1530 fand in Münster die radikale reformatorische Erweckungsbewegung der Täufer eine stark wachsende Anhängerschaft. Ihren Namen trugen sie, weil sie die Kindertaufe ablehnten und nur die Taufe eines Erwachsenen anerkannten. Aufgrund eines Konfliktes zwischen städtischer Handwerkerschaft und dem Klerus gelangten die Täufer in Münster an die Macht. Sie errichteten ein „Königreich“, setzten der hochgelehrten Kirchentheologie ihre eigene Offenbarung entgegen und schwärmten vom baldigen Kommen des Endreiches.
Die Täufer hatten in weiten Teilen des Münsterlandes und im benachbarten Friesland viele Anhänger. Für sie alle wurde Münster zum „Neuen Jerusalem“. Franz von Waldeck, Bischof von Münster und insgeheim eher dem protestantischen Lager zugeneigt, belagerte die Stadt, um den Täufern die Macht wieder zu entreißen. Unter dem Druck von außen führten die Täufer eine Art Gütergemeinschaft und die „Vielweiberei“ in der belagerten Stadt ein. Im Juni 1535 eroberten die Landsknechte des Bischofs die Stadt und richteten ein Blutbad an. Die Anführer Bernd Krechting, Jan van Leiden und Bernd Knipperdolling wurden verhaftet, verhört, auf Burgen und in den Städten Westfalens zur Schau gestellt und schließlich in Münster zu Tode gefoltert. Ihre Leichen ließ der Fürstbischof in drei Käfige stecken, die er zur Abschreckung und zur Demonstration seiner Macht hoch oben am Turm der Lambertikirche aufhängen ließ.

ben. Bemerkenswert ist auch, dass Hille Feicken kritische Fragen an die eigene Seite, an das Regiment der Täufer selbst in dieser Ausnahmesituation des Verhörs nicht aussparte. So verstand sie nicht, warum in der Stadt Gütergemeinschaft herrschte. Auch beklagte sie das Fehlen einer Obrigkeit, die es doch geben müsse, um Ungerechtigkeiten zu beseitigen und um zu strafen.
An der Erwachsenentaufe, dem Kern des Täuferbekenntnisses, hielt sie selbst unter der Folter fest. Wenn sie irre, wolle sie sich gern durch das Wort Gottes unterweisen lassen, sagte Hille Feicken. Sie unterstrich dieses Bekenntnis, indem sie es wiederholte: Wenn sie „mit dem Worte Gottes" eines Besseren belehrt werden könnte, dann würde sie die Taufe von Kindern geschehen lassen. Aber: „Ihrer Meinung nach muss der Glaube vor der Taufe da sein."

Wo sind die Ringe und das Gold?

Kurz vor dem Ende schlug das Verhör mit einer überraschenden Frage um. Bislang war es um die letzten Dinge gegangen, um Fragen des Glaubens und der Religionsausübung. Nun aber wurde Hille Feicken unvermittelt gefragt, wo denn der Schmuck und das Geld geblieben seien, das sie bei ihrer Gefangennahme bei sich getragen habe. Sie wusste es nicht. Das habe der Droste von Wolbeck in Telgte ihr abgenommen, antwortete sie knapp.
Wie viel Geld es denn gewesen sei, hakten die Fragesteller nach. Wussten es der Bischof und seine Helfershelfer wirklich nicht – oder waren sie einem weiteren Verbrechen auf der Spur, nämlich einem Diebstahl, noch dazu begangen von den eigenen Leuten?
Hille Feicken sagte, sie wisse nicht, wie viel Geld genau sie bei sich getragen habe. Sie gab dann aber doch einen Fingerzeig: „Johann von Raesfeld wisse es wohl." Stand Raesfeld seinerzeit unter Verdacht, die Schätze der Hille Feicken unterschlagen zu haben? „Der Ringe sind drei gewesen, zwei mit Steinen, einer ohne Stein", setzte sie noch hinzu.
Mit diesen Worten schließt das Verhörprotokoll. Wo die Wertsachen der Friesin geblieben und ob sie je wieder aufgetaucht sind, weiß niemand zu sagen.

Tod auf dem Galgenberg

Hille Feicken wurde wenige Tage nach ihrer Verhaftung in das fürstbischöfliche Gefängnis nach Bevergern gebracht. Dort wurde sie auf dem Galgenberg enthauptet und zur Abschreckung auf ein Rad gebunden.
Kurz vor ihrem Tod soll sie dem Scharfrichter zugerufen haben, er habe nicht die Macht, sie zu richten – „womit sie meinte, dass sie so heilig sei". So jedenfalls sah es Heinrich Gresbeck, ein ehemals überzeugter Täufer, der längst zum Bischof übergelaufen war und ein Augenzeuge der Ereignisse wurde. Zeugte Gresbecks Urteil vom bitteren Sarkasmus eines Mannes, der einmal seine Glaubensideale mit Hille Feicken geteilt hatte? Oder verbarg sich in seinem Satz eine klammheimliche Wertschätzung?
Gresbeck überlieferte auch den Schwur, den die Täuferführer in der Stadt ablegten, als sie vom Tod Hille Feickens erfuhren: „Wenn sie den Bischof von Münster kriegen oder fangen könnten, so sollte er dann auch nicht mit dem Leben davon kommen."

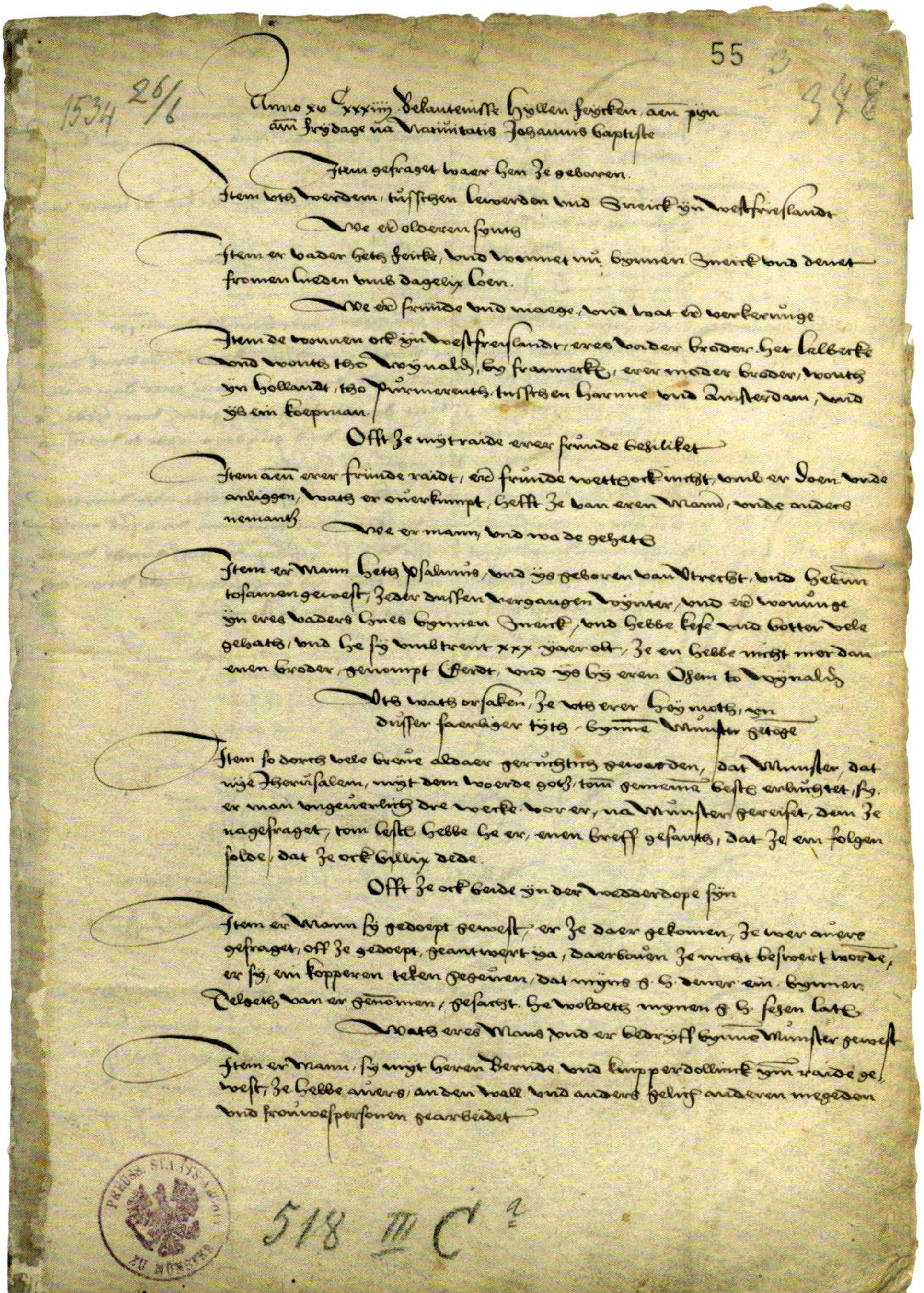
55

1534 26/6

Anno xv^c xxxiiij Bekantenisse Hillen Feicken aen pyn
am Frydage na Nativitatis Johannis Baptiste

Item gefraget waer hen ze gebaren.

Item tot Werdem, tusschen Lewerden und Sneick yn Westfreslandt

Wie ere olderen synt

Item er vader hete Feike, und wonnet nu binnen Sneick und denet fromen luden umb dagelix loen.

Wie ere frunde und maege, und wat ere nerynge

Item de wonnen ock yn Westfreslandt, eres vader broder het Lolberte und wonet tho Wyngaldt, by Franneker, erer moder broder, wonet yn Hollandt, tho Purmerentz tusschen Harnne und Amsterdam, und ys ein koepman.

Offt ze myt raide erer frunde beslapet

Item aen erer frunde raidt, ere frunde weten ock nicht, umb er doen unde anliggen, watz er overkumpt, hefft ze van eren Mann, unde anders nemantz.

Wie er mann, und wo de gehete

Item er Mann hete Psalmus, und ys geboren van Utrecht, und hebben tosamen gewest, zeder dussen vergangen wynter, und ere wonynge yn eres vaders huse binnen Sneick, und hebbe kese und botter vele gehatz, und he sy umbtrent xxx jaer olt, ze en hebbe nicht mer dan einen broder, genompt Gerdt, und ys by eren Ohem to Wyngaldt

Uth watz orsaken, ze uth erer heymoth, yn dusser ferliger tydt, binne Munster getoge

Item so dortz vele breve aldaer geruchtich gewarden, dat Munster, dat nye Jherusalem, myt dem woerde godz tom gemeinen beste erluchtet, sy er man ungeverlich dre weke vor er, na Munster gereiset, dem ze nagefraget, tom leste hebbe he er, einen breff gesandt, dat ze em folgen solde, dat ze ock willix dede.

Offt ze ock beide yn der wedderdope syn

Item er Mann sy gedoept gewest, er ze daer gekomen, ze weer avers gefraget, off ze gedoept, geantwort ja, daerbaven ze nicht besproeit worde, er sy ein kopperen teken gegeven, dat myne g. h. derer ein binnen Delvetz van er genomen, gesacht, he woldetz mynen g. h. segen late

Watz eres Mans und er bedryff binne Munster gewest

Item er Mann, sy myt heren Bernde und Knipperdollinck ym raide gewest, ze hebbe avers, an den wall und anders selfs anderen megeden und frouwespersonen gearbeidet

Die erste Seite des Original-Verhörprotokolls: Hille Feicken wurde nach ihrer Gefangennahme ausführlich befragt – zunächst noch „aen pyn", also ohne die Pein der Folter, wie die Titelzeile mitteilt.

„Dass Du mir thatest den Hals abschneiden"

Albaxen, Lügde, Ahmsen und Senne, 1500–1762

Steinkreuze erinnern an Totschlag, Mord und Sühnestrafen auf dem Land

In Albaxen bei Höxter wurde im Jahr 1500 ein Bauer namens Ludeke Mansen erschlagen. Die Mörder wurden gefasst. Vor dem Abt Hermann von Corvey, dem Landesherrn, fand am 17. Januar 1501 die gerichtliche Verhandlung statt. Auf der einen Seite saßen vier Männer, des Totschlags oder der Beihilfe an der Tat beschuldigt. Auf der anderen Seite saßen der Bruder des Toten, ein Verwandter sowie „ihre Söhne, Freunde und Anhänger".

Der Corveyer Abt erreichte, dass beide Seiten eine Vereinbarung trafen. Die Täter sollten dem Bruder des Toten ein Schwert sowie zehn Schillinge geben, für die Versorgung der Kinder des Toten aufkommen sowie „zum Seelenheil des Toten" 30 Messen lesen lassen und zwei Wallfahrten unternehmen. Außerdem wurden sie verurteilt, „ein steinernes Kreuz zu setzen vor Albaxen, wo die Tat geschehen ist".

Die Täter erkannten diese Sühnestrafe ebenso an wie Angehörigen des Ermordeten. Sie haben, so notierte der Corveyer Abt befriedigt, „den Schlägern eine gänzliche, ewige vollkommene Sühne gegeben".

Beide Seiten hatten sich also darauf verständigt, die Tat zu sühnen bzw. die Sühne anzunehmen. Diese Einigung beider zeigte sich nach außen, zur Dorfgemeinschaft hin, durch nichts deutlicher als durch das steinerne Kreuz, das die Täter bei Albaxen aufstellen mussten. Es erinnerte an die Untat, war gleichzeitig Teil der öffentlichen Sühne der Täter und demonstrierte, für alle sichtbar, den gemeinsamen Willen, wieder Frieden einkehren zu lassen.

Das Kreuz mit vielen Aufgaben

Das Albaxer Sühnekreuz ist eines ältesten unter den Steinkreuzen Westfalens, deren Geschichte der Volkskundler Wilhelm Brockpähler in den 1950er-Jahren erforscht hat. Brockpähler interessierte sich dabei weniger für die jüngeren Hof- und Andachtskreuze, sondern für die deutlich älteren Stücke: für die „niedrigen, wuchtigen, oft roh gearbeiteten und verwitterten Steinkreuze", wie der Wissenschaftler schrieb. Mal erinnerte ein massives Steinkreuz an ein Unglück – so wie in Vinnum bei Olfen, wo eine Bauerntochter im Hochsommer 1866 vom Blitz erschlagen wurde. Oder wie in Sandebeck im Kreis Höxter, wo ein junger Bauer von einem Schneesturm überrascht wurde und erfror. Andere Kreuze gedenken einer Pestepidemie, so etwa in Leiberg bei Büren, wo die Pest anno 1635 das halbe Dorf hinwegraffte.

Wieder andere Steinkreuze markieren seit Jahrhunderten Grenzpunkte zwischen zwei Territorien: etwa bei Ladbergen oder Milte, an der Grenze zwischen dem einstigen Fürstbistum Münster und den preußischen Herrschaften Tecklenburg-Lingen und Ravensberg. An der Südspitze des Siegerlandes fand Brockpähler fünf von ursprünglich einmal sieben Kreuzen, die im Halbkreis aufgestellt waren und seit alters her die Grenze nach Hessen-Nassau hin anzeigten.

Nicht wenige der alten Steinkreuze Westfalens aber erinnern an blutige Verbrechen, die sich an ihrer Stelle oder in der Nähe zugetragen haben. Häufig ist die genaue Tat längst vergessen. Allenfalls noch Sagen wissen von Brüdern oder auch von Schäfern zu berichten, die „genau an dieser Stelle" in blutigen Streit gerieten, bis am Ende einer oder gar beide tot waren.

Erzählt wurde dergleichen, um Grausen und Schauder zu verbreiten – glauben muss man das alles nicht. Anders verhält es sich mit Mordkreuzen, deren Geschichte schriftlich dokumentiert ist: durch Akten und Briefe oder auch durch Inschriften auf den Kreuzen selbst. In der gebotenen Kürze erzählen sie oft dramatische Geschichten.

Der „Messerkerl" – dieses Kreuz bei Feldrom-Altenbeken erinnert an die Ermordung eines Messerhändlers aus dem Osnabrücker Land.

Totschlag eines Leibeigenen

In Lügde an der Weser beispielsweise, an der Straße nach Elbrinxen, steht ein massiver Kreuzstein, dem man die Jahrhunderte ansieht, auch wenn er 1960 neu aufgestellt worden ist. Dabei wurde das Kreuz auf einen Unterbau gestellt, der die Inschrift trägt:

„Hier erschlug ein Leibeigener am 21. Juli 1676 Graf Christian Anton von Exter."

Nach einem überlieferten Bericht, der kurz nach der Tat für den Prior zu Corvey niedergeschrieben wurde, soll „der gute Herr Christian von Exter" in Elbrinxen die Pacht neu ausgeschrieben haben. Auf dem Heimweg sei er „spät in dem Abend" in einen Hinterhalt gelockt und „in schelmscher Weise ermordet" worden. Zur Erinnerung ließ seine Witwe später das Kreuz aufstellen.

Ein anderes Steinkreuz namens „Messerkerl" steht am Eggewanderweg bei Feldrom, unweit von Altenbeken. Der Name erinnert aber nicht, wie man vermuten könnte, an den vermeintlichen Täter, sondern an das Opfer. Ein Wanderhändler aus Voltlage im Osnabrücker Land, der mit Messern handelte, wurde an dieser Stelle ermordet. Die Inschrift des Kreuzes lautet in Original-Schreibweise: (Fortsetzung auf Seite 34)

Fünffacher Tod im Ahmser Krug

Waren die Täter Soldaten? Oder hatten sie die Uniformen nur getragen, um sich zu tarnen? Sicher ist, dass im Frühsommer 1724 im „Ahmser Krug", der Gaststätte zu Ahmsen bei Bad Salzuflen, ein grauenhaftes Verbrechen stattfand. Unbekannte, in Uniformen gekleidet, drangen in der Nacht zum Sonntag, 18. Juni 1724, in das Gasthaus ein und erstachen fünf Menschen:

- den 27-jährigen Gastwirt Simon Henrich Beckmann,
- seine Ehefrau, die 33-jährige Anne Elisabeth geb. Eickmeier aus Bermbeck,
- die 22-jährige Magd Anne Marie Ilsabein Pahmeier und
- den 19-jährigen „Hausknecht" des Gasthauses, Johann Hermann auf dem Schilde.
- Das fünfte Opfer war ein 46-jähriger Schäfer namens Casper Riesenberg. Er war mit seiner Herde in der Nähe unterwegs. Hatte er das Mordsgetöse mitbekommen? Oder hatten ihn seine Wachhunde geweckt? Sicher ist, dass er den bedrohten Gastleuten zu Hilfe geeilt und von den Tätern erstochen worden ist.

Im Urkunden- und Bürgerbuch der Stadt ist der Bericht eines Augenzeugen dokumentiert, der die Entdeckung der Tat schildert. Darin heißt es:

„Als einige Nachbarn am 18. Juni morgens früh den Schäfer, welcher in des Krügers Garten gelagert hatte, unweit seiner Schäferhütte auf dem Hof ermordet gefunden haben und das dem Wirt kundtun wollen, da finden sie die Türen zugemacht, dass also einer ins Stubenfenster stieg, um Alarm zu machen. Wie dieser in die Stuben gekommen, findet er die Wirtin hinter dem Ofen jämmerlich massakrieret. Als er das Haus geöffnet und die übrigen eingelassen hat, finden sie den Wirt hinter der Haustür vor dem Kuhstall, ebenfalls ermordet, wie auch nach weiterer Visitierung die Magd auf dem Boden unter dem Dach, mit vielen Wunden hingerichtet. Zuletzt treffen sie auch den Jungen im Hause hinten auf der Kammer auf dem Bett, der mit dem Tode kämpft. Von ihm können sie noch dieses vernehmen: Des Nachts um 12 Uhr seien zwei Kerls, welche blau gekleidete Soldaten gewesen und ein gelbes Kamisol getragen und um den Hut eine weiße Borde gehabt, gekommen, um daselbst zu übernachten. Um 1 Uhr sind noch drei andere gekommen. Als er ihnen die Tür geöffnet habe, hätten sie ihn sogleich angefallen,

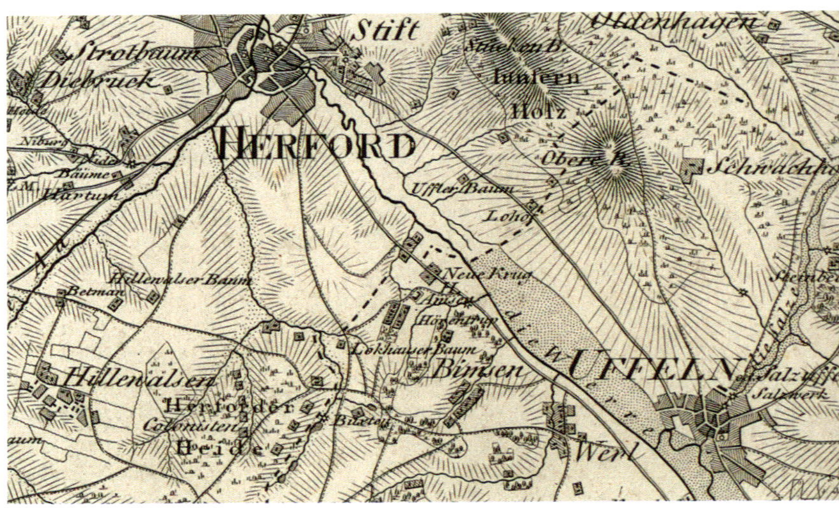

Die Lage des Ahmser Kruges auf einer Karte, die um 1800 entstanden ist.

jämmerlich zerfleischet und vor der Tür liegen gelassen, weil sie glaubten, er sei tot. Darauf haben sie die übrigen im Hause und den Schäfer, welcher in seiner Karre gelegen und vielleicht sich verstecken oder den Notleidenden zur Hilfe kommen wollte, elendiglich massakriert. Als die Täter weg waren, sei er, der Junge, wieder ins Haus gekrochen. Die Rückkehr der Männer befürchtend, habe er das Haus zugemacht. Sein aus dem aufgeschnittenem Leibe wallendes Eingeweide habe er in der Hand gehalten und sei auf die Kammer gegangen. Mehr zu erzählen hat ihn der Tot behindert, welcher ihm das Lebenslicht vollends ausblies."

Das Protokoll berichtet, dass die Toten von einem Arzt untersucht wurden. An der Leiche des Gastwirtes und des Schäfers habe der „Physicus et Chirurgus" jeweils vier Wunden entdeckt. Der Junge habe 17 und die Magd 25 Blessuren aufgewiesen. „Der Wirtin haben die Schelme am meisten zugesetzt", fährt der Bericht fort. „Weil sie sich gewehrt hat, haben sie ihr die Leber und Lunge durchgestochen, die Milz fünf Mal und die Brust zehn Mal, ihr noch acht Wunden hin- und wiedergegeben und ihr dann auch den Goldfinger zerschnitten." Das Protokoll schließt mit dem Satz: „Wer diese entsetzlichen Taten ausgeübt hat, ist Gott bekannt, den Menschen ist solches verborgen geblieben."

Drei Tage nach dem Überfall auf den Ahmser Krug wurden die fünf Toten auf dem Friedhof der Münstergemeinde zu Herford beigesetzt. Gemeinsam, wie sie gestorben waren, fanden sie dort ihre letzte Ruhestätte. Ein gemeinsamer Grabstein hielt ihre Namen fest – und die Erinnerung an die grausige Tat. Die Inschrift lautet in der Original-Schreibweise:

Aus dem Jahr 1724 stammt dieser etwa 1,20 Meter hohe Grabstein, der an das grauenhafte Verbrechen im Ahmser Krug bei Bad Salzuflen erinnert.

Hier ruhen 5 Per-
sohnen, so Anno 1724
nachts vom 17. auf den 18.
Juny im Amser Krug über-
fallen und jammerlich
ermordtet worden
Als
Simon Henrich Beckman
mit seiner Frau gewes-
ener Newen Krueger
desen Knecht, Magt
und ein Schaffer
Die Morder sein
nicht entdeckt

Mehr als 130 Jahre später war die Erinnerung an die Gewalttat erloschen. Als der Friedhof um 1850 aufgegeben und die Grabmäler verkauft wurden, wurde das Denkmal zum Ahmser Krug transportiert. Doch die Tat, an die es erinnerte, war so weit verblasst, dass der Grabstein beim Bau eines Spülsteins verwendet wurde.

Bei späteren Umbauten wurde er wiederentdeckt und neu aufgestellt. Heute wird er im Stadtarchiv von Bad Salzuflen aufbewahrt.

„1752 dem 28. September ist allhir erbörmlig um sein Leben gekamen Albert Meijer von Voltlagen – Bette vor seine Sel unt vor alle Reisente ein Vatter Unser (und) Afe Maria". Andere Inschriften sind weniger wortkarg – wie etwa am Steinkreuz, das in einer Weide am Gut Niering in der Recklinghausener Bauerschaft Speckhorn steht. Dort lautet die Inschrift:
„Im Jahre 1762 den 6. Juni in der 10. Abendstunde ist auf diesem Platze mörderischer Weise erschossen [worden] der hochedel geborene Herr Franz Anton Horst, Herr zu Ost- und Westniering, nachdem er die Jungfer Elenora Heuermann, gebürtig aus Duisburg, erheiratet, dieselbe vor kurzer Zeit zur Erbin seiner Güter durch Testament ernannt hat und jetzt eben im 24. Jahre seines Alters war."
Aus Akten zur Hofgeschichte ist überliefert, das jener Franz Anton Horst bereits als Fünfjähriger – gemeinsam mit seinem Bruder – vom Großvater das Gut geerbt hatte. Knapp 20 Jahre später hatte er dann, gerade frisch verheiratet, den Tod gefunden. Sein Bruder und Miterbe muss zu diesem Zeitpunkt tot gewesen sein, denn vom Mordopfer wird überliefert, es sei der letzte männliche Erbe seiner Familie gewesen. Da er keine Kinder hatte, fiel das Hoferbe an seine junge Ehefrau.
Noch weniger ist vom Täter überliefert. Ein Jäger soll den jungen Gutsbesitzer erschossen haben. Andere wollen wissen, dass es der Hausgärtner gewesen ist. Aber warum? Steckte gar die junge Frau hinter dem Mord, wie mancher Lokalkriminalist bereits gemutmaßt hat? – Die Hintergründe der Tat sind wohl nicht mehr zu ermitteln. Immerhin ist die Inschrift von Wilhelm Brockpähler gut dokumentiert worden. An Ort und Stelle ist sie inzwischen stark verwittert und kaum mehr zu entziffern.

Klageschreie, in Stein gehauen

Die wohl eindringlichsten Gedenksteine stehen in Senne II bei Bielefeld. Dort soll ein desertierter Soldat eines preußisch-brandenburgischen Regiments am 3. Oktober 1660 seine Frau Anna und das gemeinsame, gerade sechs Monate alte Kind Maria Helena getötet haben. Der Täter ist gefasst und kurz darauf hingerichtet worden. Das Datum seiner Tat und die Namen der beiden Opfer sind auf den Steinen verewigt. Besonders eindringlich wirken die Inschriften, weil sie den Getöteten Klageschreie in den Mund legen. Auf dem einen Stein heißt es:
„O Mensch, sieh an die große That, wie mich mein Mann ermordet hat, mit meinem Kint vom halben Jahr, so von seinem Fleisch geboren war." – Auf dem anderen Stein werden dem Kind diese Worte zugesprochen: „Ach Vater, wie konts dein Hertze leiden, daß du mir thatest den Hals abschneiden und begingest an mir an diesem Ord so ein grausame unerhört Mort. Anno 1660."

Die beiden Gedenksteine in Bielefeld-Senne

„Allerhand Mutwillen gezeiget“

Greven und benachbarte Dörfer im Münsterland, 1557–1664

Fälle aus den Protokollbüchern eines ländlichen Gogerichts

Dörfliche Gerichte auf dem Land hatten sich in der Frühen Neuzeit mit einer Vielzahl abwechselnder Fälle von Rechtsübertretung zu befassen. Der bösen Beleidigung folgte ein Hühnerdiebstahl, anschließend ging es um Raub, Totschlag oder Kindsmord, dazwischen wurden Verstöße gegen Kleider- und Festregeln geahndet.

Diese Mischung dörflicher Straftaten bestimmte auch die Verhandlungen des Gogerichtes zur Meest im Münsterland. Es war für die Dörfer und Bauerschaften nördlich und nordwestlich der Bischofsstadt Münster zuständig.

Die Gerichtsprotokolle sind erhalten geblieben. Sie decken die Jahre zwischen 1562 und 1620 sowie – mit Unterbrechungen – zwischen 1659 und 1725 ab. Dokumentiert sind insgesamt 3660 Delikte. Die folgende Auswahl an Einträgen, in heute verständliche Sprache gebracht, vermittelt das Spektrum dörflicher Vergehen jener Jahre.

Häufig heißt es im Protokollbuch, dieser oder jener „wird beklagt“. Nach heutigem Sprachgebrauch steht mit dieser Formel die Prüfung der Beweislage und ein Urteil noch aus. Im historischen Dokument aber ist das Gegenteil gemeint: Der Tatbestand ist erwiesen, das Urteil gefällt.

Aus vielen Dörfern, Bauerschaften und Kleinstädten der Frühen Neuzeit sind ähnliche Aufzeichnungen überliefert. Ihr Inhalt dürfte von dieser Auswahl aus dem Münsterland kaum abweichen. Unter dem Strich gewähren die Aufzeichnungen des Gogerichtes zur Meest einen Blick auf den Tatort Dorf und lassen in Abgründe blicken: Abgründe menschlicher Existenz in karger Zeit.

1557

Else Bruninges ist beklagt und wegen Dieberei ins Gefängnis gelegt worden, anschließend peinlich [unter Folter] verhört und nach vorgebrachtem Bekenntnis auf Befehl meiner Herren auf Gnaden am Kacke gesteupt [am Schandpfahl gestraft] und ein Ohr abgeschnitten worden.

1563

Buß Berndt hat während seiner Ehe zwei Schwesterkinder geschwängert. Wegen des Ehebruches hat Herr Archidiakon ihn gestraft, wegen des Blutes stelle ich die Sache in gutes Bedenken meines Ehrwürdigen Herren.

1563

Gerstkamp hat beschlafen Hacken Berendes Schwester und dessen Tochter.

1588–1589

Vedermans Sohn und Kerstin Vorsschepoell haben vergangenes Jahr etliche Wagen geplündert, eine Barde [Handbeil] und ein Paar Schuhe davon genommen und die Fuhrleute als Diebe und Schelme gescholten.

1590–1591

Der Vogt zum Oldenberge klagt an, dass Catharina im Roen ein Kind, so von ihr geboren, umgebracht und hinter Wernings Hofzaun in den Graben geworfen hat, weshalb sie ins Gefängnis gelegt und mit dem Schwert hingerichtet worden ist.

1591–1592

Jacob von Tecklenborg, Olthuises Lütke Knecht, ist in Johann Fralings Haus zu Nordwalde von Joest Walrauen durchstochen worden, und der Täter ist verwichen.

1592–1593

Kunnen Hinrich hat Herman Jerwert am Montag nach Cantate [4. Sonntag nach Ostern] geblutwundet.

1595–1596

Johann Schemdes, Wilhelm Bovinck und des Werden Sohn haben im Dorfe Greven bei Nachtzeit etliche Hühner bei den Eingesessenen des Dorfes Greven abgeholt, in Hinrich Thunigs Hause gekocht und dort gefressen.
Cort von Herforde hat am 1. Februar 1596 des Rekers Hausfrau zu Detten in ihrem eigenen Haus ermordet, weswegen er im Gogericht ins Gefängnis gelegt und am 14. Februar vor das Gericht gestellt und auf dem Reckenfeld enthauptet und auf ein Rad gelegt wurde.

1596–1597

Schulte Entrup und Gerdt Menninck haben Welickman, als er seine Schwester bestattet hat, das Heck [Tor] vor dem Haus in Stücke gehauen, die Tafeln mit der Kost über den Haufen geworfen und die Gäste aus dem Haus gejagt.

1599–1600

Der junge Bernhard Schulte Ebbelings zu Laer wird beschuldigt, dass er auf dem jüngst in anno 1599 gehaltenen Grevener Markt Johan zu Eickell auf freier Straße tätlich angesprungen und mit Gewalt und wider seinen Willen auf sein Pferd, das er geritten, hinterrücks aufgesprungen ist. Anschließlich, als genannter Eickell ihn aufgefordert hat abzusteigen, hat er denselben beim Hals ergriffen, vom Pferd gezogen und seines Gefallens so geschlagen, dass er in Lebensgefahr gestanden hätte, wenn er von Albrecht Frielingh, Johan Wennekingh und anderen nicht gerettet worden wäre.
Derselbe ist beschuldigt, dass er mit etlichen anderen seinen Mitgesellen auf Sonntag, den 31. Oktober des neunundneunzigsten Jahres im Kirchspiel Nordwalde auf einer Gesellschaft, so auf Waterkamps Kotten gehalten, allerhand unleidlichen Mutwillen und Gewalt geübt, die Bierkannen platt geschlagen und die Kost unter den Tisch geworfen hat. Danach hat er Türen und Fenster mit Gewalt aufgelaufen und teilweise in Stücke gehauen. Eine Frau, genannt Elsa Leppers, hat er in ihrem Haus und dann auch einen Boten von Hengell gröblich verwundet.

1601–1602

Melchior Grevinck, Schulten Grevings Sohn zu Altenberge, wird von Amts wegen beschuldigt, dass er vergangenen Sommer Johann Goevertte auf freier Straße tätlich angesprungen, gestoßen und geschlagen, in das Haupt tödlich verwundet und in das Korn geschleift hat. Goevertte hat daselbst für tot die ganze Nacht gelegen und ist erst am folgenden Tag von des Goeverts Gesinde daselbst gefunden worden.

1602–1603

Der Fiscus hat die Brauer zu Nordwalde beschuldigt, obwohl sie samt und sonders verpflichtet sind, von allem und jedem Keut [Bier], so sie brauen und verzapfen, der hohen Ob-

Die Enthauptung – Buchmalerei aus dem 14. Jahrhundert im Soester Nequambuch

rigkeit die schuldige Akzise [Steuer] aufrichtig zu entrichten und alle Tonnen [Fässer] eines jeglichen Gebräus auf den dazu angeordneten Akzisenstöcken getreulich vermerken zu lassen, dass sie gleichwohl solches nicht getan. Sondern sie haben von einem Brauvorgang, darin sie gewöhnlich acht oder neun Tonnen Keut gebraut, nur fünf Tonnen verzeichnen lassen, wodurch sie die Akzise unterschlagen und verschwiegen, auch daran zu viel und Unrecht getan haben.
Gerhardt Eileking, Küster zu Nienberge, ist von Amts wegen strafrechtlich angeklagt, weil er am 17. Juli genannten 1602. Jahres den alten Vater Deiterman in der Küsterei an das Haupt geschlagen hat, dass derselbe sofort davon zur Erde gefallen und daselbst die ganze Nacht für tot liegengeblieben ist. Folgenden Tages ist Deitermann gleich wie ein toter Mensch auf einer Karre nach Haus geführt worden, hat daselbst etliche Tage sprachlos gelegen und ist vermutlich wegen vorgenanntem Schlag den folgenden Sonntag, den 22. genannten Monats Juli, den Mittag um 12 Uhr verstorben.
Der Gerversche Sohn ist von Amts wegen verklagt, dass er seiner leiblichen Mutter wider Gottes und kindliche Liebe mit einer Forke in die Kleider gestochen und im Angesicht verletzt hat. Auch hat er gedroht, er wolle sie alle, Eltern und Hausgesinde meinend, um die Hälse bringen.

1603–1604

Berthold Kellinckhauß wird beschuldigt, dass er auf dem Weg von Münster nach Nienberge Lucken Annen auf freier Königsstraße zu bekräftigen [vergewaltigen] unterstanden und zu verschiedenen Malen derselben angeboten, dass sie ihm in die Hose greifen und fühlen sollte wie er geschaffen. Auch hat er anschließend in der Küsterei zu Nienberge sich öffentlich vernehmen lassen, dass er genannte Annen auf dem Münsterischen Wege fleischlich erkannt [mit ihr Geschlechtsverkehr gehabt] und wortwörtlich „auf ihr gewesen“ sich gerühmt hat.

1604–1605

Godtfriedt Bisping zu Nordwalde wird von Amts wegen beschuldigt, dass er am 24. August des 1602. Jahres in Albrechten Hulßhorst Behausung seinen eheleiblichen Bruder Albrechten Bisping, mit dem er daselbst eine Zeit lang getrunken und zu keiner Unlust Anlass gegeben hat, aus vorsätzlichem Mutwillen mit einem Scheidemesser dergestalt verwundet, dass derselbe sofort davon zur Erde gestürzt und selben Abend verstorben ist.

1607–1608

Der Doemer ist angeklagt, dass er in Bernd Fralings Haus dem Henrich zum Oisterhoff das Fell von den Händen und das Angesicht durchgekratzt hat. Heinrich zum Oisterhoff hat den Doemer wiederum zur Erde geschmissen und gröblich geschlagen.
Anna Twickels hat vergangenen Michaelis des Steggekotters Jungen geblutwundet.
Johan Betteman und dessen Hausfrau werden beschuldigt, weil ihr Sohn Christian mit Greiten Eistrup, als zwei Schwesterkinder, eine Blutschande begangen hat, selbige fleischlich erkannt und geschwängert, anschließend auch, wie angegeben, ein totes Kind gezeugt, das sie solches nicht in Achtung genommen, sondern solche heimliche Geburt verschwiegen, niemals der Obrigkeit denunziert, vielweniger das tote Kind besichtigen lassen und also dasselbe verdunkeln und verhüten helfen.
Lyse Bettmans ist beschuldigt, weil sie bei Gebärung des Kindes dabeigewesen und dazu Hilfe geleistet hat, auch selbiges acht Tage in ihrem Haus in einer Kiste verborgen. Sie hat gleichwohl solches der Obrigkeit nicht denunziert, sondern verdunkeln und verhüten geholfen.
Christian Betteman ist überführt, dass er obengemeldete Blutschande begangen und sich mit seiner eigenen und nahen Verwandten fleischlich vermischt, auch dass er nach geschehener Geburt geflohen ist.

1609–1610

Lütke Loeman zu Nienberge hat vergangenen Herbst die Mutter Streverkersche an der Nienberger Landwehr mit einem Forkenstiel blutig blau und zur Erde geschlagen und sie als eine Hopfendiebin gescholten.

1613–1614

Untiedt und sein Knecht haben des Samstags von Simonis und Judae [28. Oktober] Loman ein eingepfändetes Pferd nicht allein mit Gewalt abgenommen, sondern auch denselben bei dem Bart ergriffen und mit einem Messer stechen, anschließend auch mit einem Baum schlagen wollen, wenn es durch seine Frau nicht verhindert worden wäre.

1614–1615

Schulte Oithmaring hat dem Veddelman mit einem Beutel Geld auf das bloße Haupt geschlagen, dass er etliche Tage Schmerzen empfunden hat. Außerdem hat er denselben als einen Pracher gescholten, aussagend: „Du Pracher, hast Du so viel Geld, als ich in dem Beutel hab'?“

1615–1616

Melchior Hockers ist außerhalb des Landes verwichen [geflohen] und verreist, weil er im Januar 1615 mit Anneken zur Horst fleischliche Vermischung gepflegt und damit eine Blutschande begangen hat, nachdem sein Bruder vorher mit derselben ebenso zu schaffen gehabt hat. Des Beklagten Vater hat sich unterworfen und gelobt Abtrag zu machen. Jedoch hat er dabei angegeben, dass der Sohn aus Jugend und Trunkenheit dazu verleitet wurde. Er bat, auch weil er vor zwei Jahren in seiner Armut verbrannt ist, in großgünstige Nachsicht zu gehen.

1616–1617

Hermann Pfinxten von Schwerte hat im Juli auf dem Mehr zu Nordwalde eine Zeit lang mit Bertelings Sohn Karten gespielt, anschließend mit demselben Zank angefangen, sein beihabendes Rohr gespannt, ist demselben aus der Stube gefolgt in der Meinung ihn zu erschießen, wiegleich er dann auch losgedrückt und die Kugel durch Abwendung Gottes in die Erde geschossen hat.

Conemans Knecht hat Brunings Tochter mit einem Messer ins Weiche vom Leib gestochen. Derselbe hat Brunings Knecht am gleichen Tag mit einem Messer ins Haupt verwundet.

1659–1660

Schulten Entrups Buschkotter in Altenberge wird beschuldigt, dass er trotz der Herren Befehl seinen schaubissigen Hund nicht angelegt hat. Derselbe hat dem Roelver ein Lamm abgebissen. Der Beklagte sagte, dass er auf Befehl der Herren – wie es Vorschrift sei – seinem Hund einen Knüppel angehangen habe und geglaubt, der Hund könne wegen seiner Kleinheit das Schaf nicht tot beißen.

Vrede im Dorf zu Greven wird beschuldigt, dass er Brautwirtschaft gehalten und zu viele Gäste gehabt und also wider die Landgerichtsordnung gefrevelt hat. Sonntags [hat er] gehabt 70 Personen, montags gleichfalls 70 Personen. Ferdinand Veltman wird ebenso beschuldigt: Er hat sonntags gehabt 120 Personen, montags 180 Personen, dienstags 170 Personen.

1663–1664

Hermann Brinckmann wird beschuldigt, dass er Dreyhauses seinen Jungen mutwilligerweise mit der Barde ein großes Loch ins Haupt geschlagen hat. Der Beklagte sagte nach Warnung vor dem Meineid und getanem Eid: Weil der Junge ihm mit den Schweinen in seinem Korn so großen Schaden zugefügt hat und er denselben nun letztens wieder darin gefunden hat, habe er den Jungen aus Eifer mit der in Händen haltenden Barde [Handbeil] über den Rücken gepickt, nicht aber gehauen. Dagegen zeigte der Junge die Wunden und das durch das Wams gehauene Loch.

Dörfer vor Gericht

Verschiedene Dörfer in Westfalen, 1562–1815

Eigentums-, Gewalt- und Sexualdelikte vor den Rügegerichten

Wer beim Ackerbau die Grenzen des Nachbarn „übersah" oder gar dessen Kuh molk und dabei erwischt wurde, musste zur Strafe „Brüchtengeld" zahlen. Die Abbildung entstand 1713 und zeigt die Härte der Landwirtschaft auf den Sandböden im östlichen Westfalen.

Weihnachten 1611. In Füchtorf, einem kleinen Dorf im Münsterland, schlendert der Knecht des Bauern Ossendarp durch die nächtliche Dorfbauerschaft. Plötzlich wird er überfallen und auf offener Straße zusammengeschlagen. Drei Personen sollen es gewesen sein, sagt der Knecht später aus. Aber, so ergänzt er, er wisse nicht, „wer's gewesen sei".

Wusste er es tatsächlich nicht? Oder wollte er es nicht sagen? Was steckte hinter diesem Überfall? Das dörfliche Gericht warf dem Knecht später vor, den Überfall verheimlicht zu haben. Sein Schweigen brachte ihm, dem Opfer, sogar einen Tadel ein. Die Täter hingegen wurden nie ermittelt. Zumindest fehlt von ihnen in den Füchtorfer Gerichtsprotokollen jede Spur.

„Einen Bruder tot gestochen"

Trotz dieser Lücken gewähren die Quellen des Füchtorfer Gerichtes tiefe Einblicke in das alles andere als beschauliche Alltagsleben auf dem Land in der Frühen Neuzeit. Die ländliche Kriminalität trug viele Gesichter, wie die folgenden Einträge aus Füchtorf zeigen:

- 1606: „Warthaus hat Koeckentidts Sohn mit einer Barde [Handbeil] in den Rücken geworfen, darüber hat er Leibes Gefahr ausgestanden."
- 1606: „Der Ketteler zu Peckeloh hat seinen Bruder tot gestochen am Vogts Haus am Rippelbaum."
- 1614: „Es beklagt sich der Küster, dass ihm Johann Schneider als einen alten greisen Schelm gescholten hat."
- 1616: „Everd Prys beklagt sich, dass ihm in nachtschlafender Zeit an seinem Hause sei Gewalt geschehen."
- 1617: „Johann und Hermann Erdmann haben geklaget, dass Johann Rupe und Johann Haver der Jüngere ihnen in nachtschlafender Zeit, wie sie nach Hause von Mollenstroits Haus gehen wollten, nachgesetzet und sie mit Knüppeln dergestalt bezogen, dass sie es lange Zeit nicht verwinden konnten."

Für die 45 Jahre zwischen 1576 und 1620 hat die Historikerin Margarete Wittke insgesamt 775 Fälle allein zu den Tatbeständen der Beleidigungen und Körperverletzung gezählt – ziemlich viel für ein Dorf mit nicht einmal 700 Einwohnern. Die vermeintlich hohe Delikt- bzw. Kriminalitätsrate rückt in ein anderes Licht, wenn man auf die Rügegerichte blickt, die es bis zum Entstehen einer modernen Gerichtsbarkeit im 19. Jahrhundert vielerorts in den Dörfern und Landgemeinden gab – und wenn man die Regeln der Rechtsprechung in damaliger Zeit kennt.

Die Rügegerichte waren Teil der dörflichen, bäuerlich geprägten Selbstorganisation, der „universitas rusticorum". Entscheidendes Kriterium zur Teilnahme an einer dörflichen Gerichtssitzung war in der Regel der Besitz, also die Bewirtschaftung von Land.

Der Schüppenkötter als Richter

In Füchtorf beispielsweise mussten alle am Rügegericht teilnehmen, die im Kirchspiel Grund und Boden besaßen oder beackerten – „sowohl die auf geringsten Kotten oder Stätten als auch aus [größeren] Erben Haushalten", wie es ausdrücklich hieß. Wer kein Land besaß, musste nicht teilnehmen. Fehlte jemand ohne Entschuldigung, wurde er mit einer Strafe belegt.

Die dörflichen Rügegerichte kamen mehrmals im Jahr zusammen. Im sauerländischen Medebach beispielsweise wurde das Gericht bis zu siebenmal im Jahr anberaumt, in Füchtorf hingegen zweimal im Jahr: zur „Frühjahrsrüge" zwischen Januar und April und zur „Herbstrüge" zwischen September und November.

Das Rügegericht leitete der sogenannte Bauerrichter. Diese Aufgabe war vielerorts mit dem örtlichen Meier- oder Schulzenhof verknüpft – vielerorts, aber eben nicht überall. In Füchtorf, um bei diesem Beispiel zu bleiben, rotierte das Amt. Es war nicht nur den Eigentümern der großen Vollerbenhöfe vorbehalten. Auch die kleineren „Schüppenkötter“ oder „Pferdekötter“ konnten es antreten.

„Es geht das Geschrei …“

Der jeweilige Bauerrichter hatte dafür zu sorgen, dass alle strafwürdigen Taten, die sich im Kirchspiel zugetragen hatten, zur Sprache gebracht wurden. Dabei konnten sie nie sicher sein, einem Gerücht aufzusitzen. Deshalb sind die Klagepunkte oft vorsichtig formuliert: Warthorsts Söhne „sollen“ sich geschlagen haben, heißt es im – oben zitierten – Eintrag nicht ohne Grund. In anderen Protokollen retteten sich die Bauerrichter in Formulierungen wie: „Solches ist geruchtbar …“, „Es geht das Geschrei, dass …“ oder auch, sie hätten eine Tat „ex fama“ erfahren, also: dem Hörensagen nach.
Drei Viertel aller Verfahren vor dem Rügegericht hatten Füchtorfer angestrengt, weil irgendjemand ihnen einen Diebstahl oder ein anderes Delikt nachgesagt hatte. Sie drehten sich also um Gerüchte. Auch das erklärt die hohe Zahl aktenkundiger Fälle. Tatsächlich waren sie nicht geschehen, sondern „nur“ erzählt. Nicht selten fehlte jeder Beleg.
Trotzdem waren sie aus der dörflichen Öffentlichkeit nur durch den Spruch des Rügegerichtes zu tilgen. Anno 1619 beispielsweise mussten die Füchtorfer Bauerrichter die Frage klären, ob sich zwei Frauen auf offener Dorfstraße tatsächlich entgegengerufen hatten, sie seien „ehebrecherische Huren“. Weder eine der Frauen noch ein Zeuge hatte sich gemeldet. Vielmehr hatten die Bauerrichter davon erfahren, dass der örtliche Schneider davon erfahren habe …
Strafen, so schreibt die Historikerin Margarete Wittke, legte das Füchtorfer Rügegericht nur fest, „wenn an der Täterschaft kein Zweifel bestand und sich der Täter sofort zur Zahlung einer Geldbuße bereit erklärte“. Schwere Delikte sowie unklare oder verwickelte Fälle wurden an die nächsthöhere Gerichtsinstanz außerhalb des Dorfes weitergereicht: an das sogenannte Gogericht, in dem der Grundherr Recht sprach.

Abgründe dörflichen Lebens

Ungezählte Verhörprotokolle und Urteilssprüche ländlicher Dorfgerichte sind in den Protokollbüchern der Dörfer und Bauerschaften, mehr noch in den Archiven der Adligen, der Kirchen und Klöster oder der jeweiligen Landesherrschaft überliefert. Wer die Klagen, Protokolle und Urteilssprüche des 15. bis 18. Jahrhunderts liest, blickt in Abgründe dörflichen Zusammenlebens, aber auch in Untiefen damaliger Rechtsprechung.
Meist beschäftigten sich die Rügegerichte mit Delikten wie Beleidigungen, Intrigen, Diebstahl, Zauberei, dem Melken fremden Viehs oder Prügeleien. Blättern wir in einem Register aus dem Paderborner Land des Jahres 1562:

- 11 Schillinge Strafe musste ein gewisser Hermann Niesecken zahlen, weil er „seiner Frauwen Vader mit einer Kannen geworpen“, also seinem Schwiegervater eine Kanne entgegengeschleudert hatte.
- Cord Schepers „uff dem Sande“ hatte die Summe von 3 Mark und 4 Schillingen zu entrichten, weil er „des Radenbroichers Frau an ein Bein geschlagen“. Schepers taucht kurz darauf ein weiteres Mal auf, weil er einen anderen Bauern „in seinem Kampe geschlagen“.
- Ein gewisser Johann, Schäfer des Bauern Holtgreve, musste 4 Mark und 6 Schillinge zahlen, weil er „des Stropen Dochter beslapen“ hat, wie es im Originaldokument heißt. Was verbirgt sich hinter diesem Eintrag? Hatte der Schäfer die Tochter des Bauern Strope vergewaltigt? Wir erfahren es nicht.

Wer das Land eines anderen pflügte, ohne gefragt zu haben, musste mit harten Strafen rechnen – das sah schon der mittelalterliche Sachsenspiegel vor. Diese Zeichnung stammt aus der 1336 gefertigten Oldenburger Handschrift des Sachsenspiegels.

- Ein Bauer namens Kalber Tigs wurde zu 4 Mark und 6 Schillingen verdonnert, weil er „seine Frau ohne Vorwissen meines gnädigen Herrn zur Ehe genommen", wie der Protokollschreiber notiert. Der Bauer hätte beim bischöflichen Grundherrn vorher um Erlaubnis fragen müssen.
- Ein anderer Bauer namens Kul Peter, wie er in dem Aktenstück des Jahres 1562 wiedergegeben wird, hatte 9 Mark zu zahlen. Warum? Er hatte „geschützte Kühe", die auf eingezäuntem Weideland gegrast hatten, an sich genommen.

Außerdem hatte er einen Streifen Land des Nachbarbauern „abgepflügt", sich also mit der Pflugschar klammheimlich angeeignet. Überdies noch hatte er widerrechtlich in Gewässern des Landesherrn Fischfang betrieben. Dafür waren 22 Mark und 3 Schillinge Strafe fällig. Im Originalwortlaut liest sich der Eintrag so:

„Kul Peter, das der die geschuttedenn koige widder genommen und Albertt tho Gesteln landt affgeplogtt und uff meins gnedigen hern wather gefisschett."

- Auch politischer Protest oder Anstachelung zum Aufruhr konnte vor Gericht verhandelt und mit einer Geldstrafe belegt werden. 1562 wurde ein Mann namens Qwackert auffällig, der aus dem Rat der Stadt Salzkotten gewiesen worden war und nun seine erneute Einsetzung erzwingen wollte. Dadurch sei „in der Gemeinde schier einen Aufruhr gegen den Rat entstanden", und der Rat habe sogar „vom Rathaus weichen müssen". Qwackert hatte dafür die Höchststrafe jenes Jahres, nämlich 83 Schillinge und 2 Denare zu entrichten.

In Marsberg hat sich ein Pranger aus dem 16. Jahrhundert erhalten. Das Stehen am „Kaak", wie im Norden und Westen Deutschlands der Schandpfahl oder Pranger genannt wurde, zählte zu den gängigen Strafen in den Dörfern wie auch in den Städten. In der Hansestadt Lübeck steht ein mittelalterlicher „Kaak" an prominenter Stelle auf dem Marktplatz.

Spuren des Mangels

Solche öffentlichen Angelegenheiten sind in den Gerichtsprotokollen eher selten. Vergehen gegen Eigentumsrechte und unrechtmäßige Landnutzung hingegen prägten die Kriminalität am Tatort Dorf der Frühen Neuzeit. Da wurden fremde Felder abgeerntet oder „angepflügt", da wurde die Kuh des Nachbarn heimlich gemolken, da wurde Holz im Wald geschlagen, in fremden Gewässern gefischt, in Gräben unerlaubt geschaufelt und dergleichen mehr. Letztlich geben die Gerichtsprotokolle den Blick frei in eine ländliche Gesellschaft des Mangels, der Subsistenzkrisen und des täglichen Kampfes gegen den Hunger.

Einen auffallend großen Raum nehmen überdies Gewaltdelikte ein. Da wurde dem einen „durch die Hand gestochen", dem anderen „in dem Leib gestochen", dem dritten „in den Kopf gehauen" oder gar „der Kopf entzwei geschlagen", da wurden Äxte geschwungen, kupferne Kessel geworfen oder es wurde mit Messern oder Forken zugestochen.

Kampf um Ansehen und Ehre

Sexualdelikte sind ebenfalls auffallend oft aufgeführt. „Er hat Boltes Tochter beschlafen" – Notizen wie diese füllen die Brüchtenregister, ohne dass die Hintergründe der Tat näher geschildert sind. Sogar Fälle von Inzucht sind erwähnt. 1562 etwa wurde im Paderborner Land ein gewisser Kipshagen zu 24 Mark Strafe verdonnert, weil er „bei seiner Moddern [Mutter] geslapen und der ein Kind gemacht", wie der Eintrag in entwaffnender Offenheit formulierte.

Einen vorderen Rang unter den gerichtsnotorischen Themen belegt der Kampf gegen das Gerede und das Gerücht im Dorf, der Kampf um das persönliche Ansehen und die Ehre. Sie war nicht nur unter Adligen und städtischen Bürgern, sondern auch auf dem Land ein ständig bedrohtes, bisweilen hart umkämpftes Gut. Davon legen gerade die dörflich-ländlichen Gerichtsakten aus der Zeit vor 1800 Zeugnis ab. Sie spiegeln Ehrkonflikte zwischen den Generationen, unter Nachbarn, in der Familie, zwischen Mann und Frau oder auch zwischen den ländlichen Besitzklassen.

Anno 1789 wurde im Dörfchen Heiden in Lippe der folgende Fall aktenkundig: Auf dem Hof des Meiers zu Heiden wohnte eine Einliegerfamilie namens Riesenberg. Die Tochter dieser Einliegerfamilie sammelte eines Tages Beeren, durfte das aber offenbar nicht. Der Meier selbst erwischte sie, stellte sie zur Rede – und sie gab nicht etwa klein bei, sondern reagierte zunächst mit Beschimpfungen. „Roter Galgenvogel" warf sie dem Meier an den Kopf, außerdem schimpfte sie ihn einen „Schwerenotshund". Dann kam es zu einer Geste, die der Meier zu Heiden später vor Gericht so beschrieb: Die Tochter des Einliegers habe ihm, so heißt es wörtlich im Gerichtsprotokoll, „den Arsch mit Aufhebung des Rocks" gewiesen.

Die Begegnung des Meiers mit der Tochter des Einliegers, so ist nach dieser groben Geste anzunehmen, hatte offenbar eine längere Vorgeschichte. Sie ist nicht überliefert. Der Meier strengte unverzüglich ein Gerichtsverfahren gegen die Tochter an. Sein Vorwurf lautete auf Beleidigung bzw. Ehrverletzung.

Worte als Waffen

Fälle wie diese waren vor den dörflichen Rügegerichten und den lokalen Gogerichten an der Tagesordnung. Die Fantasie der Streitenden kannte keine Grenzen, um den Gegner – oder die Gegnerin – abzuwerten und in ihrer Ehre zu attackieren.

Tatwaffe war zuallererst das Wort. Beleidigungen wie „Bettler", „Säufer" oder „Spitzbube" versteht noch heute jeder. Vor 1800 zählte derlei zu den harmloseren Schimpfworten. Deutlich kräftigere Schimpfworte waren unter anderem

Gapert Gaffer
Gleisener Heuchler
Hannichlieker Honigschlecker
Kuhfiller Kuhhenker, Kuhschlächter
Landlopersche die Dahergelaufene
Lubbenstert Lümmelschwanz
Pottlepper Topfflicker
Schrapert Geizkragen
Ungenamter wörtlich: Person ohne Namen
Unmann im Sinne von: Unmensch.

Schweres Kaliber stellten Verleumdungen wie „Mörder", „Blutsauger", „Hundsfott" oder „Hure" dar. Beschimpfungen wie „Roter Galgenvogel" oder „Schwerenotshund", die für heutige Ohren fremd klingen, wurden damals sofort als üble Verleumdung verstanden. Nicht alle Schimpfwörter freilich sind noch heute verständlich. So wurde ein Kötter in Canstein 1696 als Zauberer, Schelm und Dieb beschimpft, außerdem als „scheifen hackel schocken". Die Historikerin Barbara Krug-Richter setzt hinzu: „Was immer das heißen mag ..."

Schelm und „Pferdbrüher"

Als besonders schwer beleidigend galt das Wort „Schelm". Heute wird es als gleichbedeutend mit „lustiger Kerl" oder „Clown" verstanden. Nicht so vor 1800: Damals war es ein kräftiges Schmähwort, das einen „unredlichen, ehrlosen Menschen" bezeichnete, wie es in einem Lexikon der Zeit hieß.

Gegner im Dorf wurden auch abgewertet und entehrt, indem man ihnen sexuelle Absonderlichkeiten unterstellte. So wurde, um ein Beispiel aus der Herrschaft Canstein im nordöstlichen Sauerland des 17. Jahrhunderts anzuführen, ein Bauer als „Pferdbrüher" beschimpft, weil ihm jemand Sodomie mit einem Pferd vorwarf.

Ein anderer Bauer in Udorf musste sich vor Gericht von seinem Gegner anhören, er habe „Kümes im Hals". Er spürte die Beleidigung, verstand aber die Worte seines Gegenübers nicht. Auch der Richter verstand die Beleidigung nicht recht und fragte nach. Derjenige, der den Udorfer Bauern beschimpft hatte, erklärte, er habe das Wort selbst erfunden und die Geschlechtskrankheit Syphilis gemeint.

Mit Gesten giften?

Tatwaffe im Kampf um die Ehre war nicht nur die Sprache und das Gerücht, sondern auch die abfällige Geste. Die oben beschriebene „Aufhebung des Rocks" und das Zeigen des blanken Hinterteils kam dabei vor 1800 durchaus häufig vor, wie der – auf den nächsten Seiten geschilderte – Konflikt einer Bauernfamilie in Borntosten bei Marsberg 1718 zeigt.

Andere Gesten sind nicht mehr ohne Weiteres zu entschlüsseln oder gar vollständig vergessen. In Heiden beispielsweise standen um 1790 zwei Bauern namens Niebuhr und Liesemeyer vor Gericht. Niebuhr, so heißt es im Gerichtsprotokoll, „machte mit der Hand an dem Munde ein Zeichen, als wenn der Liesemeyer ein Verbringer und Versäufer wäre". Das Wörtchen „Verbringer" meint eine Person, die einen Bauernhof herunterwirtschaftet. Die Geste Niebuhrs ist nicht näher beschrieben, wurde aber offenbar von allen Beteiligten sofort verstanden.

Als beleidigend und abwertend galt seinerzeit auch, wenn jemand dem anderen die Mütze vom Kopf schlug. Das wurde, wie der Historiker Michael Frank berichtet, allgemein als „tückischer Angriff auf die Ehre" betrachtet.

Wurde die Ehre von allen geachtet?

Beschimpfungen, Beleidigungen, Körpergesten und Gewalt sollte stets die Ehre des jeweiligen Gegenübers verletzen. Aber kamen solche Attacken bei allen gleich an? Wurde die Frage der Ehre überhaupt von allen gleich geachtet? Oder

In der Ortschaft Hagedorn bei Steinheim, Kreis Höxter, diente dieses Fangeisen im Baum als Pranger.

spielte die Ehre in Adelskreisen, in der Familie eines Schulten, Drosten oder Meiers eine größere Rolle als bei den ländlichen Unterschichten, den Tagelöhnern, Brinksitzern oder Heuerlingen?
Manche Forscher meinen, die Angehörigen dieser unterbäuerlichen Gruppen in den Dörfern hätten ein eher gering ausgeprägtes Ehrgefühl gehabt. Sie seien in Fragen der Ehre weniger empfindlich gewesen als die wohlhabenderen „besseren" Kreise auf dem Land.

Das Ansehen im Dorf

Anderer Ansicht ist der Historiker Michael Frank. Er hat für die Ortschaft Heiden in Lippe 235 Gerichtsfälle zwischen 1680 und 1800 untersucht, die sich ausschließlich um Ehrenhändel drehten. Sein Ergebnis: Die dörflichen Unterschichten betrachteten Angriffe auf ihr Ansehen als ebenso schwerwiegend und verletzend wie Großbauern oder Vollmeier im Ort und zogen damit ebenso rasch vor Gericht wie Bauern oder Landadlige.
Mit anderen Worten: Der Kampf um die Ehre war auch damals keine Frage des Standes oder Wohlstandes, keine Frage der Besitzklasse oder der dörflichen Schicht, sondern: Er war eine Frage des Individuums, der Dorföffentlichkeit und der Kommunikation. War die Ehre verletzt, musste die betreffende Person oder die Familie um Rang und Einfluss im Dorf fürchten. Wer sein Ansehen wahren und mehren wollte, musste sich gegen alle Angriffe zur Wehr setzen. Die Rügegerichte und die anderen lokalen Gerichtsbarkeiten lösten sich erst im Laufe des 19. Jahrhunderts auf. 1815 wurde Westfalen preußisch. Aber es dauerte mehr als eine Generation, ehe mit den Stadt- und Kreisgerichten funktionierende Instanzen zur Verfügung standen, die auf lokaler oder regionaler Ebene die Rechtsprechung übernahmen und durchsetzten.

Die „Rauf- und Ehrenhändel" einer Familie

Borntosten bei Marsberg, 1718

Der Bauer Johann Friedrich Humpert aus Borntosten, einem Dorf bei Marsberg, geriet 1718 unter Verdacht, seine hochschwangere Ehefrau „braun und schwarz" geschlagen zu haben. Die Frau war vor den Schlägen ihres Mannes zu ihrer Mutter in den Nachbarort Giershagen geflohen. Die Mutter war es dann, die ihren Schwiegersohn anklagte.
Die Dörfer Borntosten und Giershagen gehören zur kleinen Herrschaft Canstein. Dort gab es ein eigenes Patrimonialgericht, dem die Herren zu Canstein vorsaßen. Vor diesem Gericht ergriff die Mutter der schwangeren Frau das Wort und klagte deren Mann, also ihren Schwiegersohn, der Gewalt in der Ehe an.
Humpert wurde ebenfalls befragt. Er habe, so erzählt er, am Sonntag ins Wirtshaus gehen wollen, doch seine Frau habe ihm das Geld verweigert. Daraufhin habe er sie verprügelt. Humpert wörtlich: „Dafür hätte der Pfaffe sie ihm gegeben, dass er sie strafen müsste."
Diese Episode hat die Historikerin Barbara Krug-Richter in den Akten des alten Gerichtes zu Canstein ausgegraben. Rangeleien, „Rauf- und Ehrenhändel", Beleidigungsprozesse sind darin in erstaunlich großer Zahl dokumentiert. Allein 1718 wurden in den fünf kleinen Dörfern der Herrschaft Canstein, also in den Ortschaften Borntosten, Canstein, Heddinghausen, Leitmar und Udorf 343 Fälle aktenkundig, darunter 54 Schlägereien, die vor allem die Männer des Dorfes austrugen. Meist ging es um Streitigkeiten und Auseinandersetzungen unter Nachbarn, Knechten und Tagelöhnern oder auch zwischen Schäfern und Bauern, die das „wilde Grasen" der Schafherde nicht dulden wollten. Eine Reihe von Fällen aber drehte sich um innerfamiliäre Konflikte. Der „Tatort Dorf" war eben oft auch ein „Tatort Familie", wie der Blick auf die Hofstätte Humpert beispielhaft für viele andere zeigt:
Der Vollspänner Johann Friedrich Humpert lebte auf dem Hof in Borntosten mit seiner Frau. Im Haushalt lebten außerdem Humperts Mutter sowie Humperts Bruder und dessen Frau.
Der Familienkonflikt entzündete sich an einem Speicher auf dem Hof. Die alte Bäuerin wollte dort einziehen bzw. ihn für eine andere Tochter und deren Mann frei halten. Der junge Bauer und seine Frau hingegen beabsichtigten – vermutlich aus finanziellen Gründen –, den Speicher zu vermieten. Die Mieter standen bereits fest: eine junge Frau aus Borntosten, die einen Tagelöhner aus einem Nachbardorf heiraten wollte. Am Tag der Heirat wollten die beiden einziehen.
Ausgerechnet an diesem Tag kam es zum Streit in der Familie auf dem Hof. Die junge Schwiegertochter, so klagte die Altenteiler-Bäuerin, habe sie „als einen rotterigen Hund ausgescholten". Es sei sogar zu einem Handgemenge zwischen den beiden gekommen. Die junge Frau habe sie „von sich gestoßen, dass sie rückwärts hinter den Braupott gefallen ist und bei

solchen Umständen ein Loch auf der Hand bekommen hat".

Galliger Fluch und derbe Geste

Das Gericht erfuhr von der Schwiegertochter weitere Abgründe des Streits. Sie erklärte, die alte Bäuerin habe ihr gegenüber „hässliche Worte ausgesprochen". Und mehr noch: Die Mutter habe „auch gar den Rock und das Hemd hochgehoben", sich tief gebückt und ihr den entblößten Hintern gezeigt. Dabei habe sie allerlei Flüche ausgeschüttet – vor allem, dass sie „nimmer erlöset werden oder einen Hund zur Welt tragen möge". Dieser gallige Fluch bezog sich auf die Schwangerschaft der jungen Frau. Die wiederum reagierte auf die obszöne, entehrende Geste des entblößten Hinterteils mit körperlicher Gewalt: Sie stieß die Mutter hinter den Braukessel.
Das Patrimonialgericht zu Canstein verurteilte die junge Frau zur Zahlung einer Geldstrafe von zwei Mark. Die Schwiegermutter indes wurde zum „Stehen am Pfahl" verdonnert. Zwei Mal wurde sie für jeweils sechs Stunden an den Pranger gebunden und dem Gespött des Dorfes preisgegeben.
Damit war die Gewalt in der Familie keineswegs beendet. Der Sohn Johann Friedrich Humpert griff wenig später zu einem Leuchter und schlug auf seine Mutter ein, die bereits im Bett lag. Diese Tat wiederum riefen den Bruder und einen Schwager Humperts auf den Plan, die nun ihrerseits den Bauern verprügelten. Später gaben sie zu verstehen, „dass ein Kind die Mutter nicht schlagen dürfte" und sie ihn deswegen bestraft hätten.
Die betagte Mutter wiederum nahm nun ihren Sohn in Schutz – wenn auch auf eigenwillige Art und Weise: „Er wäre zu ihr ans Bett getreten und habe sie an den Kopf geschlagen. Sie hätte aber solchen Schlag nicht empfunden, der Sohn wäre ganz trunken gewesen."

Im Frieden des Dorfes?

Auf heutige Leser mag das alles wirken, als habe es sich um eine besonders rauflustige Familie gehandelt, um einen Einzelfall, der aus dem Frieden des Dorfes herausstach. Doch diesen Frieden gab es kaum. Ein Einzelfall war es auch nicht, wie die Historikerin Barbara Krug-Richter mit Blick auf die Dörfer der Herrschaft Canstein zusammenfasst:
„Konfliktträchtige Familienkonstellationen, in denen es zu permanenten Schmähreden und auch physischer Gewaltanwendung kam, sind in den Protokollen häufiger überliefert und beschränkten sich keineswegs auf die Haushalte der klein- und unterbäuerlichen Schichten." Vor allem die gemeinsame Haushaltsführung von Alt und Jung habe die Konflikte oft verschärft, wenn nicht gar ausgelöst. „Die aus heutiger Perspektive oft kleinliche Aufrechnung kleinster Mengen an Brot und Korn, Butter und Käse erklärt sich nicht zuletzt aus unsicheren ökonomischen Verhältnissen, führte allerdings oft auch zu unüberwindlichen Feindseligkeiten."

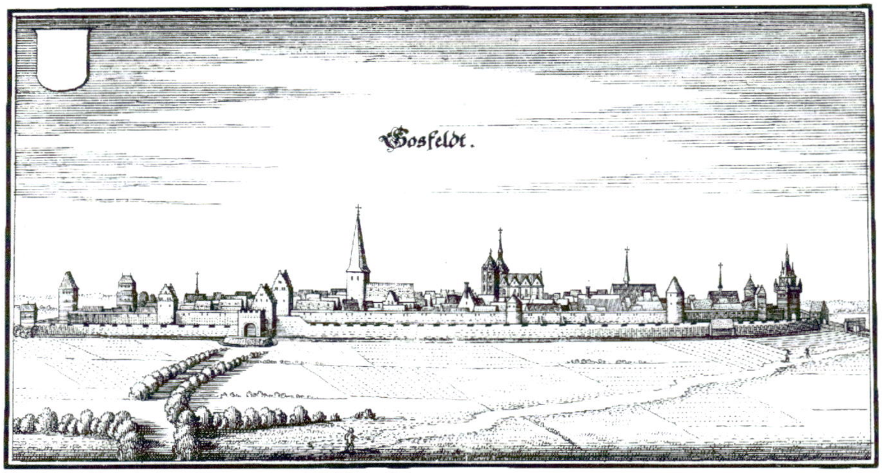

Ansicht der Stadt Coesfeld um 1647: Verbrecher konnten hinter diesen Stadtmauern aufatmen.

Freies Geleit für Totschläger

Coesfeld, 1574–1657

Das „Protocollum van Dodtslegern" und sein Geheimnis

Anno 1618. Jobst Nye verlässt für einen Tag seinen Hof in der Bauerschaft Westerfelde im Kirchspiel Selm im Münsterland. Er geht in den Nachbarort, in das Kirchspiel Südkirchen, um an einer Kindtaufe teilzunehmen. Auf diesem Fest dürfte es hoch hergegangen sein, wie damals bei solchen Taufen üblich. Mit seinem Nachbarn tritt Nye den Heimweg an. Irgendwann beginnen die beiden zu streiten – und es dauert nicht lange, bis die Fäuste fliegen. Am Ende ist der Nachbar tot. Aber was genau ist da geschehen auf dem Weg zwischen Südkirchen und Selm? Jobst Nye taucht wenig später in Coesfeld auf. Dort rettet er sich vor strafrechtlicher Verfolgung. Denn die Stadt Coesfeld genießt den Ruf, möglichen Delinquenten und Verdächtigen die „Freiheit des Asyli" zu gewähren, wie die Stadt selbstbewusst gegenüber der bischöflichen Landesregierung zu Münster betont.

Stadtluft macht frei

Wer damals irgendwo im Münsterland wegen Totschlags verdächtigt wurde und es bis Coes-

feld schaffte, konnte aufatmen. Wie hieß es doch: „Stadtluft macht frei!“
Damit aber waren unbescholtene Landleute gemeint, die es in die Stadt zog und die ihre ländlichen Abhängigkeiten hinter sich lassen wollten. Der Spruch bezog sich nicht auf Männer, an deren Händen Blut klebte. Sie hatten kein Asyl verdient, sondern mussten bestraft, ihre Tat musste gesühnt werden. Oder?
Der Fall des Jobst Nye ist in einem ungewöhnlichen Dokument festgehalten. Schon dessen Titel klingt grausig: „Protocollum van Dodtslegern“ steht halb lateinisch, halb plattdeutsch auf dem Umschlag zu lesen, also: ein Verzeichnis von Totschlägern. Das Dokument wird im Archiv der Stadt Coesfeld aufbewahrt. Es umfasst eine Laufzeit von 83 Jahren und enthält 183 Fälle von Menschen, die wegen Totschlags im Land gesucht wurden und in Coesfeld Unterschlupf fanden.

Lasche Kontrollen

Jede Stadt im Heiligen Römischen Reich hatte ausdrücklich das Recht, einer Person Schutz zu gewähren und ihr damit, wie es hieß, ein „Geleit“ zu erteilen. Wurde jemand einer Gewalttat verdächtigt, konnte ihm auf diese Weise eine Untersuchungshaft erspart bleiben, bevor ein Prozess begann.
Das Geleit durfte allerdings nur unter einer Bedingung gegeben werden: Es musste den Regeln des damals gültigen Strafgesetzbuches, der sogenannten „Constitutio Criminalis Carolina“, der Halsgerichtsordnung des Kaisers Karl V., entsprechen. Nach dieser Rechtsordnung musste beispielsweise ein wegen Totschlags Angeklagter eine entschuldigende Erklärung der Tat vorlegen können. Die Stadtoberen mussten das sorgsam prüfen, ehe sie ein Geleit aussprachen.
Die Coesfelder Stadtvertreter allerdings betrieben die Vergabe eines Geleites eher lasch. Die Historikerin Margarete Wittke, die das „Protocollum van Dodtslegern“ eingehend untersucht hat, ist überzeugt: „Ein Strafprozess nach den Bestimmungen des Reichsgesetzes hätte in einigen Fällen durchaus zur Verhängung der Todesstrafe führen können.“
Außerdem durfte nur derjenige Geleit erhalten, der sich überhaupt einem Verfahren „an ordentlichen peinlichen Gerichten“ unterwarf. Genau das aber war bei den meisten Tätern, die in Coesfeld Unterschlupf fanden, nicht der Fall. Sie kamen dorthin, weil sie untertauchen wollten – und weil sie wussten, dass hinter den Coesfelder Stadtmauern nicht allzu streng kontrolliert und Recht gesprochen wurde.
Das mag die Geschichte des Hermann von Lemgo zeigen, der im Mai 1613 das Geleit der Stadt Coesfeld begehrte. Von den Stadtoberen befragt, gab er unumwunden zu, seine Schwägerin erschlagen zu haben. Im „Protocollum van Dodtslegern“ ist seine Erklärung zu dieser Tat nachzulesen. Demnach hatte er mit einem Schlüsselbund nach seiner Schwägerin Elsbe Hartiges geworfen – und das offenbar so kräftig, dass sie an den Folgen der Verletzungen gestorben war. Sie habe ihn zuvor als „Landläufer“ beschimpft und soll ihm mit einem Korb ins Gesicht geschlagen haben, woraufhin er sich „gewehrt“ habe, wie er selbst aussagte.
Aber konnte Hermann von Lemgo für diese Tötung tatsächlich Notwehr beanspruchen, wie er es in Coesfeld tat, und um das Geleit der Stadt bitten?
Seine Tat hätte auch damals schon als „Handlung im Affekt“ gelten müssen, „aus Jähzorn und Zorn getan“, wie es seinerzeit in den gültigen Gesetzen hieß. Darauf stand sogar die Todesstrafe durch Enthauptung.
Doch dazu kam es nicht. Denn wie gesagt: Die Coesfelder Amtsträger kontrollierten die Aussagen so gut wie gar nicht. Kein Wunder also, dass der Zustrom von Tätern oder Tatverdächtigen zeitweise stark zunahm.
Insgesamt 183 „Dodtsleger“ verzeichnet die

Quelle im Stadtarchiv zu Coesfeld: 182 Männer und eine Frau. Sie hieß Anna Schwermanns, stammte aus Nottuln und soll laut Protokollbuch „ihr eigen Kind umgebracht und am Weg liegen" gelassen haben. Das zumindest warf man ihr außerhalb der Coesfelder Stadtmauern vor.

Alle übrigen auf der Liste waren Männer. Unter ihnen waren Soldaten und Bürger anderer Städte wie Wesel, Dortmund oder Lemgo. Die meisten Täter oder Tatverdächtigen aber kamen aus umliegenden Dörfern und Bauerschaften und waren bäuerlich-ländlicher Herkunft: Knechte, Tagelöhner, Heuerlinge, Bauern oder ländliche Handwerker – wie etwa Johann Ording aus Heiden, der als „grob tymmer knecht", also als Zimmermannsknecht verzeichnet ist.

Der Stadt „treu und hold"

Die Bürgerschaft der Stadt stand offenbar hinter der Praxis ihrer Amtsträger. Anders ist kaum zu erklären, dass sie die „Dodtsleger" sogar in ihren Haushalten aufnahmen. Das mussten sie, denn die Stadt hatte gar kein Gefängnis. So wurde, wer als vermeintlicher „Dodtsleger" ein Geleit erhielt, innerhalb der Stadtmauern untergebracht, wo gerade Platz war. Das konnte im Haus des Bürgermeisters, des Stadtkämmerers, eines Ratsschöffen oder auch beim Henker der Stadt sein. Die meisten Übeltäter aber kamen bei gewöhnlichen Bürgern unter.

Die Coesfelder Stadtbevölkerung habe im Umgang mit den vermeintlichen Tätern wenig Scheu gezeigt, staunt die Historikerin Margarete Wittke bei Durchsicht der Fälle. So hätten auch alleinstehende Frauen die vermeintlichen Mörder und Totschläger aufgenommen. Der eingangs erwähnte Bauer Jobst Nye aus Selm beispielsweise, der seinen Nachbarn erschlagen haben sollte, hatte Zuflucht in Coesfeld gefunden und im Haushalt einer Witwe namens Wieneken gelebt. Schon deren Mann hatte in den zurückliegenden 20 Jahren von 1592 bis 1612 insgesamt sechs Tätern Unterkunft geboten – der Haushalt scheint eine kleine Gastwirtschaft gewesen zu sein.

Wie lange die Aufgenommenen in der Stadt blieben, berichtet das Protokollbuch nicht. Aber es ist ein Statut überliefert, das klärte, was mit den „Dodtslegern" passieren sollte. Demnach erhielten sie faktisch Bürgerrecht in der Stadt, wenn sie ein „halbes Bürgergeld" zahlten und einen Eid ableisteten, der Stadt „treu und hold" zu sein. Außerdem mussten sie erklären, ihr Getreide ausschließlich in der städtischen Mühle mahlen zu lassen. Als weitere Pflicht wurde ihnen auferlegt, einen Ledereimer bereitzuhalten, mit dem sie Feuerlöschdienste leisten konnten. Sie durften einem Gewerbe nachgehen. Die Mitgliedschaft in den Zünften und Gilden aber war ihnen verwehrt. Alles in allem erhielten die „Dodtsleger" eine Art Bürgerrecht zweiter Klasse.

Wie viele von ihnen sich darauf einließen, lässt sich nicht mehr ermitteln. Einige Fälle aber finden sich in den Akten des städtischen Archives. So wurde ein gewisser Heinrich Lodde aus Laer aufgenommen, der 1582 zugegeben hatte, im Streit einen Mann namens Johann ten Nienhoff getötet zu haben. Mit seiner Frau Else und seinen beiden Kindern hatte Lodde in der Stadt Unterschlupf gefunden. Zwei Jahre später erhielt er sogar das volle Bürgerrecht.

Protest des Landesherrn

Die Stadt Coesfeld hielt an ihrem Recht des Geleits fest, auch gegen den beständigen Protest der bischöflichen Landesregierung in Münster. Dem Bischof als Landesherrn konnte es nicht gefallen, dass es in seinem Sprengel eine Stadt gab, die Schwerverbrecher in ihren Mauern nicht nur duldete, sondern sogar aufnahm und ihnen auch noch Bürgerrechte erteilte.

Blutige Taten

Das „Protocollum van Dodtslegern“ berichtet von vielen blutigen Taten – und zwischen den Zeilen vom Alltag auf dem Land, wie die folgenden sechs Fälle zeigen.

1591 Bernd Wulf aus dem benachbarten Kirchspiel Lette bittet um Aufnahme in Coesfeld. Ihm wird vorgeworfen, einen Mann namens Johann Ruissche getötet zu haben. Wulfs Erklärung: Ihm sei sein Gewehr „unversehens loeßgangen“.

1592 Aus der Nähe von Borken kommt Wilhelm Beckersdorff nach Coesfeld und sagt aus: Man verdächtige ihn, einen Holzgerichtsgenossen erstochen zu haben. Er sei aber gar nicht am Tatort gewesen. Aus Furcht vor der Obrigkeit sei er geflohen – und vor dem Gerücht im Dorf, das ihn als Täter beschuldigte.

1595 Johann Lueker aus Dortmund gibt an, in eine Schlägerei unter Buchhändlern und Buchbindern verwickelt gewesen zu sein. Dabei sei ein Bauer aus Earop mit einem Messerstich getötet worden. Er, Lueker, könne das schon deswegen nicht getan haben, weil er selbst gar kein Messer bei sich getragen habe.

1597 Hans Schnyder, der Diener eines Landadligen, bittet um Geleit. Er hat bei einem Fest auf Haus Angelmodde bei Münster einen anderen Diener so schwer verletzt, dass dieser später daran gestorben ist. Zwischen den beiden habe es auf dem Fest Streit gegeben, erzählt Schnyder. Er sei vom anderen „geflochet und geschulden“, also verflucht und gescholten worden. Schnyder habe daraufhin sein Gegenüber in den Kopf gestochen. Der Verletzte sei eine Woche später gestorben.

1609 Johann Bertling aus Limbergen hat beim Schützenfest in Buldern den Schützenbruder Johann von Lockesbecke erschossen. Es sei ein Unfall gewesen, erklärt Bertling, als er um Geleit in Coesfeld bittet. Er habe auf dem Schützenfest sein Gewehr mit Pulver laden wollen. Dabei sei das Gewehr „von sich selber loß gegangen“.

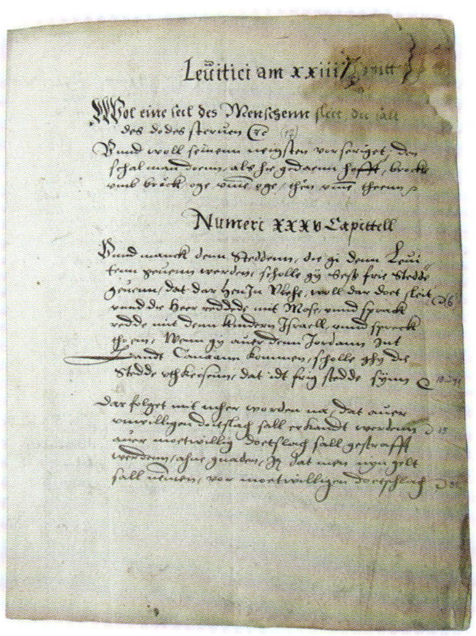

Am Rand leicht beschädigt, aber ansonsten gut erhalten: das Protocollum van Dodtslegern aus Coesfeld

1631 Aus der Bauerschaft Hövel bei Darup stammt Goddert Frielinck. Er war nach Coesfeld geflohen, weil ihm eine Tötung vorgeworfen worden war, doch sei er „gants unschuldig“. Frielinck räumt ein, zum fraglichen Zeitpunkt stark verwundet gewesen zu sein. Die Verletzungen seien aber nicht im Kampf mit dem Getöteten entstanden, sondern rührten von einer anderen Person her, hätten aber trotzdem den Verdacht auf ihn gelenkt.

Auch das Domkapitel, das dem für Coesfeld zuständigen Bakenfelder Gogericht vorstand, wetterte: Die Stadt begehe das „hochstrafbare delictum receptionis maleficorum“, also das Delikt, Übeltäter aufzunehmen. Es sei ein Unding, dass „Mörder, Totschläger und Schelme ihrer ordentlichen Obrigkeit und der wohlverdienten Strafe entlaufen“ könnten.
Doch alles Zetern, Klagen und Protestieren half wenig. Die Macht der Domherren und des Bischofs endete vor den Mauern der Stadt Coesfeld, zumindest in dieser Frage. Die Stadtoberen verteidigten ihr Privileg, von dem sie sogar behaupteten, Karl der Große habe es ihnen verliehen. Wer wollte dem widersprechen?

Bischof „Bomben-Bernd“ greift durch

Das änderte sich erst nach Ende des Dreißigjährigen Krieges, als Christoph Bernhard von Galen 1651 Bischof von Münster und damit Landesherrscher wurde. Dem ebenso legendären wie berüchtigten „Bomben-Bernd“, wie der Bischof genannt wurde, gelang es, die Städte im Münsterland seiner Herrschaft zu unterwerfen. Das galt auch für Coesfeld. Die Stadt, durch den langen Krieg und seine Folgen wirtschaftlich geschwächt, wurde vom bischöflichen Landesherrn gezwungen, ihre eigensinnige Geleit- und Aufnahmepolitik aufzugeben.
Damit endete ein Kapitel, das nicht als Ruhmesblatt in die Geschichte der Kommune eingegangen ist. Man schwieg lieber darüber. Die historische und heimatkundliche Forschung habe sich „nur äußerst knapp diesem Phänomen gewidmet“, fasste die Historikerin Margarete Wittke zusammen. „Dass die Stadt Coesfeld mit Beharrlichkeit und im Glauben an eine weit zurückgehende Tradition in großer Zahl Menschen, die wegen eines Totschlages aus ihren Heimatorten geflohen waren, in ihren Mauern aufgenommen hatte, geriet mehr und mehr in Vergessenheit.“

Bischof Christoph Bernhard von Galen (1650–1678) gelang es, die Städte im Münsterland seiner Herrschaft zu unterwerfen. Dieses Bild, von Jacob Quinckhardt um 1670 gemalt, zeigt den Bischof vor der Kulisse Münsters als absolutistischen Landesherrscher mit den Insignien geistlicher und weltlicher Macht.

Duell auf dem Domplatz

Münster, 17. Juli 1607

Der Krieg zweier Landadelsfamilien im Münsterland

Erbmarschall von Morrien starb bei dem Duell auf dem Domplatz zu Münster.

Waffen klirren durch den Wald und über die Moorflächen. Hunde bellen. Dumpfe Schläge und die Rufe von Männern zerreißen die Stille des Spätwintertages in der Davert, einer gottverlassenen Gegend südlich von Münster. In einem Waldstück, das die Bauern „Bolleringholt" nennen, prügeln sich an diesem 6. Februar 1607 Jäger der Adelsfamilie von Galen mit Soldaten der benachbarten Adelsfamilie Morrien.

Morriens Soldaten gewinnen die Oberhand. Sie beschlagnahmen die Jagdwaffen ihrer Gegner und vier edle Hunde, die die Jäger von Galens mit sich geführt haben.

Mit der Prügelei im Bolleringholt lodert ein Streit erstmals offen auf, der seit Längerem zwischen zwei Adelsfamilien schwelt. Sie kämpfen um Macht, Einfluss und Ansehen. Nur wenige Monate später, in der Hitze des Sommers 1607, kommt es zum Degengefecht der Kontrahenten Dietrich von Galen und Gerhard Morrien – und das ausgerechnet auf dem Domplatz zu Münster, dem heiligen, geschützten Bezirk des Bischofs. Morrien wird dabei „jämerlich zu Tode gestochen", wie es in einem Augenzeugenbericht heißt. War es Mord, also von langer Hand geplant, provoziert und kühl durchgeführt? Oder war es Totschlag, von niemandem beabsichtigt und letztlich das fatale Ende eines Duells? – Darüber debattiert noch viele Jahre später die Adelsgesellschaft Westfalens. Die Tat selbst wird gut ein

Dutzend Jahre lang vor Gericht verhandelt, bis hin zum Reichskammergericht, der obersten Instanz im Land.
Die Aktenstapel zu diesem Konflikt hat der Münsteraner Historiker Frank Dierkes durchgearbeitet. Der Streit der beiden Landadelsfamilien könnte das Zeug zum Romanstoff abgeben. Vor allem aber ist er ein Lehrbeispiel dafür, welche zerstörerische Kraft verletzte Ehre, Eitelkeit und blindes Machtstreben über Grenzen und Generationen hinweg entfalten können.

Eine Frage der Ehre

Der Konflikt begann in jener Wald- und Moorlandschaft der Davert um 1600. Wer durfte dort Recht sprechen, Grenzen setzen und der Landbevölkerung sagen, was sie zu tun und zu lassen hatte? Wer durfte wo zu welchem Zeitpunkt auf welche Tiere jagen? Um Fragen wie diese rangelten seinerzeit mehrere Landadelsfamilien.
Die Adelsfamilie Morrien gab seit Langem den Ton an – und das nicht nur in der Davert, sondern in weiten Teilen Nordwestdeutschlands. Die Morriens residierten auf dem stattlichen Rittersitz Haus Nordkirchen, besaßen aber noch eine Reihe weiterer Adelssitze im Land. Sie stellten die Erbmarschälle des Fürstbischofs zu Münster, führten damit die Ritterschaft des Münsterlandes an und besiegelten deren Beschlüsse. Macht und Prestige der Familie Morrien schienen unangefochten.
Um 1600 sahen sie, wie in ihrer unmittelbaren Nähe eine Adelsfamilie aufstieg: das Geschlecht derer von Galen auf Haus Bisping bei Rinkerode, gut drei Fußstunden südlich von Münster gelegen. Was Macht und Ansehen betraf, konnte die Familie von Galen den Morriens bei Weitem nicht das Wasser reichen. Aber könnten sie ihnen vielleicht doch einmal das Wasser abgraben?
Die Familie von Galen besaß umfangreiche Ländereien und Güter, erwarb sogar ständig weitere

Sitz der Familie von Galen im 17. Jahrhundert: Haus Bisping bei Rinkerode im Münsterland

hinzu. Sie verschaffte sich am Ort und im weiteren Umland schrittweise Einfluss. Außerdem konnte sie bereits auf eine ansehnliche Familientradition verweisen. Kurzum: In der Davert wurde um 1600 die alte und immer wieder neue Geschichte vom „Platzhirsch" und vom „Aufsteiger" ausgetragen.
Es begann mit Lokalgeplänkel und Rangeleien. So untersagte Erbmarschall Gerhard Morrien der Witwe von Galen, im Dörfchen Ascheberg die Bäckereien und Brauereien für sich arbeiten zu lassen. Die Witwe wehrte sich zunächst per Brief, dann vor Gericht. Das trug ihr die Beschuldigung des Erbmarschalls ein, sie habe „ehrenrührige Behauptungen wider ihn aufgestellet". Daraufhin warf sie ihm vor, „ehrenschändige famose Schandschriften" zu verfassen.
In diesem Stil ging es hin und her zwischen den Morriens und den Galens. Klagen, Sticheleien, kleinere Beschimpfungen – bis zu jenem folgenreichen Tag im Februar 1607, als der Erbmarschall seine Soldaten in Gang setzte, um den Jägern von Galens in der Davert aufzulauern und sie niederzuknüppeln. Die Soldaten behaupteten später, sie hätten im Bolleringholt eingegriffen, weil die Jagdhunde der Galen'schen Jäger über die Grenze gesprungen seien, somit das Jagdrevier gewechselt hätten.

Sturkopf trifft Dickkopf

Mit der Beschlagnahme der Jagdhunde aber hatte Morrien eine Grenze überschritten. Denn die Hunde waren nicht einfach nur Begleiter. Vielmehr waren sie „sichtbarer Ausdruck für das exklusive Jagdrecht des Adels", fasst der Historiker Frank Dierkes zusammen. „Das Einkassieren der Hunde stellte also einen Angriff auf ein adeliges Statussymbol dar, auf den Status selbst, und war folglich eine schwerwiegende Ehrverletzung."
Gegen den Übergriff protestierte Galen unverzüglich beim Landesherrn, dem Fürstbischof. Der stimmte Galen sogar zu und fiel damit, was nicht unbedingt zu erwarten war, seinem Erbmarschall Morrien in den Rücken. Der Fürstbischof forderte den Erbmarschall auf, das beschlagnahmte Jagdgerät und vor allem die Jagdhunde zurückzugeben.
Doch Morrien blieb stur und weigerte sich. Er sah sich im Recht. Wie stünde er da, gäbe er die Hunde zurück? – Niemals. Von diesem Rückzieher sprächen bald alle Landadligen im Münsterland. Denn wie gesagt: Es ging nicht um Jagdhunde. Es ging um die Ehre.

Streithähne vor Publikum

Die lokalen Rangeleien spitzten sich zur Machtprobe zu. Am 16. März 1607, wenige Wochen nach der Prügelei in der Davert, trafen der etwa 42-jährige Gerhard Morrien und der etwa fünf Jahre jüngere Dietrich von Galen auf Haus Werries bei Hamm persönlich aufeinander. Die Adligen des Münsterlandes hatten sich dort versammelt, um den anreisenden Fürstbischof zu begrüßen und „um ihre Durchlaucht näher zu ihrem Hause Wolbeck zu begleiten".
Auf Haus Werries kam es zum lautstarken Streit zwischen den beiden. Galen sagte später, er habe Morrien in Ruhe angesprochen, um die Sache mit den Jagdhunden friedlich zu klären. Morrien hingegen berichtete, Galen habe über ihn „die allerverkleinlichsten Schandwörter ausgegossen", habe ihn provoziert, ja sogar getreten und ihn „zum Raufen und Balgen gefordert".
Hat Galen, der Aufsteiger, tatsächlich den machtvollen Erbmarschall zum Duell herausgefordert? Hat Galen ihn gar, wie es in einem Dokument heißt, als Feigling beschimpft – und das vor den Augen der versammelten westfälischen Adelsgesellschaft?
Galen habe das Haus verlassen und vom Hof aus den Erbmarschall „heraus gerufen". So berichtete es später die Ehefrau Morriens, Adolpha von Ketteler. Dabei habe er „auf seine Gewehr mit

der Faust geschlagen" und gerufen: „Das ist für Dich! Das ist für Dich!"

Schon das Schlagen auf den Degen, auf die „Gewehr", galt als Beleidigung. Das Berühren, vor allem aber das Klopfen mit der Faust auf den Degenknauf stellte damals „eine allgemein verständliche und ehrverletzende Geste dar, die den Gegner durch Gewaltandrohung herausfordern und diffamieren sollte", erklärt der Historiker Frank Dierkes diese Szene.

Morrien scheint bei alledem ruhig geblieben zu sein. Es sah so aus, als habe ihn die Provokation nicht erreicht, als habe er sich so überlegen gefühlt, dass Galens Gesten und sein Wüten an ihm abperlten. Der Grund für Morriens Zurückhaltung aber sei ein anderer gewesen, meint Frank Dierkes. Morrien habe an einer Sprachbehinderung gelitten. Außerdem war er ein behäbiger, schwerfälliger Mann, dem jüngeren und wendigen Galen kaum gewachsen. So ließ Morrien seinen Kontrahenten auflaufen und stellte ihn dadurch erst recht bloß. Galen muss vor Zorn und Rachlust gekocht haben, als er nach Hause ritt.

Die Gelegenheit zur Rache kam früher als von beiden erwartet. Am 17. Juli 1607, einem heißen Sommertag, kreuzten sich eher zufällig die Wege der beiden auf dem Domplatz in Münster. Erbmarschall von Morrien leitete an diesem Tag eine Sitzung der münsterländischen Ritterschaft im Fürstenhof, schräg gegenüber dem Rathaus.

Dietrich von Galen hingegen hatte sich mit seinem Bruder Heinrich verabredet, seines Zeichens Domherr in Münster, um dessen Namenstag nachzufeiern. Die Brüder tafelten in der Siegelkammer am Domplatz. Gegen 18 Uhr verließen sie das Gebäude reichlich „beschenket", wie es in einem späteren Bericht heißt, also mit einer Menge Alkohol im Blut. Sie wollten bei Heinrich von Galen weitertrinken.

Der Domherr wohnte in einer Kurie im Westen des Domplatzes – etwa dort, wo sich heute der Eingang zum Regierungspräsidium befindet. Ausgerechnet dort, unmittelbar vor dem Tor zur Galen'schen Kurie, kam ihnen an jenem frühen Abend Erbmarschall von Morrien entgegen. Er befand sich auf dem Weg zu seinem Hof an der Aegidiistraße, wo er zu übernachten gedachte. Begleitet wurde er von seinem Verwandten Bernhard Münster zu Meinhövel und dessen Diener.

Als sie die Brüder von Galen entgegenschwanken sahen, versuchte Bernhard Münster noch, Morrien beiseitezuziehen und festzuhalten. Er raunte dem Erbmarschall ins Ohr: „Seid der Weiseste! Lasset den Galen bleiben, denn er ist betrunken und voll!"

Morrien folgte dem Rat, ging ein paar Schritte weiter, aber die Wut kochte in ihm. Unversehens drehte er sich um und schritt auf Galen zu. Was nun geschah, ist in verschiedenen Versionen überliefert. Tatsache ist, dass die beiden zuerst sich beschimpft und dann die Degen gezogen haben. Nach wenigen Minuten Kampf lag der schwerfälligere Morrien am Boden, von einem Degenhieb tödlich getroffen. Freunde schleppten ihn noch in die Dompropstei. Dort starb er wenig später.

Dietrich von Galen verließ den Tatort. Er eilte auf kürzestem Weg aus der Stadt – und damit aus dem Bezirk städtischer Rechtsprechung. Am Brockhof, unweit des heutigen Ludgeriplatzes, wartete seine Kutsche, die ihn zu seinem Landsitz Haus Bisping brachte.

Schon am nächsten Tag, dem 18. Juli 1607, spürten ihn dort die Soldaten des Fürstbischofs auf. Sie nahmen von Galen fest und brachten ihn nach Bevergern. Dort, im Verlies der fürstbischöflichen Burg, musste der vermeintliche Täter nicht lange auf seinen Prozess warten.

Eine adlige Schlammschlacht

Die Gerichtsverhandlung wurde am 28. Juli 1607 eröffnet, also nur elf Tage nach der Tat. Die Witwe Morriens, Adolpha von Ketteler, erhob Anklage wegen Mordes. Der Prozess begann rasch, aber er zog sich hin. Das Verfahren dauerte am

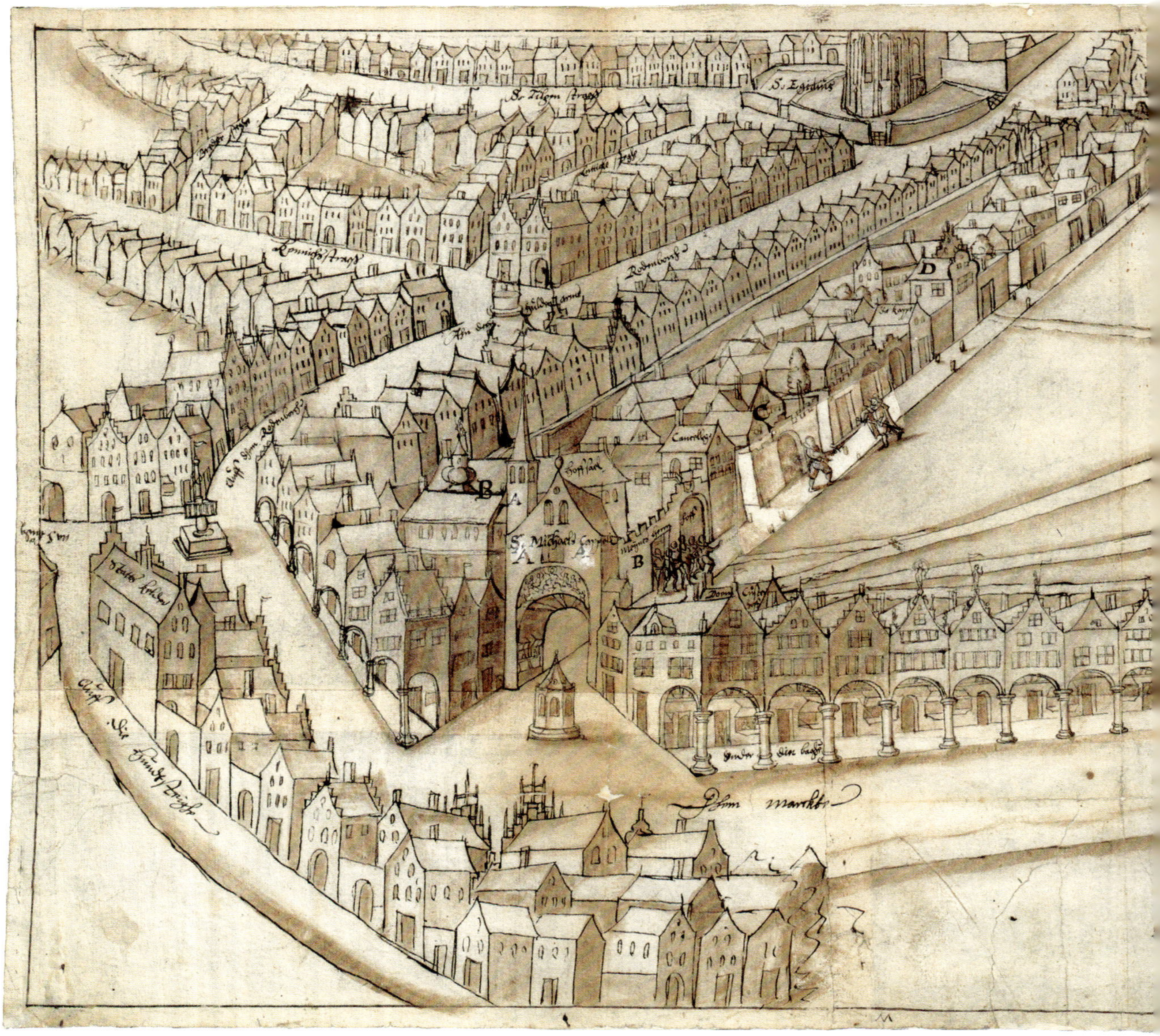

Das Degenduell der Adligen von Galen und von Morrien auf dem Domplatz von Münster im Sommer 1607 ist auf dieser Karte festgehalten. Sie entstand als „Augenschein", also als Beweismittel für das Reichskammergericht. Neben der Tatort-Skizze zeigt die Karte, von Osten blickend, einen großen Teil der Stadt Münster innerhalb ihres Befestigungsringes. Vorne ist der Prinzipalmarkt mit seinen Häusern zu erkennen. Das Michaelistor als Zugang zum Domplatz lag dem Rathaus gegenüber und ist um 1800 abgerissen worden.

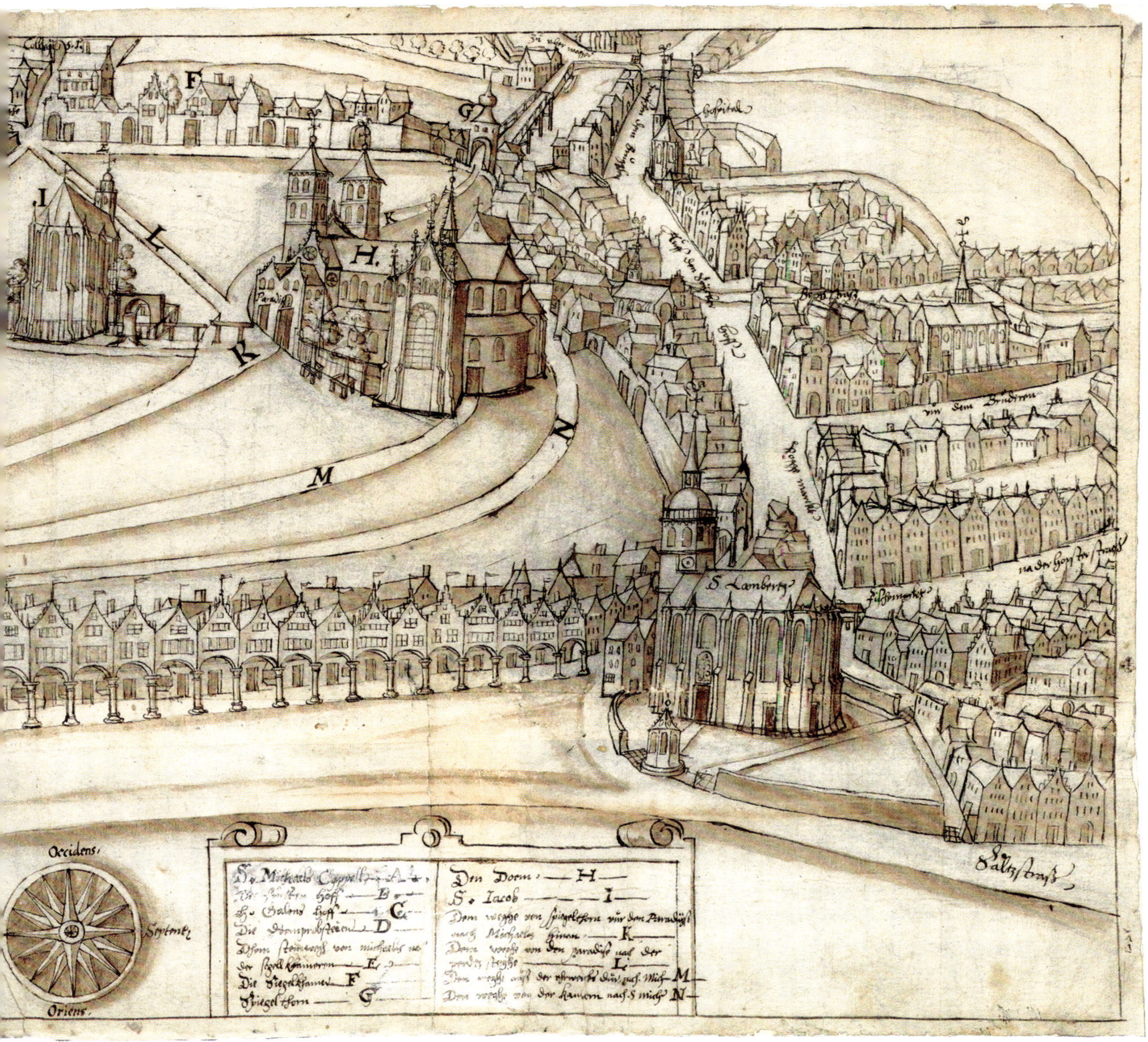

Die Karte, detailliert gezeichnet im Format 84 x 38 Zentimeter, gilt als älteste Ansicht der Stadt Münster. 2008 wurde sie durch einen Zufall im Stadtarchiv von Bad Homburg entdeckt. Ursprünglich lagerte sie im Reichskammergericht. Mit der Auflösung des Gerichtsarchives im 19. Jahrhundert war der aus Lippe gebürtige Archivrat Friedrich Ludwig Carl von Medem (1799–1885) betraut, der die Karte „entfremdete“, wie es heißt, und auf diese Weise rettete. In Medems Nachlass gelangte sie an das Stadtarchiv von Bad Homburg.

Eine Aufschwörungstafel aus dem 17. Jahrhundert mit dem Wappen des Heinrich von Galen

Ende mehr als ein Dutzend Jahre. Etwa 100 Personen wurden zum Duell auf dem Domplatz, vor allem aber zum Streit der Familien befragt. Allein vor dem Gogericht in Rheine, der unteren Instanz, sammelten sich fast 9300 Seiten Aktenmaterial: Aussagen aller Beteiligten, Einsprüche, Erklärungen, Abwehrschriften von Verunglimpfungen und dergleichen mehr.

Streckenweise glich der Prozess „einer schriftlich ausgetragenen Schlammschlacht", urteilt der Historiker Frank Dierkes. „Hätte es damals schon so etwas wie die heutige ‚yellow press' gegeben, so hätte diese darin ein gefundenes Fressen gehabt."

Auch aus der Festungshaft Galens in Bevergern hätte es Überraschendes und Delikates zu berichten gegeben. Denn seine Haftzeit war alles andere als finster und entbehrungsreich.

Schon die Weinrechnungen des Rentmeisters von Bevergern sprechen Bände. Demnach verzehrte von Galen an fast jedem zweiten Tag zwischen zwei und vier Liter Wein. Er trank mit Familienangehörigen und Nachbarn von Haus Bisping oder aus Rinkerode, die ihn bei Laune zu halten suchten. Konnten sie nicht kommen, waren der Prior des Klosters Bentlage oder der Junker zu Surenburg bei Riesenbeck zur Stelle.

In seiner Haftzeit, darauf weist Frank Dierkes hin, hat von Galen auch mehrere Kinder gezeugt. Regelmäßige Besuche seiner Ehefrau, Catharina von Hoerde, dürften also vorausgesetzt werden, mutmaßt der Historiker.

1619, nach zwölf Jahren Haft, wurde von Galen entlassen, ohne dass es einen Urteilsspruch gegeben hätte. Der Landesherr war offenbar zur Überzeugung gelangt, dass der Delinquent genug gelitten habe und dass es nun genug sei mit Prozess und Strafe. Das allerdings lässt sich aus der Rückschau nur vermuten. Einen offiziellen Abschluss fand das Verfahren nie.

Das letzte bekannte Dokument zum Verfahren stammt aus der Hand der Witwe Morrien. Sie wandte sich an das Reichskammergericht in Speyer, um die Freilassung Galens zu stoppen und um abzuwenden, dass sie den Prozess zur Hälfte mitbezahlen sollte. Wie die Sache ausging, ist nicht bekannt. Denn es fehlt, wie gesagt, ein klarer Schluss des Verfahrens.

Klirrende Glasfenster

Der Krieg der beiden Adelsfamilien aber schwelte weiter. Am 13. November 1621 loderte er an einem Ort auf, wo es niemand erwartet hätte: im Bauerndorf Ascheberg am Rande der Davert. Dort hatte der Rentmeister Johann Hertzfeld gerade erst ein neues, repräsentatives Haus bezogen, da wurden ihm die teuren bunten Wappenscheiben, eine Zierde der guten Stube, aus dem Fensterrahmen geschlagen. Kein Nachbar und kein anderer Dorfbewohner hatte die Scheiben zerstört, sondern eine Persönlichkeit von Rang und Namen: Johann Morrien, Herr auf Schloss Nordkirchen und Sohn des Erbmarschalls, der 14 Jahre zuvor bei dem Degenduell auf dem Domplatz ums Leben gekommen war.

Mit seinem Stock habe Morrien an jenem Novembertag das Fenster „ausgestoßen und zerschlagen", heißt es wenig später in einem Bericht. Er soll dabei gespottet und seinen Abscheu mit ehrverletzenden Gesten unterstrichen haben.

Nicht blinde Zerstörungswut leitete ihn. Vielmehr schlug er gezielt auf ein gläsernes Wappen, dass ihm im Licht der Spätherbstsonne entgegenleuchtete. Es war das Wappen seiner ärgsten Feinde, das der Adelsfamilie von Galen. Wie war es dort hingekommen? Rentmeister Hertzfeld hatte das Haus 1620/21 gebaut. Adelsfamilien des Umlandes hatten ihm für die repräsentative Fensterseite des Wohnzimmers Scheiben mit ihren jeweiligen Wappen geschenkt.

Die Wappenscheiben waren mehr als nur buntes Glas, mehr als nur Fensterzierde. Sie dokumentierten vielmehr adlige Präsenz, spiegelten das wechselseitige Beziehungsnetz und de-

monstrierten das Prestige des Bauherrn ebenso wie das der Adelsfamilien.
Johann Morrien dürfte es kaum gepasst haben zu sehen, dass auch die Familie des – aus seiner Sicht unsäglichen – Dietrich von Galen ein Wappenfenster gespendet hatte. Das war zu viel der Ehre für jene Familie, der den Mörder seines Vaters hervorgebracht hatte – und auch einen Domherrn, Heinrich von Galen, von dem alle Welt wusste, dass er mit seiner Magd in „wilder Ehe" lebte und mit ihr sogar einen Sohn gezeugt hatte.

Der Kampf um Symbole

Der Name dieser beiden Brüder, so mag sich Morrien gedacht haben, musste aus dem münsterländischen Landadel ausgestoßen werden – und er fing mit dem Ausstoßen schon mal an, indem er mit seinem Stock das gläserne Galen-Wappen aus dem Bleirahmen schlug. Damit wurde letztlich ein Kampf um die Ehre, die Rangordnung und die Macht der Symbole ausgetragen, so wie es eine zeitgenössische Schrift empfahl. Adligen, die gegen Recht und Gesetz verstoßen oder ein anstößiges Leben geführt hätten, möge man „ihre Schilde und Wappen abschlagen, niederwerfen und austilgen". Dieser Anweisung war Johann Morrien gefolgt.
Die Gegenseite verstand die symbolische Sprache. Gegen die Botschaft des Entwertens, Verachtens und Ausstoßens wehrte sich die Familie von Galen mit einer Klage gegen Morrien. Überall und stets seien sie „für aufrichtige und rittermäßige Edelleute geehret und gehalten" worden, hieß es in der Galen'schen Begründungsschrift. Ihr Wappen finde sich überdies in vielen Ahnentafeln nordwestdeutscher Adelsfamilien. Aus diesem Gefüge, so das unterschwellige Argument, könne das Geschlecht gar nicht herausgeschlagen werden.
Und das vermeintliche Lotterleben Heinrich von Galens? Er betonte in seiner Antwort den hohen Rang seiner kirchlichen Ämter. Als „adelige rittermäßige Person" sei er auf das münsterische Domstift eingeschworen, und er sei überdies „zum Propst dero angesehenen Collegiatkirchen St. Mauritz angenommen und respektiert".

Das späte Nachglimmen

Waren das schlagkräftige Argumente? Wie ging die Sache aus? – Auch hier ist kein abschließendes Urteil überliefert.
Nebenbei wäre es auch aufschlussreich zu erfahren, wie der Ascheberger Rentmeister in diesem Krieg der Symbole handelte. Ließ er sein Fenster mit schlichtem Glas instand setzen oder ließ er wieder ein Wappen einsetzen? Und wenn ja: welches? Wer zahlte die Reparaturkosten? Antworten auf diese Fragen gibt es nicht. Der Konflikt zwischen den beiden Familien glühte allmählich aus – und das wohl auch, weil ihm die Hauptkontrahenten abhandenkamen. Johann Morrien stürzte 1628 vom Pferd und erlitt lebensgefährliche Verletzungen, an denen er bald darauf starb.
Dietrich von Galen, aus der Haft entlassen, war zuvor bereits nach Livland auf eines der Landgüter der Familie gezogen. Dort, eine Ewigkeit entfernt vom einstigen Schauplatz des Geschehens, starb er im Jahr 1645.
Ganz erlosch der Konflikt der Familien aber nicht. Der Sohn jenes Dietrich von Galen hieß Christoph Bernhard, war Bischof von Münster und seiner aggressiven Kriegführung wegen als „Bomben-Bernd" gefürchtet. Einer seiner Kommandanten war Ferdinand Morrien, Enkel des Toten vom Domplatz und Sohn des Johann Morrien, der sich in Ascheberg als Rächer am Wappenfenster betätigt hatte. Der Bischof und sein Kommandant sollen ein angespanntes Verhältnis gepflegt haben, das am Ende zerbrach. Es war das späte Nachglimmen eines Familienkrieges, der sich gut fünf Jahrzehnte zuvor in der Davert entzündet hatte.

Die Bande und die Bauern

Nordkirchen im Münsterland, November 1607

Die Festnahme von Henrich Nachtegall genannt Schmidt, dem Kopf einer Pferdediebebande

Der Hinterhalt – eine Radierung aus dem Bildzyklus „Kriegsfolge“ von Hans Ulrich Franck (1603–1675)

Sie kommen nachts. Wie aus dem Nichts tauchen sie auf, und am nächsten Tag fehlt ein Pferd im Stall. Heute in Oelde, gestern in Rietberg, morgen in Borghorst: Im gesamten Münsterland sind die Täter unterwegs. Mit den Tieren müssen sie sich bestens auskennen. Kein Wiehern ist zu hören, kein Hufgetrappel, kein Hundegebell. Nichts. Den Bauern ist das unheimlich.

Zu Beginn des 17. Jahrhunderts machte eine Bande von Pferdedieben das Münsterland unsicher. Es waren keine „Sozialrebellen" am Werke, keine Räuber im Stil eines Robin Hood, sondern ganz gewöhnliche Kriminelle: wohlorganisiert, im großen Stil aktiv – und ohne Rücksicht auf ihre Opfer. Reiche Bauern wurden ebenso bestohlen wie arme Kötter, Gastwirte ebenso wie Adlige oder Dorfhandwerker. Selbst vor Pfarrern und geistlichen Herren machten die Pferdediebe keinen Halt. Wer steckte dahinter?

Ohne Pferde lief nichts

Um die Schwere des Verbrechens zu ermessen, muss daran erinnert werden, dass Pferde damals weder dem Sport noch dem Freizeitvergnügen dienten. Vielmehr waren die Tiere das wichtigste Arbeits- und Transporttier überhaupt. Sie waren Existenzgrundlage. Ohne Pferde lief damals nichts. Nur so ist zu erklären, dass auf Pferdediebstahl die Todesstrafe stand, die tatsächlich auch vollstreckt wurde.

Pferdediebe waren oftmals Einzeltäter. Doch die Diebstähle im Münsterland um 1600 gingen auf das Konto einer Bande. Das aber kam erst durch Zufall heraus.

Im Herbst 1607 nahmen die Wachleute der Grafen zu Nordkirchen einen Mann fest. Er entpuppte sich als Kopf einer Diebesbande, als „Principall", wie es in den Dokumenten der Zeit hieß. Seine Name lautete Henrich Nachtegall genannt Schmidt. Er stammte aus der kleinen Ortschaft Südkirchen und hatte sich vor dem zuständigen Gericht zu Davensberg des Pferdediebstahls „in großem Umfang" zu verantworten. Dem Delinquenten, wie gesagt, drohte die Todesstrafe.

Schmidt versuchte, seinen Kopf aus der Schlinge zu ziehen, indem er alles offenlegte, was er wusste: die Namen der Bandenmitglieder und ihrer Unterstützer im Land, das Vorgehen beim Pferdediebstahl, die heimlichen Verstecke für die Tiere und so weiter. Einige Hintergründe aber gab er erst preis, als ihm die „peinliche Befragung", also Folter angedroht wurde.

Die Aussagen des „Principalls" vor dem Davensberger Gericht sind gut dokumentiert. Sie bieten einen Blick hinter die Kulissen organisierter Diebstähle – aber auch den Blick auf die Karriere eines Knechtes, der zum Kopf einer kriminellen Bande aufstieg.

Aus kleinen Verhältnissen

Schmidt stammte, wie gesagt, aus Südkirchen, vermutlich aus klein- oder unterbäuerlichen Verhältnissen. Denn nicht als Soldat, sondern als einfacher Knecht war er zunächst in Diensten eines Adligen tätig. Später stieg er zum berittenen Soldaten auf. Doch wohlhabend wurde er deswegen nicht. Sein Sold reichte nicht einmal, um das Pferd zu bezahlen. Diese Kosten beglich sein Vorgesetzter.

Wie Schmidt erging es damals vielen. Ihr Ziel war es, der dürftigen Soldatenexistenz zu entkommen. Der Schritt zum kriminellen Handeln, zu Diebstählen und Überfällen war da nicht groß.

Für die Pferdediebstähle im Münsterland war nach den Aussagen Schmidts eine Bande mit insgesamt 17 Tätern verantwortlich. Sie stammten aus Ahlen, Bielefeld oder Osnabrück ebenso wie aus Borculo oder aus grenznahen Dörfern

der Provinz Drenthe, im Nordosten der heutigen Niederlande gelegen.
Zusammengeführt hatte sie ihr kriminelles Talent – und ihr Schicksal: Es waren durchweg ehemalige Soldaten. Ihre Beute verkauften sie wiederum an aktive Soldaten verschiedener Regimenter. Täter und Käufer dürften sich gekannt haben.

Raubzüge über Land

Die Diebesbande war gut organisiert. Das stellte sich heraus, als Schmidt unter Androhung von Folter nicht nur weitere Diebstähle zugab, sondern auch den Stützpunkt verriet. Demnach stand ihnen eine Hofstätte namens Fünnemann in Südkirchen als Unterschlupf zur Verfügung. Hier konnten auch die gestohlenen Tiere versteckt werden, ehe sie weiterverhökert wurden.
Bauer Fünnemann gab den Dieben auch Tipps, wo gute Pferde zu holen waren. Er kannte Land und Leute besser als die meist ortsfremden Kriminellen. Die Bande hauste auf dem Dachboden seiner Scheune, zog von dort durch das Kirchspiel oder das weitere Umland.
Ihre meist nächtlichen Raubzüge durch Westfalen hatte sie gut vorbereitet. Einmal gelang es ihr sogar, auf dem Hof Steinhorst bei Davensberg zwölf Pferde in einer Nacht zu entwenden. Die Tiere gehörten unterschiedlichen Bauern und waren auf dem Gehöft offenbar untergestellt.

Am helllichten Tage

Bisweilen zogen die Diebe sogar tagsüber durch das Land, um zu erpressen, zu rauben und zu beschlagnahmen. Es gab damals noch keine zentrale Instanz, die Rechtssicherheit durchsetzen und den Landfrieden garantieren konnte. Dies erlaubte Raubzüge sogar bei helllichtem Tage, wie Henrich Schmidt sie vor Gericht beschrieb. Er schilderte sogar einen Tagesablauf:
An einem Morgen zwangen Mitglieder der Bande zunächst einen Bauern zur Herausgabe von Hafer. Dann kamen sie bei Selm an einem Acker vorbei, auf dem ein Bauer namens Amelsbecke mit zwei Pferden pflügte. Unter Androhung von Gewalt spannten sie ihm ein Tier vom Pflug aus und nahmen es mit. Anschließend knöpften sie einem Fuhrmann zwei Pferde ab, raubten auf Haus Kakesbeck bei Lüdinghausen ein weiteres Tier und pressten schließlich dem Bauern Schulte Pröbsting ein braunes Pferd ab. Schließlich griffen sie im Kirchspiel Dülmen ein weiteres Pferd ab und nahmen es ebenfalls mit.

In Davensberg hingerichtet

Zu solchen Beutezügen schwärmte die Bande des Öfteren aus, bekannte Nachtegall genannt Schmidt vor Gericht in aller Offenheit. Einmal hätten sie eine Herde von 40 Beutepferden in Burgsteinfurt verkauft. Auf dem Rückweg hätten sie wiederum 30 Pferde „eingesammelt", die sie in Deventer zu Geld machten. Schmidt schildert einen weiteren Raubzug, der über Ascheberg, Oelde, Rietberg, Harsewinkel und Borghorst bis nach Enschede führte.
Wo welches Pferd gestohlen und später wieder verkauft wurde, konnte Schmidt in den meisten Fällen angeben. Vor Gericht bot er sogar an, er wolle seine „Mitgesellen zu kurzer Frist liefern". Außerdem versprach er, 500 geraubte Pferde „wieder einzubringen".
Es ist nicht bekannt, ob Henrich Nachtegall genannt Schmidt tatsächlich andere Bandenmitglieder oder ehemalige Soldaten „ans Messer" geliefert hat. Er selbst aber, so viel ist sicher, konnte seinen Kopf am Ende nicht mehr aus der Schlinge ziehen: Kurz nach seinen Bekenntnissen wurde Schmidt am Galgen zu Davensberg hingerichtet.

Westfalens berühmtester Mordfall

Im Wald zwischen Bökendorf und Ovenhausen, 10. Februar 1783

Die Ermordung des Kaufmanns Soistmann Berend und Annette von Droste-Hülshoffs Novelle „Die Judenbuche“

Der Fürstbischof von Paderborn speiste mit einigen Landadligen zu Mittag, da wurde ihm ein Brief an den Tisch getragen. Der geistliche Herr überflog das Schreiben. Es war ein Bittgesuch, wie es selbst einen Fürstbischof nicht alle Tage erreichte. Schon der Ort des Absenders ließ ihn aufmerken. Das Schreiben, das an diesem Frühjahrstag des Jahres 1788 in Paderborn eintraf, war im November 1787 losgeschickt worden – im nordafrikanischen Algier!

Noch ungewöhnlicher war der Inhalt des Briefes. Ein „Johannes Winkelhannes auß Pelersen“ – gemeint ist das Dörfchen Bellersen im Paderborner Land – bat den Fürstbischof darum, er möge ihn aus afrikanischer Sklaverei freikaufen. „Die teglichen Nahrung bei so schwerer Arbeit miserable Kleidung sollte ein steinernes Herze zu Mitleiden bewegen“, heißt es da in radebrechendem Deutsch. Und, gleich zu Beginn des Briefes: „In deme ich nach Gott Einzig und allein meine Zuflucht zu ihro Gnaden meinen allergnädigsten Landesherren suche, hoffe meine Bitte erhöret zu werden.“

Der Landadlige Werner Adolf von Haxthausen, der am Mittagstisch des Fürstbischofs saß, dürfte aufgemerkt haben. In der Gegend seiner beiden Besitzungen Abbenburg und Bökendorf kannte damals jeder den Winkelhannes. Er stand in dringendem Verdacht, 1783 im Abbenburger Forst, unweit von Bellersen, einen Händler erschlagen zu haben.

Fünf Jahre lag die Tat nun zurück. Der Verdächtigte war seither spurlos verschwunden – und jetzt meldete er sich aus algerischer Sklaverei zurück? Wie war er dort hingekommen?

Knecht im Nachbardorf

Der Mann, der damals allgemein „Winkelhannes“ genannt wurde, hieß tatsächlich Hermann Georg Winckelhan. Er wurde am 22. August 1764 in Bellersen geboren als eines von sechs Kindern der Bauersleute Johannes Hermann Winckelhan und Anna Elisabetha, geborene Fölsen. Der Besitz der Familie wurde später mit 30 Morgen und 90 Ruten, also umgerechnet knapp 8 Hektar, angegeben.

Gerade zehn Jahre alt war Hermann Georg Winckelhan, als ihn seine Eltern – vermutlich aus Geldmangel – von der Schule nahmen. Später, als 18-Jähriger, arbeitete Hermann Winckelhan im Nachbardorf Ovenhausen beim Bauernvogt Rudolf Möller als Knecht. Irgendwann in dieser Zeit begann seine Umgebung, ihn „Johannes“ oder „Winkelhannes“ zu nennen.

Schauplätze des Mordfalls: eine Karte der Gegend um Bellersen, gezeichnet um 1800 vom preußischen Offizier Carl Ludwig von Le Coq

Im Frühjahr 1783 geriet Winckelhan in Konflikt mit einem jüdischen Händler namens Soistmann Berend. Er lebte mit seiner Frau und zwei Söhnen in Ovenhausen und betrieb einen Handel mit Textilien.

Bei ihm kaufte Winckelhan ein Stück Tuch für ein Hemd, blieb aber das Geld schuldig. Der Händler drängte mehrmals auf Bezahlung – doch erfolglos. Der Stoff sei das Geld nicht wert, behauptete der junge, kaum 19 Jahre alte Winckelhan. Dann sagte er, es sei ein niedrigerer Preis vereinbart gewesen. Später drohte er dem Händler mit einer Tracht Prügel. „Ehe ich Dir den halben Taler in den Rachen schmeiße, will ich mir lieber den kleinen Finger mit den eigenen Zähnen abbeißen", soll er ihm entgegengeworfen haben. Und weiter: „Wenn Du mir noch einmal kommst, so schlag' ich Dir die Jacke so voll, dass Du die Tage Deines Lebens an mich denken sollst."

Sein Brotherr, der Bauernvogt Möller, soll sich später schwere Vorwürfe gemacht haben, weil er seinem Knecht Winckelhan gesagt habe: „Ei, was willst Du denn das bezahlen? Ich schlage ja lieber dem Juden vor den Kopf, dass er den Himmel für einen Dudelsack ansieht! Es ist ja man ein Jude!"

Soistmann Berend wusste am Ende keinen anderen Weg, als den Knecht zu verklagen. Oberster Richter war der Gutsherr Caspar Moritz von Haxthausen, Vater des eingangs erwähnten Werner Adolf von Haxthausen. Bei der Ge-

Ein zugestaubtes Sittengemälde?

Nur wenige Gewalttaten des 18. Jahrhunderts, nur wenige Biografien „kleiner Leute“ aus dem ländlichen Westfalen jener Zeit sind so oft erzählt, so gut dokumentiert und so gründlich erforscht worden wie der Mord am Händler Soistmann Berend 1783 und der Lebenslauf des Täters Hermann Georg Winckelhan aus Bellersen. Gerichtsakten zu dem Fall sind nicht mehr erhalten. Doch ein Verwandter des Gerichtsherrn, August von Haxthausen, hat 1818, also 25 Jahre nach der Tat und zwölf Jahre nach dem Selbstmord des Täters, einen umfangreichen Bericht zu dem Kriminalfall veröffentlicht. Offenbar hat Haxthausen noch auf Originaldokumente zurückgreifen können.

Berühmt wurde der Fall durch Haxthausens Nichte Annette von Droste-Hülshoff (1797–1848). Aus dem Stoff, den Überlieferungen ihrer Familie mütterlicherseits, gestaltete sie die Novelle „Die Judenbuche“.

Wo in ihrer Novelle die historischen, tatsächlichen Ereignisse aufhören und das Fiktive der Erzählung beginnt, ist für den Leser schwer zu unterscheiden. Ebenso überlagern sich Zufall und Plan, Wahres und Vermutetes, Schein und Sein. Nicht einmal der Täter ist mit letzter Eindeutigkeit auszumachen.

Die Kriminalnovelle zwingt zur genauen Lektüre, zum eigenen Fragen und Schlussfolgern. Am Ende entsteht ein Bild menschlicher Abgründe voller Widersprüche, die sich dem Urteil und mehr noch dem raschen Vor-Urteil entziehen. Genau darin liegt eine Kernbotschaft der Autorin. Ihre Novelle „Die Judenbuche“, so hat der Droste-Forscher Jochen Grywatsch geurteilt, sei ein „vielstimmiges Kunstwerk, das sich gerade über seine Widersprüchlichkeit und Vieldeutigkeit bestimmt“. Es sei „eine Parabel auf die Unfähigkeit des Menschen, Wirklichkeit aufzufassen, zu beschreiben und zu erklären“ – kein zugestaubtes ländliches Sittengemälde aus altvorderer Zeit also, sondern eine Erzählung mit moderner Botschaft.

Annette von Droste-Hülshoff (1797–1848) – Reproduktion einer verschollenen Daguerrotypie, die der Foto-Pionier Friedrich Hundt in Münster 1845 angefertigt hat

richtsverhandlung auf Gut Abbenburg sagte der Händler unter Eid gegen Winckelhan aus. Soistmann galt als unbescholten. Seine Forderung konnte er nachweisen, indem er vor Gericht sein „Annotierbuch" vorlegen konnte. Darin trug er seine Geschäfte, Kredite und die Namen der Schuldner ein. Bei der Verhandlung am 10. Februar 1783 wurde ihm Recht zugesprochen: Winckelhan musste zahlen.

Der unterlegene Knecht muss voller Wut gewesen sein. Noch auf dem Hof des Gutes Abbenburg soll er dem Händler mit Mord gedroht haben.

Von Soistmann Berend ist bekannt, dass er an diesem Tag zunächst nach Bellersen, dann ins benachbarte Bökendorf ging. Schuldscheine, an diesem Tag ausgestellt, belegen, dass er in den beiden Dörfern Geldgeschäfte abwickelte. Anschließend durchquerte er auf einem Fußpfad den Wald, um auf kürzestem Wege von Bökendorf nach Ovenhausen zu kommen. Doch dort kam er nie an. Winckelhan hatte dem Händler im Wald aufgelauert und ihn mit einem Holzknüppel erschlagen.

Rätselhafterweise wurde der Leichnam erst zwei Tage später entdeckt. War in der Zwischenzeit niemand den Waldweg gegangen? Hatte niemand die Blutspuren gesehen, die der Ehefrau des Ermordeten bald auffielen, als sie den Fußweg durch den Wald beschritt?

Dass ihr Mann einmal länger ausblieb, kannte sie, es war Teil seines Berufes. Doch nach zwei Tagen hatte sie sich gesorgt und war ihm nach Bökendorf hin entgegengegangen. Im Wald entdeckte sie die Blutspuren und brauchte auch gar nicht lange, um ihren Mann zu finden. Seine Leiche lag abseits des Weges, notdürftig im Unterholz versteckt. Später wurde auch noch die Tatwaffe gefunden: ein Holzknüppel, von Blut verschmiert. Vom Täter aber fehlte jede Spur.

Sofort fiel der Verdacht auf Winckelhan – und das nicht nur, weil er vor Gericht unterlegen war und diese Vorgeschichte allgemein bekannt war. Hinzu kam, dass er, statt zu seinem Dienstherrn zurückzukehren, das Haus seiner Eltern in Bellersen aufgesucht hatte. Ein Förster hatte ihn dann am Abend des Mordes in Richtung Tatort gehen sehen. Und schließlich: Winckelhan war wie vom Boden verschluckt.

Spurlos verschwunden waren auch der Geldbeutel und das Geschäftsbuch des Handelsjuden. Dieses Annotierbuch immerhin tauchte unter sonderbaren Umständen wieder auf: Am 12. August 1783, ein halbes Jahr nach dem Mord, sprach der Bauer Johann Jürgen Sander aus Bökendorf bei Joseph Levi vor, der sich als Vormund um die Kinder des Mordopfers zu kümmern hatte. Sander legte ihm das Geschäftsbuch vor und sagte, er habe noch weitere Dokumente des Mordopfers. Er sei mit Soistmann Berend befreundet gewesen. Nach dessen Tod sei ihm, Sander, der Geist des Erschlagenen erschienen. Der habe ihn auf den Fundort der Papiere im Wald hingewiesen.

Die Geschichte mit dem Geist nahm ihm niemand ab. Sander wurde in Haft genommen und musste sich wegen Mittäterschaft am Mord sowie wegen Hehlerei verantworten. Ob es zum Prozess kam, ist unbekannt – weitere Dokumente fehlen. So ist bis heute ungeklärt, wie Sander tatsächlich an die Papiere gelangt war und in welchem Verhältnis er zum Täter Winckelhan gestanden hatte. Der Bauer Sander starb 1810 und nahm sein Wissen mit ins Grab.

Er ist wieder da

1787, fünf Jahre nach dem Mord im Ovenhauser Wald, hörte man im Paderborner Land erstmals wieder etwas vom spurlos verschwundenen Täter Winckelhan. Das eingangs zitierte Bittgesuch aus algerischer Sklaverei war das erste Lebenszeichen von ihm. Der Bitte Winckelhans kam der Fürstbischof aber nicht nach. Er folgte damit dem Rat des Bökendorfer Gutsherrn von Haxthausen. Der hatte dem Fürstbischof erwidert, dass er die Entscheidung dem geistlichen Herrn überlasse, aber im selben Atemzug auch hinzugefügt: „Man würde ihn [Winckelhan] dort nur befreien, um ihn hier den Händen der Gerechtigkeit zu überliefern."

Damit schien die Sache erledigt. Es wurde still um den Fall – für 23 lange Jahre, damals ein halbes Menschenleben.

Im Frühjahr 1806 tauchte Winckelhan in Bellersen wieder auf. Niemand im Dorf hatte mit seiner Rückkehr gerechnet. Die meisten dürften ihn längst für tot gehalten haben. Nur die Älteren konnten sich noch an sein Gesicht, an seine Gestalt erinnern. Seinen Namen aber hatte wohl jeder in Bellersen schon einmal gehört, verbunden mit der Erzählung vom Mord am jüdischen Kaufmann und Händler. Ein Dorf vergaß so schnell nichts. Was sind da schon 23 Jahre?

Alle wollten wissen, wo er alle die Jahre gewesen und was ihm widerfahren war. Und vor allem: Was war im Ovenhauser Wald geschehen? Als nach dem Mord der Verdacht auf ihn gefallen sei, so erzählte Winckelhan nun allen, da sei er geflohen. Er habe eine Wallfahrt nach Werl gelobt und auch unternommen, behauptete er. Tischte er diese Episode auf, um sich als frommer Büßer, um seine Vergangenheit in ein günstigeres Licht zu stellen?

Das jedenfalls versucht er in den Erzählungen nach seiner Rückkehr mehr als einmal. Sicher ist, dass er viele Jahre als Sklave in Afrika sein Dasein fristen musste. Seine Freilassung und Rückkehr verdankte er ausgerechnet Jerôme Bonaparte, dem Bruder Napoleons und Herrscher des französisch dominierten „Königreichs Westphalen", zu dem zwischenzeitlich auch Bellersen gehörte.

Wie aber ist Winckelhan nach Nordafrika gelangt? Und wie wieder zurück? Diese Frage hat der Heimatforscher Horst-Dieter Krus aus Bellersen akribisch erforscht. Seine Recherchen und die wenigen erhaltenen Quellen ergeben ein recht schlüssiges Bild. Blicken wir also noch einmal zurück, in die Zeit unmittelbar nach der Tat im Frühjahr 1783. Der verdächtigte Winckelhan ist damals nach Holland geflohen und hat sich einem Regiment unter spanischem Befehl angeschlossen. In diesem Regiment kam er bis in die nordafrikanische Küstenstadt Oran. Um dem harten Söldnerleben zu entgehen, flohen viele Soldaten des Regiments „von den Fahnen". Sie begaben sich freiwillig in die algerische Sklaverei – in der vagen Hoffnung, sich später freikaufen zu lassen. Offenbar gehörte auch Winckelhan zu den Deserteuren. In Algerien hatte er zunächst Glück. Er wurde als Sklave an einen einflussreichen hohen Beamten verkauft. Als jener Beamte 1788 abgesetzt und hingerichtet wurde, wurden seine Untergebenen zu „öffentlichen Sklaven" erklärt.

Fortan habe Winckelhan, wie er später erzählte, mit einfachstem Gerät große Steine zum Hafen in Algier schleppen müssen. „In schärfster Hitze durch den glühenden Sand, und dazu nichts als ein Pfund Brot und ein kleines Maaß mit Öl und Weinessig", so habe er als Sklave jahrelang geschuftet. Die Aufseher seien streng, ja brutal gewesen: „Wie einer [der Sklaven] niedergesunken aus Mattigkeit, hätten sie darauf geschlagen, bis er wieder munter."

Freispruch auf Preußisch

Diese Schilderung Winckelhans ist durchaus glaubhaft, auch wenn sie aus dritter Hand überliefert ist. Denn Winckelhan erzählte dies alles nach seiner Rückkehr dem Gutsherrn Werner Adolf von Haxthausen. Dessen Sohn August wiederum schrieb die „Geschichte eines Algierer-Sklaven" 1817/18 nieder, also gut ein Dutzend Jahre nach der Rückkehr Winckelhans. Immerhin hat August von Haxthausen als 15-jähriger Junge Winckelhan selbst noch kennengelernt. Haxthausen schildert ihn als „kleinen, krüpplicht, bucklichten Kerl".

Die körperlichen Gebrechen Winckelhans waren offenbar eine Folge der Sklavenarbeit. Unter der Last eines Sackes „mit vielen Brodten“ sei er gestürzt und habe sich mehrere Rückenknochen gebrochen, erzählte er später dem ostwestfälischen Gutsherrn. Er sei „in ein Loch geworfen“ worden, „bis er heil gewesen, und weil er nicht verbunden“, also medizinisch nicht betreut worden sei, „so ist er ganz krumm ineinander gewachsen“.

Im Sommer 1805 war Winckelhan von Jerôme Bonaparte freigekauft worden und per Schiff nach Europa gelangt. Im April 1806 tauchte er dann in seiner westfälischen Heimat auf. Der oberste Gerichtsherr der Gegend, Werner Adolf von Haxthausen, hatte bald davon erfahren. Er fragte beim preußischen Regierungspräsidenten an, was denn mit dem Mann geschehen solle, der ja noch immer unter Mordverdacht stehe. Coninx antwortete preußisch-liberal, „er möge den Hermann W. ganz ungekränkt lassen“. Denn der habe durch seine lange Zeit als Sklave die Tat hinreichend gebüßt, und das sei nach dem Gesetze der Todesstrafe gleichgesetzt.

So blieb Winckelhan ein freier Mann. Haxthausen ließ ihn mehrfach zu sich kommen und befragte ihn zur Tat und zu seinem Schicksal in der Fremde. Ansonsten lebte Winckelhan bei seinem Bruder auf dem Hof in Bellersen.

Der jüdische Friedhof am Rand von Ovenhausen. Der Leichnam des Mordopfers Soistmann Berend soll dort beigesetzt worden sein.

Das Dorf urteilt anders

Vor den Augen des Staates und der Gerichte galt seine Tat als gesühnt. Doch die Menschen im Dorf sahen das anders. Das „Dorfauge" hatte vieles bemerkt, manches zusammengefügt, anderes wohl auch hinzuerzählt – und die Bewohner fällten ihr eigenes Urteil.

Wenig Ruhe gab dem Täter auch das eigene Gewissen, zumal in unmittelbarer Nähe des Tatortes. Wie sehr es ihn geplagt haben muss, zeigt die Schilderung seiner letzten Tage. Bei einem Bauern habe Winckelhan „leichenblass und in furchtbarer Angst" geklopft und um ein Nachtlager gebeten. Auf dessen Frage, was ihm denn in aller Welt widerfahren sei, habe Winckelhan von düsteren Ängsten und Wahnvorstellungen berichtet. Eine Frau habe ihn unterwegs gezwungen, ein schweres Bündel Dornensträucher zu tragen und ihn angetrieben, erzählte er dem Bauern. „Da hätten sich die Dörner ihm alle ins Fleisch gedrückt, und er hätte an zu laufen gefangen, und sei so keuchend in großer Angst vor's Dorf gekommen, da sei die Frau fort gewesen, und sie möchten ihn nur die Nacht behalten, er wolle den andern Tag wieder nach Hause."

Nach Hause – aber wo war das? Die Welt seiner Kindheit und Jugend hatte sich verändert. Seine Eltern lebten nicht mehr. Ein Dorfbrand hatte sein Geburtshaus zerstört. Stattdessen stand dort ein neues Haus, das sein Bruder, dessen Frau und fünf Kinder bewohnten. Winckelhans Familie hat ihn aufnehmen müssen, so sah es das Gesetz vor. Doch das dürfte der Familie widerstrebt haben. Denn er selbst war alt, ein Krüppel, konnte bei Arbeiten kaum helfen, vor allem aber trug er eine schwere Schuld mit sich herum. Damit hatte er den Ruf der Familie und auch des Dorfes ruiniert.

Die Menschen in Bellersen betrachteten ihn als Verbrecher. Dass er für die Tat lange und bitter gesühnt hatte – was zählte das für sie? Verfemt und verachtet, stand Winckelhan außerhalb der Dorfgemeinschaft.

Ihm blieb nichts anderes übrig als zu betteln. Bisweilen wanderte er nach Driburg, um den Badegästen gegen eine milde Gabe aus seinem Leben zu erzählen. Im September 1806 ging die Kursaison zu Ende. Winckelhan, offensichtlich aus Bellersen verstoßen, wusste nicht, wo und wie er den herannahenden Winter überstehen sollte. Er sprach noch einmal bei den Haxthausens vor, um auf einem ihrer Güter als Hausknecht unterzukommen. Die Bitte wurde abgeschlagen.

Die letzte Ruhe

Verzweifelt stromerte er tagelang durch die Gegend. Handwerker einer Glashütte waren die letzten, die ihn lebend gesehen haben. Später fand man ihn erhängt im „Kleinen Kiel", einem Waldstück südwestlich von Bellersen. „Da hat er eine Leine von einem nahen Pflug genommen, und sich damit an einen Baum gehenkt und zwar so niedrig, dass er mit den Füßen das Herbstlaub unter sich weggescharret hat", berichtet August von Haxthausen später.

Sein Vater Werner Adolf von Haxthausen soll die Gemeindevorsteher bedrängt haben, den Toten nicht als Selbstmörder abseits des Friedhofs zu verscharren. Sie sollten vielmehr, angesichts des Lebensunglücks des Winckelhan, für ein „ehrliches Begräbniß" des Toten sorgen.

So fand Hermann Georg Winckelhan auf dem Friedhof an der Kirche in Bellersen am 18. September 1806 seine letzte Ruhestätte. In das Kirchenbuch trug der Pfarrer den Namen des Toten ein, notierte als Alter „43", gab als Stand „Bettler" und „lediger Bursch" an und nannte als Todesursache: „erdroßlet" und „todt gefunden". Wie er von dessen Tod erfahren habe – auch dafür sah das Kirchenbuch ein Feld vor. Dort notierte der Pfarrer: „durch öffentliche Dorfsage". Sie sollte nie wieder verstummen.

Die vergessenen Nachbarn

Am Rande des Paderborner Dorfes im Freilichtmuseum Detmold steht das „Haus Uhlmann". Es stammt aus Ovenhausen im Kreis Höxter und wurde 1803/05 erbaut vom Sohn jenes Soistmann Berend, der 1783 im Wald zwischen Ovenhausen und Bökendorf ermordet wurde. Der Sohn hieß Bernd Soistmann und war seinerseits Händler. In dem Haus lebten mehrere Generationen der jüdischen Familie bzw. ihrer Erben.

Die letzten jüdischen Bewohner des Hauses waren der Kaufmann Norbert Uhlmann, seine Frau Helene, geb. Löwendorf, und ihre 1931 geborene Adoptivtochter Ilse. Uhlmann hatte einen Kramladen, handelte mit Spielzeug, Haushaltswaren, vor allem aber mit dem Fleisch von Ziegen – eine dörfliche Existenz, wie sie typisch war für die Judenheit im ländlichen Westfalen. 1941 wurde die Familie deportiert und in Auschwitz ermordet.

Mitarbeiter des Westfälischen Freilichtmuseums in Detmold erforschten seit 2002 die Geschichte des Hauses und seiner Bewohner. Es wurde in Ovenhausen abgebaut und im Freilichtmuseum wieder errichtet. Das „Haus Uhlmann", eröffnet im Sommer 2007, erinnert nun im Detmolder Freilichtmuseum an die vergessenen Nachbarn, an die im Holocaust zerstörte Welt der Landjuden und ihre Wohn- und Alltagskultur in Westfalen.

Einst in Ovenhausen, jetzt in Detmold: das „Haus Uhlmann"

Kriminell an der Grenze

Schlangen in Lippe, 1833

Schmuggler, Wilddiebe und „Hudefrevler"

Ausgerechnet der Bauerrichter! – So werden sich die lippischen Kontrolleure gedacht haben, die anno 1833 in der damals winzigen ländlichen Ortschaft Schlangen den Hof des Bauerrichters Hanselle nach Schmuggelware durchsuchten. Denn just bei dem Mann, der im Dorf und in der Bauerschaft für Recht und Gesetz zu sorgen hatte, wurden die Kontrolleure fündig: 2000 Pfund Kaffee und 1700 Pfund Zucker spürten sie in Verstecken auf seinem Hof auf. Es bestand kein Zweifel: Sie hatten die „Niederlage", das Lager eines Schmugglernetzwerks, entdeckt. Und Bauer Hanselle, so viel war klar, war tief in den grenzüberschreitenden illegalen Handelsverkehr verstrickt. Das verwundert kaum, denn nur wenige Fußminuten vom Hof entfernt verlief die Grenze des Fürstentums Lippe. Auf der anderen Seite lag Preußen, das Land der strengen Militärs, der hohen Zölle und der sündhaft teuren Konsumgüter.

Ausschnitt aus einer Kartenaufnahme der Grafschaft Lippe um 1800: Deutlich erkennbar ist die Lage der Ortschaft Schlangen (unten links) unmittelbar an der Grenze zum Bistum Paderborn, das 1815 Teil der preußischen Provinz Westfalen wurde.

Dieses Gefälle forderte den Schmuggel geradezu heraus. In den 1820er- und 1830er-Jahren war das Grenzdörfchen Schlangen heimlicher Stützpunkt vieler „Unterhändler". Sie erwarben in Lippe Kaffee, Zucker, außerdem Gewürze, französischen Wein, Tabak, teure Fabrikate aus den Manufakturen und so weiter. Alles, was sie im Lippischen günstig kaufen und nach der heimlichen Ausfuhr im Preußischen teurer losschlagen konnten, schleppten sie – meist des Nachts – über die Grenze. Sie forderte zu Taten heraus, die mal auf der einen, mal auf der anderen Seite als kriminell galten, gelegentlich auch beiderseits unter derselben Strafe standen.
Schlangen war kein Einzelfall. Überall, wo Grenzen trennten, wo unterschiedliche Zölle erhoben wurden und Aussicht bestand, die Kontrollen unterlaufen zu können, gab es Schmuggler-„Niederlagen", heimliche Absprachen, nächtliche Übergaben und schlecht bezahlte Zollbeamte, die das alles zu ahnden hatten.

Nächtliche Schüsse und wüstes Geschrei

Das zersplitterte, von vielen Grenzen durchzogene Land bot vor allem den ländlichen Unterschichten vielerlei Möglichkeiten, den kargen Unterhalt durch Tausch- und Schmuggelgeschäfte aufzubessern. Viele Besitzlose auf dem Land gingen diesem illegalen „Erwerbszweig" nach, „selbst wenn die mehrstündige Entfernung der Grenze ihn mühsam, gefahrvoll und wenig einträglich zugleich machen", wie Annette von Droste-Hülshoff 1844 in ihren „Westphälischen Schilderungen" urteilte. Anschaulich beschrieb sie für das östliche Paderborner Land das zwielichtige Treiben der Schmuggler, das doch – zumindest zeitweise – vor aller Augen stattfand:
„Fast bis im Herzen des Landes sehen wir bei abendlichen Spaziergängen kleine Truppen von fünfen oder sechsen, hastig und ohne Gruß, an uns vorüber der Wesergegend zu stapfen, und können sie in der Morgendämmerung mit kleinen Bündeln, schweißtriefend und nicht selten mit verbundenem Kopfe oder Arme wieder in ihre Baracken schlüpfen sehen. Zuweilen folgen die Zollbeamten ihnen stundenweit. Die Dörfer des Binnenlandes werden durch nächtliche Schüsse und wüstes Geschrei aufgeschreckt. Am nächsten Morgen zeigen Gänge durchs Kornfeld, in welcher Richtung die Schmuggler geflohen; zerstampfte Flächen, wo sie sich mit den Zöllnern gepackt haben, und ein halbes Dutzend Taglöhner lässt sich bei seinem Dienstherren krank melden."

Zwei Welten in einem Dorf

Schmuggel war nicht die einzige Art von Kriminalität, die sich an den Grenzen auf dem Land abspielten. Das zeigt der Blick auf eine Ortschaft wie Schlangen. Dort, wo heute eine unsichtbare Linie zwischen den Verwaltungskreisen Paderborn und Lippe-Detmold verläuft, trennten sich im 19. Jahrhundert Welten. Fürstin Pauline, die lippische Landesherrin, hat das im Mai 1816 auf ihrem Weg aus den Niederlanden nach Detmold so beschrieben:
„Bis Schlangen war der Weg über Marienloh und Lippspringe schlecht, grundlos und wasserreich. Wir arbeiteten uns eben noch aus einem Schlagloch, als der schwarze Adler [gemeint ist das preußische Wappentier] auf einem Grenzpfahl die letzte preußische Erdscholle bezeichnete und zu meiner Genugtuung mein Land erreichen nun eben so viel war als auf gute, feste, neue Chaussee [zu] kommen. Nun war ich im eigentlichsten Sinn wieder zu Hause."
Die Grenze selbst ist an dieser Stelle viele Jahrhunderte alt und geht auf mittelalterliche Grenzziehungen zurück. Bis ins 16. Jahrhundert hin hatten sich drei Seiten um den Verlauf gestritten:

- die Grafen zur Lippe,
- der Bischof von Paderborn und die Geistlichen des Domkapitels sowie
- die Adelsfamilie derer von Westphalen.

Hinzu kamen als Mitstreiter noch einzelne Klöster und Stifte, unter anderem das so überaus wohlhabende Zisterzienserkloster in Marienfeld. Der Verlauf der Grenze war 1567 im „Lippspringer Abschied“ festgelegt worden. Doch nicht allen Beteiligten entlang der Grenze war klar, welchem Landesherrn sie nun untertan und zu Steuern verpflichtet waren. Noch gut 100 Jahre später kam es zu Reibereien, es gab „viel Irrung und Gebrechen“, wie es um 1660 heißt.
Bereits damals musste jeder, der mit Waren die Grenze übertrat, besondere Abgaben oder Zollgeld zahlen. Die Fuhrleute wussten das im Wortsinn zu umgehen. Sie mieden die Handelsstraße und reisten stattdessen auf Trampelpfaden durch die Senne sowie durch die unwegsame, schwer zu kontrollierende Dörenschlucht nach Lippe ein. Diese Lücke wurde erst um 1765 geschlossen.

Eintritt verboten

Auch durch einen illegalen Übertritt konnte man an der Grenze straffällig werden. Seit den 1770er-Jahren verhängte die Grafschaft Lippe Einreiseverbote für Zeitgenossen, die als „untätiges Gesindel“ verrufen waren. Rote Pfähle, schwarze Blechtafeln und Schilder mit aufgepinselten Galgen-Bildchen sollten jedem signalisieren, dass eine unerlaubte Einreise üble Folgen haben konnte. Auf den Schildern stand zu lesen: „Allen fremden Bettlern, Collectanten, Bettel-Pack und polnischen Juden, Gauklern, Bärenleitern und Vagabunden ist der Aufenthalt in dieser Grafschaft bei Zuchthausstrafe, denen Zigeunern aber, bei Strafe des Aufhängens und Erschießens, verboten.“
Ob sich jemand diese Strafe tatsächlich eingehandelt hat, ist nicht bekannt – ebenso wenig, wie viele die Drohung ernst nahmen und an

Der „Bartholdskrug“ bei Lippereihe in der Senne – im 19. Jahrhundert berüchtigter Umschlagplatz für Schmuggelware ins Preußische

der Grenze umkehrten. Doch es spricht Bände, dass die hoheitlichen Warnpfähle oftmals über Nacht „verschwanden" und nicht wieder auftauchten. Wer diese Taten beging, wurde nie bekannt.

Wilderer und Hütevieh

Abgeschreckt werden sollten auch Bauern und Soldaten, die damals in der Gegend wilderten. Lippische und „paderbörnsche" Forstbeamte kontrollierten sogar gemeinsam beiderseits der Grenze, um den Wilderern das Handwerk zu legen. Doch letztlich konnten sie das unerlaubte Schießen von Wild nicht verhindern.

Die Grenze bei Schlangen trennte nicht nur Landesherrschaften, sondern auch Hudebezirke – also Flächen, die von den Bauern genutzt werden durften, um dort beispielsweise ihr Vieh zu hüten. Wer sich nicht an die unsichtbare Linie hielt und seine Kühe oder Schweine aus dem Nachbardorf über die Grenze trieb, verletzte damit die Rechte und letztlich das Eigentum der anderen, er galt als „Hudefrevler".

Wenn sich Dörfer prügeln

Da die Grenze nur lückenhaft markiert war und der Hunger der Tiere oft mindestens so groß war wie die Nachlässigkeit ihrer Besitzer, kam es zu Übergriffen. Mal wurden wechselseitig die Tiere gepfändet, mal wurde wortgewaltig gestritten, nicht selten auch gerieten sich die Bewohner benachbarter Dörfer in die Haare. Prügeleien waren dort an der Tagesordnung.

Diesem Spuk versuchte die Lippische Landesregierung ein Ende zu bereiten. 1805 schlug sie vor, eine Art neutrale Zone, einen „Friedensstreifen", einzurichten und mit Fichten, Kartoffeln oder Wurzeln zu bepflanzen. Die Paderborner lehnten das ab. Sie befürchteten, den Kürzeren zu ziehen. Erst die Aufteilung und Privatisierung der Hudeflächen zu Beginn des 19. Jahrhunderts entschärfte diesen Konflikt, der von vielen Gesetzesverletzungen begleitet war.

Was blieb, war der Schmuggel. Wie Horn, so wurde auch Lippspringe zu einem Hort des gut organisierten und grenzüberschreitenden Handels. Um 1830 sollen dort 1500 Einwohner gelebt haben. Von ihnen sollen 40 Familien mit insgesamt 300 Personen im bandenmäßig betriebenen Schmuggel aktiv gewesen sein – jeder fünfte also. In Schlangen dürfte der Anteil kaum niedriger gewesen sein.

Diese Art der Kriminalität wurde erst unterbunden, als die Grafschaft Lippe 1842 Mitglied des Deutschen Zollvereins wurde. Das enorme Preisgefälle verschwand über Nacht, der bis dahin so lukrative Schmuggel lohnte sich nicht mehr.

Wut auf die Wilderer

„Ich muss aber Ew. Hochedlen sagen, dass ich des Nachts und den andern Morgen, wie ich mich recht besonnen habe, vor Wut ganz außer mich war, ich musste also Ader lassen. Der Chirurgus konnte mit der Compresse das Blut nicht stillen. Mit dem lebendigen Teufel hätte ich mich geschlagen, damit ich nur hätte meinen Mut gekühlet, dass so ein Spitzbube, der nicht wert ist, dass sich ein rechtschaffener Mensch damit abgibt, Leute leicht könnte unglücklich machen, nämlich entweder von selben oder unser einer diesen, welches wir hier nicht gerne tun, getötet hätten."

Klage des Hövelhofer Oberförsters Maes 1784, nachdem er gemeinsam mit seinem Försterkollegen Pählig aus dem lippischen Berlebeck die Grenze patrouilliert hatte.

Robin Hood des Eggegebirges?

Rhoden bei Diemelstadt, 1. Februar 1868

Der Wilddieb Hermann Klostermann (1839 – Todesdatum unbekannt)

Am Nachmittag des 1. Februar 1868 hallen zwei Schüsse durch den Wald zu Rhoden, unweit von Diemelstadt. Der Forstbeamte Heinemann horcht sofort auf. Er steht in Diensten des Fürsten von Waldeck, dem der Wald gehört. Eine Jagd findet nicht statt, das weiß Heinemann. Wer also schießt da?

Heinemann begibt sich mit zwei Waldarbeitern, den Brüdern Carl und August Benecke, auf die Suche. Die drei kennen hier jeden Steg und jeden Baum. Sie wissen, wo sie suchen müssen. Es dauert nicht lange, da entdecken sie einen Mann, der durch den Wald stapft und einen frisch erlegten Rehbock geschultert hat. Der Mann sieht sich auf frischer Tat ertappt, gibt aber nicht klein bei. Er lenkt einen der Waldarbeiter ab und schießt aus wenigen Metern Entfernung auf den Forstbeamten. Der sackt zusammen. Während die beiden Holzarbeiter auf den Verletzten zustürzen, um ihm zu helfen, kann der Täter entkommen. Doch der lebensgefährlich getroffene Forstbeamte hat ihn erkannt und kann sogar noch seinen Namen laut ausrufen: „Klostermann!"

Wildern im Grenzland

Im Grenzland zwischen dem Paderborner Land, das preußisch regiert war, und Nordhessen, dem ehemaligen Fürstentum Waldeck, waren damals viele Wilddiebe unterwegs. Sie alle hielten die Förster und Gendarmen in Atem. Keiner aber wurde so rasch und schon zu Lebzeiten zur Legende wie Hermann Klostermann.

„Frechheit, Raffiniertheit und Verwegenheit" bescheinigte ihm selbst der Vertreter der preußischen Obrigkeit, der Oberförster von Wrede, und das zwei Tage nach jenen Schüssen im Wald zu Rhoden. Die preußische Regierung in Minden ließ der Oberförster aber auch wissen: „Die persönliche Sicherheit ist bis zur Ergreifung dieses Menschen höchst gefährdet." Um weiteren Unglücken vorzubeugen, erscheine es „dringend erforderlich, ein Commando Jäger mit den ausgedehntesten Vollmachten nach Westheim zu verlegen, um möglichst schleunigst den H. Klostermann tot oder lebend zu ergreifen". Wer war der gesuchte Wilddieb, der offenbar keine Scheu kannte, seine Büchse, wenn es sein musste, auch auf Menschen zu richten?

Viele Legenden, Erzählungen und Gerüchte haben sich im Laufe der Zeit um Klostermann gelegt. Dichtung und Wahrheit waren irgendwann nicht mehr auseinanderzuhalten. Seit Ende der 1980er-Jahre änderte sich das, vor allem durch den Spürsinn des Detmolder Polizeibeamten Hans-Dieter Hibbeln. Er hat ungezählte Akten durchgesehen, viele Quellen erschlossen und mit seinen Ermittlungen viel Licht in den „Fall Klostermann" bringen können.

Ein Brandenburger

Klostermann stammte nicht aus Westfalen, sondern aus Retzin in der Mark Brandenburg. Dort wurde er am 28. März 1839 als Sohn des Müllers Johannes Joachim Heinrich Klostermann (1807–1843) und dessen Ehefrau Caroline geb. Gebert (1815–1858) geboren. Er wuchs mit einem Bruder und einer Schwester auf. Die drei waren noch im Kindesalter, als der Vater am 28. November 1843 starb. Ein Jahr später heiratete die Mutter in Dalmin, ebenfalls in Brandenburg, den sieben Jahre jüngeren Forstaufseher Ernst Friedrich Wilhelm Dalchow. Aus dieser Ehe gingen ein Sohn und eine Tochter hervor.

1855 erhielt Dalchow einen neuen Posten in Westfalen. Am 1. November 1855 wurde er Forstaufseher der Oberförsterei Hardehausen mit Sitz in Hakenberg, einem Dörfchen nordwestlich von Lichtenau. Mit der Mutter und dem Stiefvater zog auch der inzwischen 16-jährige Hermann nach Hakenberg.

Bis zu seinem 14. Lebensjahr hatte er die Volksschule besucht, dann aber nichts Weiteres erlernt. „Später hütete er im Sommer die Kühe, im Winter spaltete er Holz", schrieb der Vorsitzende des Paderborner Schwurgerichtes 1869, kurz nach Ende des ersten Prozesses gegen Klostermann, zur Biografie des Täters. Von 1857 bis 1859 absolvierte Hermann Klostermann in der preußischen Garnisonsstadt Minden seinen Militärdienst. In diese Zeit fiel der Tod seiner Mutter. Sie starb am 26. Juli 1858 und wurde wenige Tage später in Hakenberg beigesetzt. „Mit seinem Stiefvater lebte er in Unfrieden und zerfiel zuletzt mit ihm ganz

Diese Aufnahme soll Hermann Klostermann zeigen. Aber ist er es wirklich? Mit Sicherheit lässt sich das nicht sagen, denn die Herkunft der Fotografie ist unklar. Sie tauchte erstmals 1951 auf, wurde in Niedermarsberg als „Original-Photographie" ausgestellt und 1959 in der Heimatzeitschrift „Die Warte" veröffentlicht.

und gar“, urteilte der Paderborner Richter später.
In Minden soll Klostermann junior erstmals mit den strengen Normen des preußischen Militärs, aber auch mit dem Gesetz in Konflikt geraten sein. „Ist dort schon vielfach bestraft“, heißt es vier Jahre später, als Klostermann erstmals per Steckbrief als Wilddieb gesucht wurde. Wenig später wurde er gefasst. In Büren musste er eine Haftstrafe absitzen. Es sollte nicht die letzte bleiben.

Leben an der Grenze

So meldete der „Sauerländische Anzeiger“ im Juli 1866, Klostermann sei als Wilddieb erwischt worden und habe bei seiner Jagd nicht einmal die Schonzeit berücksichtigt. Er habe überdies Forstbeamte mit der Waffe bedroht. Das Briloner Gericht verurteilte ihn zu einem Jahr Gefängnis und weiteren drei Jahren Polizeiaufsicht.
Zwischenzeitlich soll sich Klostermann im Bergischen Land aufgehalten und dort gearbeitet haben. Später tauchte er wieder in seinem Revier auf. Es lag vornehmlich in den grenznahen Wäldern zwischen Marsberg und Warburg. Die Behörden vermuteten ihn wiederholt in Westheim – einem Ort, der auf der Grenze der preußischen Provinzen Westfalen und Hessen-Nassau lag. Schon diese Grenzlage erlaubte es ihm, die Behörden zum Narren zu halten und sich ihrem Zugriff zu entziehen.
Im Februar 1868, nach den Schüssen auf den Forstbeamten Heinemann, wurde im Paderborner Land fieberhaft nach Klostermann gefahndet. Die preußischen Behörden ließen einen weiteren Steckbrief aushängen, der den Gesuchten beschrieb:
„Alter: 27 Jahre; Größe: 5 Fuß 6 Zoll; Statur: schlank; Haare: blond; Stirn: frei; Augen: blau; Nase: lang; Kinn: rund; Gesicht: oval; Gesichtsfarbe: gesund. Besondere Kennzeichen: Schusswunde am linken Arme.“

Der Steckbrief

Der erste Steckbrief zu Hermann Klostermann trägt das Datum vom 14. Juli 1862. Zu diesem Zeitpunkt war Klostermann noch keine berühmte, ja legendäre Figur, sondern weithin unbekannt – darauf deutet der falsche Vorname „Anton“ hin: „Der Anton Klostermann ist der Stiefsohn des Försters Dalchow in der Oberförsterei Hardehausen, woselbst er schon längere Zeit als Wilddieb verfolgt worden, hat als Soldat in Minden bei der 8. Comp. [Companie] 15. Linien-Regiment gestanden, ist dort schon vielfach bestraft, worüber der Kreisfeldwebel zu Warburg wird genügendst Auskunft geben können, und treibt sich schon längere Zeit in den Wäldern umher und lebt von Wilddiebstahl. Sein jetziger Aufenthalt ist unbekannt. Der genannte Klostermann hat eine Größe von 6–7 Fuß, ist schmächtig, hat eine feine Stimme, einen tänzelnden Gang, [ein] längliches Gesicht ohne Bart, hat eine doppelte Bekleidung, Kittel und grauen Rock. Führt ein Gewehr bei sich, dessen Kolben zum Abschrauben ist und den er gewöhnlich unterm Kittel, dagegen den Gewehrlauf offen trägt.“

Während Heinemann mit dem Tode rang, spürten Gendarmen den Verdächtigen in der Ortschaft Oesdorf auf. Aber Klostermann konnte offenbar in letzter Sekunde entwischen. Die Jagdwaffe und seine Ausrüstung samt Jacke, Hut und Hose fanden die Gendarmen im Versteck. Klostermann aber war es gelungen, „mit Zurücklassung sämtlicher Kleider sich der angeordneten Verhaftung zu entziehen“. So steht es etwas umständlich, aber schwarz auf weiß in der Fahndungsmeldung vom 14. Februar 1868, die dem Amtsblatt im Regierungsbezirk Minden beigelegt war.

Der Wilddieb Klostermann, der nur dürftig bekleidet in den nahen Wald flieht und die Obrigkeit düpiert: Es waren solche Geschichten, die sich unter der Landbevölkerung herumsprachen und ihn zum heimlichen Helden werden ließen. Die preußische Regierung zu Minden, das Fürstentum Waldeck und die lokalen Behörden entlang der Landesgrenze setzten alle Hebel in Bewegung, um ihn zu ergreifen. Wälder wurden durchkämmt, Bauernhöfe durchsucht, Dörfer umstellt.

Sogar international ließ Preußen nach ihm suchen. So erschien im „Algemeen Politieblad" des Königreichs der Niederlande im Juni 1868 ein Fahndungsaufruf mit einer Personenbeschreibung und dem Zusatz: „Man vermutet, dass er beabsichtigt, sich nach Amerika zu begeben." Dorthin, das wussten die Polizeibehörden offenbar, war sein Bruder kurz zuvor ausgewandert.

Doch Klostermann hielt sich nach wie vor in seinem Revier auf. Monatelang blieb er unentdeckt oder konnte knapp entwischen. Mal floh er im Hemd, mal versteckte er sich, wie Gendarmen später herausfanden, in einem Schornstein. Ein anderes Mal verbarg er sich in einer aufgelassenen Kalkgrube, die eine Helfershelferin mit Brettern und Laub zudeckte, bis die Gefahr vorüber war.

Ende Mai 1868 erwischten ihn Gendarmen im Rhodener Forst, gemeinsam mit Gehilfen.

849. **KLOSTERMANN**, HERMANN, oud 27 jaren, wildstrooper, geboren te Renzen bij Potsdam, wonende te Wertheim, (beide in Pruissen), lang 5 voet 6 duim, Pruiss. maat, gestalte slank, haar blond, oogen blaauw, aangezigt ovaal, kleur gezond; merkbare teekenen: eene wonde in den arm of in de hand, veroorzaakt door een schot.

Beklaagd van poging tot moord

Men vermoedt dat hij voornemens is zich naar Amerika te begeven.

De opsporing van dezen gesignaleerde wordt verzocht, zijne aanhouding, waarop eene premie gesteld is, en berigt aan het Departement van Justitie.

1868 wurde Klostermann sogar international gesucht: Ausschnitt aus dem „Allgemeinen Polizeiblatt" der niederländischen Regierung. Der Text lautet übersetzt:
„Klostermann, Hermann, 27 Jahre alt, Wilderer, geboren zu Renzen bei Potsdam, wohnt in Wertheim, beide in Preußen, Größe 5 Fuß und 6 Zoll preußisches Maß, Gestalt schlank, Haar blond, Augen blau, Gesichtsform oval, Hautfarbe gesund, Erkennungsmerkmale: eine Wunde am Arm oder an der Hand, durch einen Schuss verursacht.
Des versuchten Mordes angeklagt.
Man vermutet, dass er beabsichtigt, sich nach Amerika zu begeben.
Um das Auffinden des Gesuchten wird gebeten, [ebenso um] seine Festnahme auf die eine Prämie ausgesetzt ist, und einen Bericht an die Justizbehörde."

Friedhof der Wüstung Kaetorf/Kerkdorp bei Lichtenau. Dort ist Klostermanns Mutter begraben.

Es kam zu einem Feuergefecht, bei dem einer seiner Gehilfen, ein Schuster, ums Leben kam. Nach dem Bericht eines Augenzeugen soll Klostermann seinen vom Schuss getroffenen Gehilfen sogar als Deckung benutzt und hinter sich hergeschleift haben, sodass er am Ende erfolgreich fliehen konnte.
Als er wenige Tage später in Westheim vermutet wurde und ein eilig herbeigerufenes Militärkommando die Ortschaft umstellt hatte, passierte Klostermann die Posten „in Frauenkleidern und in Begleitung mehrerer Weiber“, wie es in einem Polizeibericht später hieß.

Klostermanns „Wildprethandel en gros“

Doch allen Legenden und Volkserzählungen zum Trotz: Der Mann war kein Abenteurer, er jagte nicht um des Jagens willen und war auch kein Gelegenheits-Wilddieb. Vielmehr bildete das systematische, unerlaubte Erlegen des Wildes und der Verkauf des Fleisches im großen Stil die Grundlage seines Geschäftes. Es muss zumindest zeitweise ein enormes Ausmaß angenommen haben. „Seine Beute verwertete er teils an die Wildhändler der Gegend, teils versendete er sie direkt per Post in die größeren Städte unserer Provinz“, hielt die „Kölnische Zeitung“ später aus dem Paderborner Schwurgerichtsprozess gegen Klostermann fest. „Da er den Preis seines Wildes gar nicht so hoch setzte, so gab ihm das den Anstrich, als wenn er nur zum reinen Vergnügen jagte.“
Der Richter Joseph Weingärtner (1805–1896), der jenen Prozess 1868 führte, urteilte, Klostermann habe einen „Wildprethandel en gros“ betrieben. „Geschäftliche Gewinnsucht“ bescheinigte ihm auch der Arzt Dr. Max Baruch (1852–1937), dessen Vater den Wilderer zeitweise behandelt hat.

Der Wildfleischhandel „en gros“ mit überregionalen Absatzwegen wäre kaum möglich gewesen, hätte sich Klostermann nicht auf Verbündete und Mitwisser in den Dörfern stützen können. Der preußische Oberförster von Wrede wetterte, Klostermann finde „in den Ortschaften Meerhof, Oesdorf und Westheim viele Helfershelfer“. Und weiter: „Die wenigen Wohlgesinnten fürchten sich, seinen Aufenthalt zu verraten.“
Diese Unterstützung hatte viele Gründe. In der ländlich-dörflichen Bevölkerung des Paderborner Landes und des Fürstentums Waldeck, vor allem in den unterbäuerlichen Schichten, herrschte bittere Armut. Jeder zusätzliche Groschen wurde gerne gesehen.

Sympathie mit dem Wilddieb

Weit verbreitet war überdies eine klammheimliche Freude über Wilderer wie Klostermann. Denn sie, so dachten viele in den Dörfern, zeigten es „denen da oben“: den preußischen Beamten, den Soldaten, den Forstaufsehern und nicht zuletzt auch den meist adligen Waldeigentümern.
Von ihnen sahen sich viele Dorfbewohner, insbesondere die Kleinbauern, übervorteilt. Denn sie hatten bei den Separationen, also der Aufteilung und Privatisierung der Marken und der Flächen am Waldrand, den Kürzeren gezogen. Außerdem hatten sie wertvolle Futterflächen für ihr Hütevieh verloren. Nicht wenige trieben ihre Ziegen und Kühe nach wie vor auf die Flächen. Deren neue Besitzer sprachen dann von „Hudefrevel“ – ein häufiges Vergehen in jener Zeit.
Streit gab es vielerorts auch um das Zusammenklauben von Brennholz. Vielen Dörflern war das in früheren Zeiten stillschweigend erlaubt gewesen. Doch was früher Allmende, also gemeinschaftlich genutztes Land war, gehörte nun wenigen Personen, nicht selten einem Adligen. Plötzlich gab es Einschränkungen, ja auch Verbote. Doch wer im Dorf scherte sich darum? Und wer wollte das alte Recht des Einsammelns von Holz kontrollieren?
Holzdiebstähle waren im Paderborner Land an der Tagesordnung. Das hatte – eine Generation vor Klostermann – die Dichterin Annette von Droste-Hülshoff mokiert, deren Familie mütterlicherseits zwischen Brakel und Höxter weite Waldflächen besaß. Dort, so die Droste um 1844, sei das „unerlaubte Abholzen ganzer Waldstrecken in einer Nacht“ häufig vorgekommen.
Gut 25 Jahre später, zu Klostermanns Zeiten, fasste der Hardehausener Forstbeamte von Wrede die Lage resigniert zusammen, als er im Mai 1868 urteilte: Die Bevölkerung sei „ohnehin von großen Rechtsgefühlen nicht erfüllt“. Wie breit die Sympathie der Landbevölkerung für Klostermann tatsächlich war, ist kaum zu ermitteln. Aber klar ist auch: Ohne Unterstützung hätte er seine gewerbsmäßige Wilderei nicht durchführen können. Dieses für die Gendarmen unsichtbare Netz schützte den Wilddieb lange. Am Ende aber zerriss es doch.

Gefangennahme und Prozess

Mitte Juni 1868 wurde Klostermann im Haus eines Büchsenmachers in Brilon gefasst. Dessen Frau hatte, als Klostermann auftauchte, heimlich die Polizei gerufen, die den überraschten Wilddieb festnehmen konnte. Der Büchsenmacher schrieb später über das Motiv: „Wäre Klostermann nochmals zur Freiheit gekommen, so hätte es noch mehr Wild und auch Menschenleben gekostet.“
Am 12. November 1868 wurde vor dem Schwurgericht zu Paderborn der Prozess gegen Klostermann eröffnet. Er hatte sich wegen Wilderei zu verantworten, vor allem aber auch wegen seiner Rolle bei dem Gefecht im Oesdorfer Wald im Mai 1868, wegen der Schüsse auf den Forstbeamten Heinemann im Februar 1868 und auf den Oberförster von Wrede im Oktober 1867.

Der Prozess dauerte vier Tage und fand vor voll besetzten Rängen statt. Der Vorsitzende Richter Josef Weingärtner schrieb über das Publikum und den Täter:
„Klostermann sah zwar infolge der fünfmonatlichen Haft nicht mehr so frisch und so blühend aus wie früher, machte aber durch seine schlanke Figur und seine interessanten Gesichtszüge einen guten Eindruck, namentlich auch bei den den höheren Ständen angehörenden Damen, welche sich zahlreich eingefunden hatten." Gerade die Zuschauerinnen sollen wiederholt und lautstark gefordert haben, den Angeklagten sofort freizulassen.
Die voll besetzten Zuschauerbänke zeigten, dass der Prozess weit mehr als nur ein lokales oder regionales Ereignis war. Zeitungen weit über das Paderborner Land hinaus druckten zum Teil umfangreiche Prozessberichte, so unter anderem die „Kölnische Zeitung".

Acht Jahre Haft

Am Ende hielten die Geschworenen Klostermann für schuldig, er habe „sich dem Oberförster von Wrede und dem Forstbeamten Heinemann in Ausübung ihres Amtes tätlich und mit Gewalt an der Person widersetzt und ihnen vorsätzlich eine schwere Körperverletzung zugefügt". Den Vorwurf des versuchten Mordes hatte das Gericht fallen gelassen.
Klostermann wurde zu acht Jahren Haft verurteilt. Diese Strafe saß er im Zuchthaus zu Herford ab. 1874, also nach sechs Jahren, wurde er begnadigt und vorzeitig entlassen.
Jahrelang wurde es still um den Mann. Im Frühsommer 1880 wilderte er ausgerechnet in der Eigenjagd eines Rechtsanwaltes namens Geissel in Warburg. Der erwischte ihn in flagranti in der Nacht vom 19. auf den 20. Juni 1880. Die Beweislage war so eindeutig, dass die Ermittlungen bereits zwei Monate später in einen Gerichtsprozess vor dem Paderborner Landgericht mündeten. Es verhängte über den „alten Bekannten" eine Strafe von fünf Jahren Gefängnishaft, fünf Jahren Ehrverlust sowie regelmäßige Polizeiaufsicht.
Im September 1885 nahte der Tag der Entlassung. Die preußischen Behörden mussten befürchten, dass Klostermann sich wieder seinem alten Revier zuwandte. Sie untersagten ihm, die Dörfer in den Kreisen Warburg, Paderborn, Büren und Höxter sowie im benachbarten Fürstentum Waldeck zu betreten.
Dennoch reagierten die preußischen Forstbeamten der Oberförsterei Hardehausen nervös: „Sicherem Vernehmen nach beabsichtigt der berüchtigte Wilddieb Klostermann die Wilddieberei wieder aufzunehmen", heißt es in einem Rundschreiben vom 9. November 1885. Und weiter:
„Regelmäßiger Patrouillengang, nachts Ansitzen an den gefährdeten Stellen, insbesondere an Sonn- und Festtagen und in mondhellen Nächten, ist erforderlich. Das Schießen im Reviere ist unbedingt untersagt, soweit nicht einem Forstbeamten der Abschuss eines Stückes Rotwild oder eines Rehbockes gestattet ist respektive soweit derselbe nicht gegen einen Wilddieb von seiner Schusswaffe Gebrauch zu machen hat. Jeder verdächtige Schuss ist nach Ort und Zeit genau zu notieren und zu melden."

Preußens letztes Angebot

Wenige Wochen später, kurz vor dem Weihnachtsfest 1885, tauchte Klostermann tatsächlich in der Gegend auf, trotz des Verbotes. Er wurde festgenommen und für acht Tage in Lichtenau im Gefängnis festgehalten.
Dort suchte ihn am zweiten Weihnachtstag 1885 der preußische Oberförster Danckelmann aus Hardehausen auf, offenbar beauftragt von den Polizeibehörden. Danckelmann schlug vor, Klostermann solle zu seinem Bruder nach Amerika auswandern. Der Bruder habe zu diesem Zweck

sogar 150 Mark für ihn, Klostermann, in Lichtenau deponiert. Der Oberförster machte dem Wilddieb seine geringen Zukunftschancen deutlich, wenn er „in der hiesigen Gegend" bliebe. In Amerika hingegen könne er „als ein im besten Mannesalter stehender Mann sich noch schaffen". Danckelmann will dem Wilderer sogar eine freie Überfahrt und einen Startzuschuss aus der preußischen Staatskasse zugesagt haben.
Klostermann lehnte das ab. Er sei von Rheumatismus „stark heimgesucht" und fühle sich außerstande, „die Strapazen einer Seereise und die in Amerika anstehenden schweren Arbeiten zu ertragen". So gab Danckelmann wenige Tage später die Worte des Wilddiebes wieder. Klostermann habe gesagt, er wolle sich „nach leichter Arbeit" umsehen; er verspreche sich auch vom Verkauf seiner Fotografie und eines Buches über seine Jagderlebnisse „einiges Geld zu verdienen".
Danckelmann ließ aber nicht locker. Er wies noch einmal auf das Angebot hin. „Eine so günstige Gelegenheit, mit der Vergangenheit zu brechen, eine neue sichere Existenz zu be-

Blick auf das Dörfchen Canstein – es lag in Klostermanns Revier, das sich zwischen dem Fürstentum Waldeck und dem Paderborner Land erstreckte.

gründen", werde sich nicht bieten. Diese Bemerkung habe Klostermann noch einmal ins Nachdenken gebracht, schrieb der preußische Beamte in seinem Protokoll des Gespräches. Und weiter: Klostermann habe keineswegs „den Eindruck eines geistig und körperlich reduzierten Menschen, wie es mir geschildert war, gemacht".
Mit diesen Sätzen endet der Bericht. Es ist eines der letzten, bislang bekannten Lebenszeichen zu Hermann Klostermann. Anfang 1886 sitzt er noch eine dreiwöchige Haft in Paderborn ab. Danach verliert sich seine Spur.

Das Ende bleibt offen

Bis heute weiß niemand zu sagen, wo er geblieben und wann er gestorben ist. Manche mutmaßen, er habe sich ins Süddeutsche geschlagen und sei dort weiterhin als Wilddieb aktiv gewesen. Andere wollen wissen, dass er im Mecklenburgischen einen Handel mit Süßwasserfischen eröffnet habe. Wieder andere glauben felsenfest, Klostermann sei in der Gegend geblieben, 1907 gestorben und in Scherfede beigesetzt worden.
Für keine dieser Behauptungen gibt es einen überprüfbaren Nachweis. Das macht stutzig, denn auch im Deutschland des Jahres 1886 konnte niemand ohne Weiteres spurlos verschwinden und abtauchen, schon gar nicht ein mehrfach vorbestrafter Krimineller „im besten Mannesalter". Hat er vielleicht doch das Geld seines Bruders genommen, dazu das Angebot des preußischen Staates, um inkognito den Weg nach Amerika zu wagen?
Auszuschließen ist das alles nicht. In Schiffspassagierlisten aber ist Hermann Klostermann – zumindest unter diesem Namen – nicht zu finden, ebenso wenig wie in den penibel geführten Aufzeichnungen der US-Einwanderungsbehörden. War am Ende vielleicht doch alles anders?

Mythos und Marke

Wie kann ein Krimineller nach seiner Entlassung spurlos verschwinden? Wie kann einer, der Dutzende Jahre in verschiedenen Gefängnissen verbracht hat, zum Volkshelden, ja zur Identifikationsfigur westfälischer Heimatchronisten aufsteigen? Einer, der von Jugend an gegen eine Vielzahl von Gesetzen verstoßen und seine Waffe sogar gegen Menschen gerichtet hat?
Solche Fragen stellen sich rasch ein, wenn man sich mit der Biografie Hermann Klostermanns befasst. Sein Name ist im Paderborner Land zum Mythos geworden – und zur Marke, mit der sich werben lässt: für Bier, für Waldgasthöfe, für Wanderwege, sogar auch für einen Wald-, Holz- und Jagdmarkt. In Lichtenau (Kreis Paderborn) findet seit dem Jahr 2000 ein „Wildschütz-Klostermann-Markt" statt. Offenbar gibt es dort niemanden, der diese Namensgebung fragwürdig findet.
Dieser Wertewandel hat seine Ursache in der Person des Wilderers – und in den zeitgenössischen Beschreibungen über ihn. Sein Leben in den Wäldern weckte bereits bei den Zeitgenossen weit über Westfalen hinaus Interesse und romantische Fantasien. So schrieb ein Korrespondent der „Kölnischen Zeitung" 1868: „Klostermann, der erst 20 und einige Jahre zählt, versteht es, sich bei geselligen Zusammenkünften, namentlich bei Tanzvergnügen, angenehm zu machen, besonders bei den Damen, die er mit Wein und schönen Worten tractiert." Als Angeklagter im Landgerichtssaal zu Paderborn soll Klostermann einem anderen Bericht zufolge „mit seiner schlanken

Figur und seinen interessanten Gesichtszügen" Eindruck hinterlassen haben, vor allem bei den „Damen höherer Stände".
Hinter solchen Bemerkungen steckte mehr als nur biedermeierliches Klischee. Klostermann besaß offenbar eine charismatische Ausstrahlung, die manchen vergessen ließ, welche Gesetze er übertreten hatte, von Eigentumsdelikten bis hin zum Totschlag.
Zum Volkshelden aber stieg der Wilddieb erst auf, als sich Dichter und glühende „Heimatfreunde" seiner annahmen und dessen Leben und Wirken zur Unkenntlichkeit verstellten.
Schon zu seinen Lebzeiten – Klostermann saß gerade in Haft – erschien ein Roman über ihn, verfasst vom damals viel gelesenen Kriminalautor Jodocus Donatus Hubertus Temme (1798–1881).
Temme, geboren in Lette bei Oelde im Münsterland, war Jurist und Direktor des Oberlandesgerichtes in Münster. Dieses hohe Amt hatte der liberal gesinnte Demokrat in der Revolution von 1848/49 quittieren müssen. Er verließ das Land, zog ins Exil nach Zürich und lebte vom Verfassen juristischer Fachbücher sowie literarischer Erzählungen und Kriminalromane.
1872 verarbeitete Temme den Fall des Wilddiebs zum Erzählstück „Wildschütz Klostermann, ein neuer Rinaldo". Der Titel spielt auf einen der berühmtesten Groschenromane des 19. Jahrhunderts an: „Rinaldo Rinaldini, der Räuberhauptmann".
Den aber hat es nie gegeben – und ebenso wenig war Klostermann der „edle Räuber", wie Temmes Roman nahelegt. Dass Klostermann seine Einnahmen den Armen gegeben hätte, ist frei erfunden. Die Quellen berichten vielmehr von geschäftstüchtigem „Wildprethandel en gros".
Diese und andere Wahrheiten aber wollte – und will – niemand hören. Lieber las man Erzählungen vom „kecken Wildschütz", der ein ungebundenes Leben in den Wäldern führte, den Frauen zugetan war, den Dorfarmen gab und den Adel sowie die preußische Obrigkeit an der Nase herumführte.
Alle, die fortan über den Wilderer schrieben, bedienten sich bei Temmes literarischer Vorlage. Sie fügten Halbwahrscheinliches und frei Erfundenes hinzu, blendeten die kriminelle Seite Klostermanns aus, entstellten überhaupt die historischen Fakten bis zur Unkenntlichkeit – und schrieben unentwegt weiter am Mythos des „Volkshelden Klostermann".

Jodocus Donatus Hubertus Temme (1798–1881), Oberlandesgerichtsdirektor, 1848er-Revolutionär und begabter Kriminalautor: Er machte Klostermann als „neuen Rinaldo" bekannt.

Die Macht des Gerüchts und der Vorurteile

Enniger, 22. April 1873

Die Ermordung Elisabeth Schüttes und die „Judenkrawalle“

Der Pfarrer Paul Nonn ringt nach Worten. Da steht er im April 1873 in der Kirche des münsterländischen Dorfes Enniger, eine 32-jährige Frau ist zu bestatten, die wenige Tage zuvor vergewaltigt und ermordet worden ist. Die Trauergemeinde drängelt sich im Kirchenraum – was soll er da sagen?
In die Trauer und das Entsetzen hinein spricht der Gottesmann von einem Grab, „das wohl, seitdem unsere Gemeinde besteht, wie keines im Laufe der Jahrhunderte die Teilnahme aller erregte“. Er spricht vom „herben Geschick einer schuldlos Ermordeten“ und auch von einer „gerechten Entrüstung über die Grausamkeit, mit der die schwarze Tat ausgeführt wurde“. Und weiter:
„Jeder von euch weiß, in welchem Zustande die Jungfrau dort mit Wunden bedeckt gefunden wurde. O Gott des Himmels und der Erde, möchtet ihr hier ausrufen, welch ein Verbrechen!“
Die Worte „Täter“ oder auch „Mörder“ nimmt der Pfarrer gar nicht erst in den Mund. Stattdessen spricht er von einem „Unmensch“, einem „Ungeheuer“, an einer Stelle auch von „einem Menschen, den wilde ungebändigte Leidenschaft zum grausamen Tiere gemacht“. Und schließlich warnt Pfarrer Nonn die Gemeinde zu Enniger:
„Ihre alle endlich, die ihr der Verstorbenen die letzte Ehre erweist und entrüstet seid über die Grausamkeit, mit der ein Ungeheuer in Menschengestalt in wilder Leidenschaft sein Opfer blutig gerissen, bedenkt, dass eine jede Leidenschaft, die ihr in eurem Herzen verspürt und nicht bezähmt wird, furchtbare Folgen haben kann.“
Der Pfarrer kann nicht ahnen, wie prophetisch diese Worte sich erweisen sollten. Denn nur wenige Monate später wird die Judenschaft Ennigers des Mordes an der 32-jährigen Frau bezichtigt. Und schlimmer noch: Steine fliegen zuerst gegen die Synagoge, dann gegen Menschen, am Ende fallen Schüsse.

Wer war die Tote?

Die Kette der Ereignisse begann mit einer grausigen Bluttat an Elisabeth Schütte. Sie war 32 Jahre alt, unverheiratet und lebte auf einem Kotten in der Bauerschaft Pöhlingen, gemeinsam mit ihrem Vater, einem Kleinlandwirt und Weber. Ihre Mutter war 1869 verstorben.
Am 22. April 1873 hatte Elisabeth Schütte den Kotten verlassen, um zu ihrer Schwester ins

Der Tatort – ein Ausschnitt aus einer Flurkarte von Enniger um 1830

Dorf zu gehen. Gegen acht Uhr am Abend, im letzten Dämmerlicht, kreuzte ihr Weg nach etwa fünf Fußminuten das Flüsschen Angel. Dort wurde sie in der Dunkelheit von einem Unbekannten überfallen, vergewaltigt und ermordet. Niemand hörte Schreie, niemand vernahm etwas von einem Kampf zwischen der Frau und dem Täter.

Der Unbekannte hatte alle Zeit zu fliehen. Denn erst am nächsten Tag stellte sich heraus, dass Elisabeth Schütte gar nicht in Enniger bei ihrer Schwester angekommen war. Die Angehörigen und Nachbarn vermuteten ein Unglück und begannen, die Vermisste zu suchen. Erst am Abend des 23. April, also fast 24 Stunden nach der Tat, wurde sie im Flussbett der Angel gefunden, „einem damals fast gänzlich wasserarmen Bache“, wie der Staatsanwalt Grawert bald darauf schrieb. Weiter heißt es in seinem Bericht an die preußische Regierung zu Münster:

„Schon der erste Blick ließ erkennen, dass die Schütte gewaltsam um das Leben gebracht sein musste. Denn ihre Kleider waren vorne von unten nach oben aufgeschlitzt oder aufgerissen und dann über dem Kopf zusammengedreht. Sodann bemerkte man an ihrem Halse eine starke Schnittwunde und in der Nähe der Stelle, wo die Leiche gefunden wurde, auf dem Wege eine große Blutlache und Stücke ihrer Mütze. Die Obduktion der Leiche hat diesen Verdacht auf das Unzweifelhafteste bestätigt und auch ergeben, dass die Schütte gleichzeitig geschändet worden ist, weshalb höchst wahrscheinlich Befriedigung des Geschlechtstriebes Motiv der Tat war.“

Der Staatsanwalt beschrieb die Tote als „durchaus sichtlich kräftige Person". Einem Angreifer könne es ohne Verwendung eines Messers nicht gelungen sein, sie zu überwältigen. Es sei sogar zu vermuten, „dass der Täter seiner Lust an der Schütte noch gefrönet hat, als die letztere in Folge des Blutverlustes bereits dem Tode nahe war".
Staatsanwalt Grawert drängte, dass „unausgesetzt alles aufzubieten" sei, um dem Täter auf die Spur zu kommen. Er sei vermutlich „aus der Dorfschaft Enniger oder aus der Dorfschaft Vorhelm her". Dort sei besonders sorgfältig nachzuforschen.

Ein Dorf in Unruhe

Enniger war damals ein ländlich-beschauliches Dorf mit rund 1500 Einwohnern. Ein Großteil der Bevölkerung wohnte auf den Bauernhöfen und Kotten der umliegenden Bauerschaften. Es gab eine kleine jüdische Gemeinde mit rund 30 Mitgliedern, die gerade erst, 1870, eine eigene kleine Synagoge errichtet hatte. Alle anderen Einwohner waren katholisch. Die meisten gingen der Landwirtschaft oder dem ländlichen Handwerk und Kleinhandel nach.
Seit jenem 23. April war die ländliche Ruhe dahin. Entsetzen lähmte die Dorfbevölkerung. Jeder kannte jeden, und jeder fragte: Wer war zu so einer unerhörten, grausamen Tat fähig? Ängste und Rachegelüste hingen in der Luft, Gerüchte flogen von Tür zu Tür. Der Täter musste rasch gefunden werden, um die Schandtat zu sühnen – aber auch, um die Lage zu beruhigen.
Am 3. Mai, wenige Tage nach der Beisetzung und gut zwei Wochen nach dem Verbrechen, kamen morgens um neun Uhr die Gemeindeverordneten zusammen. Ihr einziger Tagesordnungspunkt: der Mord an Elisabeth Schütte und das Aussetzen einer Belohnung. Die Verordneten beschlossen, 200 Taler demjenigen zu zahlen, „welcher den Verbrecher zur Anzeige bringt".

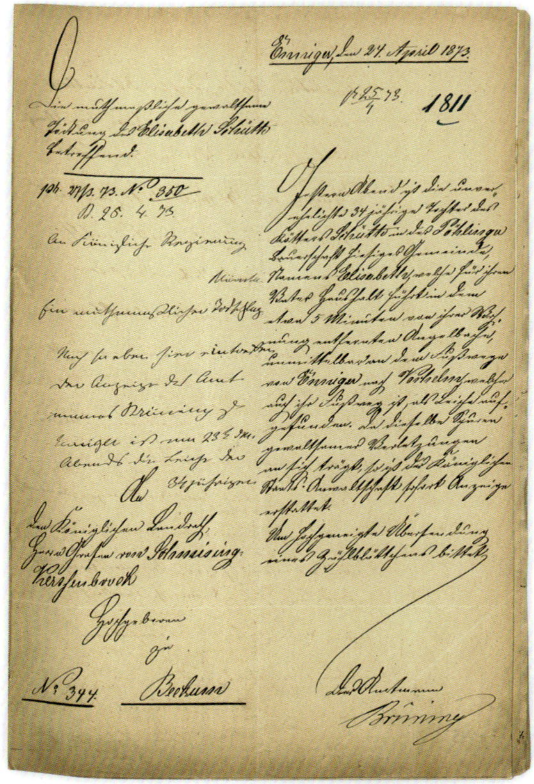
Enniger, den 27. April 1873.
1811
No 344
Der Amtmann
Brüning

Der erste Polizeibericht zur Tat, erstellt vom Amtmann Brüning.

Unter doppelten Druck geriet vor allem Franz Anton Brüning (1812–1895), Inhaber eines Schulzenhofes in Enniger und gleichzeitig Vertreter der preußischen Staatsmacht. Brüning war Bürgermeister in Enniger und überdies seit 1840 „Amtmann" des Amtes Vorhelm.
Mit dem Amtmann unserer Tage, dem Beamten des gehobenen Dienstes, hatte der preußische Amtmann des 19. Jahrhunderts nur den Titel gemein. Damals war der Amtmann eine Art ausübendes Organ des Landrates und leitete unter anderem die Versammlung der Gemeindevorsteher, die er auch kontrollierte. Vor allem aber übte der Amtmann die Polizeigewalt

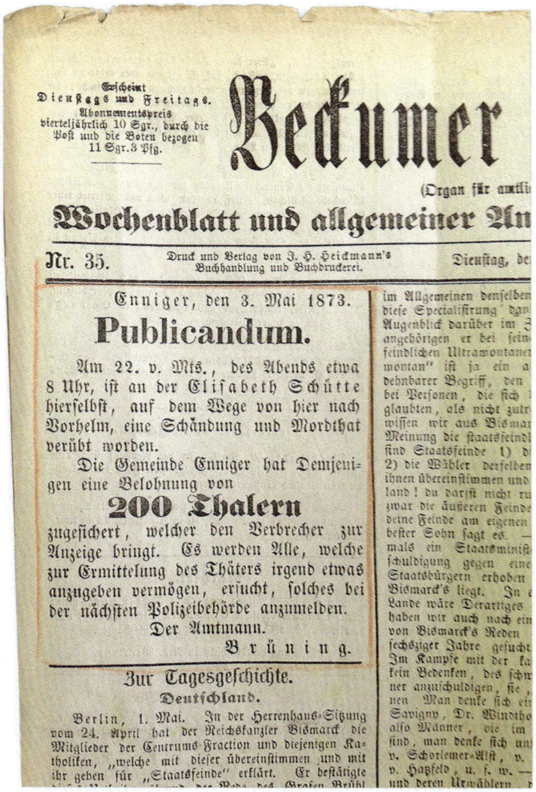

Erscheint Dienstags und Freitags.
Abonnementspreis vierteljährlich 10 Sgr., durch die Post und die Boten bezogen 11 Sgr. 3 Pfg.

Beckumer

(Organ für amtli

Wochenblatt und allgemeiner An

Nr. 35. Druck und Verlag von J. H. Heickmann's Buchhandlung und Buchdruckerei. Dienstag, de

Enniger, den 3. Mai 1873.

Publicandum.

Am 22. v. Mts., des Abends etwa 8 Uhr, ist an der Elisabeth Schütte hierselbst, auf dem Wege von hier nach Vorhelm, eine Schändung und Mordthat verübt worden.

Die Gemeinde Enniger hat Demjenigen eine Belohnung von

200 Thalern

zugesichert, welcher den Verbrecher zur Anzeige bringt. Es werden Alle, welche zur Ermittelung des Thäters irgend etwas anzugeben vermögen, ersucht, solches bei der nächsten Polizeibehörde anzumelden.

Der Amtmann.
Brüning.

Zur Tagesgeschichte.

Deutschland.

Berlin, 1. Mai. In der Herrenhaus-Sitzung vom 24. April hat der Reichskanzler Bismarck die Mitglieder der Centrums-Fraction und diejenigen Katholiken, „welche mit dieser übereinstimmen und mit ihr geben für „Staatsfeinde" erklärt. Er bestätigte

im Allgemeinen denselben
diese Specialisirung
Augenblick darüber im
angehörigen er bei sein
feindlichen Ultramontaner
montan" ist ja ein
dehnbarer Begriff, den
bei Personen, die sich
glaubten, als nicht zutr
wissen wir aus Bismar
Meinung die staatsfeindl
sind Staatsfeinde 1)
2) die Wähler derselben
ihnen übereinstimmen und
land! du darfst nicht ru
zwar die äußeren Feinde
deine Feinde am eigenen
bester Sohn sagt es. —
mals ein Staatsminist
schuldigung gegen eine
Staatsbürgern erhoben
Bismarck's liegt. In
Lande wäre Derartiges
haben wir auch nach ein
von Bismarck's Reden
sechsziger Jahre gesucht
Im Kampfe mit der
kein Bedenken, des
ner anzuschuldigen, sie
nen Man denke sich
Savigny, Dr. Windtho
also Männer, die im
sind, man denke sich un
v. Schorlemer-Alst, v.
v. Hatzfeld, u. s. w. —
und deren Urwählern

Anzeige auf der Titelseite des „Beckumer Kreisblattes".

im Amtsbezirk aus. Die Landbevölkerung von Enniger und Umgebung erwartete also von Brüning rasche Erfolge bei der Tätersuche.
Hinter den Kulissen aber stand er in der Kritik. Die Staatsanwaltschaft warf ihm Untätigkeit und mangelnde Umsicht vor. Der Beckumer Landrat Ferdinand Schmising-Kerssenbrock teilte diese Sicht, als er der Regierung in Münster schrieb: Amtmann Brüning habe es versäumt, sich im Mordfall der Elisabeth Schütte „sofort nach der Anzeige an Ort und Stelle zu begeben und den objektiven Tatbestand festzustellen, um dafür zu sorgen, dass die örtlichen Spuren des Verbrechers nicht verwischt würden". Auf seine Untätigkeit angesprochen, habe Brüning dem Landrat geantwortet, „dass er seiner Gesundheit halber morgens nicht in die freie Luft gehen dürfe".

„Im Treibsand wieder verwischt"

Gegen die Vorhaltungen wehrte sich der Amtmann, indem er zunächst seinen Polizeidiener Suthoff vorschob. Dessen Entlastungsargument lautete: Am Tatort habe es an jenem 23. April gar keine Spuren gegeben – sie könnten deshalb dem Amtmann, seinem Vorgesetzten, auch nicht entgangen sein. Suthoff berichtete, er selbst sei noch am Abend des 23. April zum Tatort an der Angelbrücke geeilt. Dort sei aber nichts zu sehen gewesen, „da es schon finster war". Überdies könne der Täter gar keine Spuren hinterlassen haben, da die Uferseiten der Angel „mit Rasen bedeckt" und Tritte weder dort noch auf dem „harten Kleiweg" zu sehen seien. „Wäre der Täter auch in das Flussbett getreten, so müssten seine Spuren in der nachfolgenden Nacht doch in dem Treibsande wieder verwischt werden."
Amtmann Brüning selbst legte noch ein Attest vor. Der Physikus Dr. Heyne in Beckum habe ihm „aufs bestimmteste untersagt, bei rauher Witterung mit Nordostwind die Stube zu verlassen, und damals herrschte solche in hohem Grade, es war sogar Schnee gefallen, was bekanntlich um diese Jahreszeit in hiesiger Gegend etwas sehr seltenes ist".
Statt also mit allen Kräften in dem unerhörten Mordfall zu ermitteln, verhedderten sich die preußischen Provinzbeamten in Vorwürfen, Unterstellungen und verqueren Verteidigungsargumenten. So wurde wertvolle Zeit vertan.
Die Geschwister der Ermordeten beispielsweise wurden erst am 16. Mai, also mehr als drei Wochen nach der Tat, vorgeladen und befragt. Erst jetzt erfuhr Amtmann Brüning, dass Kleidungsstücke der Toten fehlten, nach denen er längst hätte suchen lassen können. Erst jetzt auch erfuhr

er, dass die Tote ein Portemonnaie mit Münzen im Wert von immerhin 23 Silbergroschen bei sich getragen hatte. Es fehlte noch mehr: „Ohrringe trug meine Schwester nicht", sagte der Bruder aus, „sie hat aber eine Branntweinflasche mitgenommen, die auch vermisst wird." Außerdem fehle ein „Singulier" aus Wolle, ergänzte seine Schwester: „Es war rot, braun, schwarz, die 4te Farbe vermag ich jedoch nicht anzugeben."

Für Amtmann Brüning war bereits vor den Ermittlungen klar, dass der Täter nicht aus Enniger und auch nicht aus den umgebenden Bauerschaften kommen konnte. Denn: „Solche Personen, die man so ohne Weiteres zu einer Mordtat fähig halten kann, existieren hier nicht." Gesucht werden müsse stattdessen bei Männern „aus der Arbeiter-Bevölkerung", so Brüning, insbesondere unter den „zahlreichen fremden Arbeitern in den Steinbrüchen bei Ennigerloh und Beckum".

Einer der Ersten, der ins Visier dieser Vorurteile geriet, war denn auch ein Landfremder: der Schweizer Arbeiter Joseph Zeit. Tatsächlich hatte Zeit einiges auf dem Kerbholz, er wurde wenig später wegen Hehlerei zu einer sechswöchigen Haftstrafe verurteilt. Doch zum fraglichen Zeitpunkt hatte sich der Schweizer Arbeiter in Ennigerloh aufgehalten und konnte dafür Zeugen benennen.

Ein Tagelöhner und ein Vagabund

Auch ein Tagelöhner namens Gerhard Bockel aus Sendenhorst geriet in Verdacht – weil er Tagelöhner war, weil er nicht aus Enniger kam und weil er frische Kratzwunden im Gesicht aufwies. Denn Amtmann Brüning nahm an, dass sich die kräftige Elisabeth Schütte in ihrem Todeskampf gewehrt habe und ihrem Mörder Wunden zugefügt haben müsse. Deswegen wurde also der Tagelöhner Bockel aus Sendenhorst befragt. Nein, so erklärte Bockel, seine Wunden habe er „in einem Streite mit seiner Frau erhalten" – was sie wenig später bestätigte: Ihr Mann sei „ein Trunkenbold", sie habe ihm „in einem Streite vor einigen Tagen das Gesicht zerkratzt".

In Enniger und den umliegenden Bauerschaften überschlugen sich unterdessen die Gerüchte. Am 16. Mai meldete sich eine Frau, die gesehen haben wollte, „wie am 22. vergangenen Monats, dem Tage der Mordtat, auf dem Hauptwege im Höckemerloh, des Abends um halb 8 Uhr ein als Vagabund aussehender Mensch von mittlerer Größe in einem schwarzen Rocke vor ihr hergegangen sei und zwar in der Richtung nach der Pöhlinger Bauerschaft, wo die Tat verübt wurde." Sie habe den Unbekannten noch nie gesehen und Angst vor ihm gehabt. Namen konnte sie nicht nennen.

Eine Spur, die keine war

Am 16. Juni beschuldigte eine aus Sassenberg stammende Dienstmagd namens Catharina Hölscher ihren Halbbruder, dass er die Tat begangen habe. Er habe ein zerkratztes Gesicht, sein Rock und seine Weste seien mit Blut befleckt, überhaupt sei der Halbbruder „ein nichtsnütziger Mensch, der schon mancherlei Exzesse begangen und mehrmals im Gefängnisse zu Warendorf gesessen hat". Und schließlich: Ihr Halbbruder habe die Tat gegenüber der Mutter gestanden! Er sei betrunken gewesen und „habe nicht gewusst, was er getan habe".

Der Polizeidiener Suthoff, der Gendarm Zanke und der Amtmann Brüning atmeten auf: Endlich hatten sie eine Spur.

Doch keine zehn Tage später, am 26. Juni 1873, war auch sie versandet. Die Dienstmagd stammte tatsächlich aus Sassenberg, hieß aber nicht Hölscher mit Nachnamen, sondern Petermann, und auch sonst war alles frei erlogen und erfunden. „Den Grund, weshalb ich diese falschen Angaben gemacht habe, kann ich nicht angeben."

Diese beiden Episoden zeigen, dass der ungeklärte Mordfall die Landbevölkerung nach wie vor intensiv beschäftigte und ihre Fantasie anregte. War der Täter vielleicht doch jemand aus der Mitte des Dorfes, was Amtmann Brüning nicht wahrhaben wollte?

Spiegel und „die Klagelaute der Ermordeten"

Folgt man den überlieferten Dokumenten zum Fall, so hinterlassen der Amtmann und sein Polizeidiener einen zunehmend hilflosen, ja überforderten Eindruck. Ihre Vorurteile hatten sie in eine Sackgasse geführt, aus der sie, wie es scheint, im Sommer 1873 keinen Ausweg mehr erkennen konnten. Spuren der Tat gab es nicht oder waren nicht rechtzeitig gesichert worden, Hinweise wurden nicht verfolgt, andere hingegen akribisch bearbeitet, während die Gerüchte in Enniger und den Bauerschaften von Tag zu Tag zunahmen und niemand ihnen widersprach.
Ende Juli, also mehr als drei Monate nach der Tat, schlug die Situation unversehens um. Der Amtmann erfuhr, dass der jüdische Kleinhändler Herz Spiegel aus Enniger „die Klagelaute der Ermordeten vernommen haben wollte". Und mehr noch: Es hieß, Spiegel sei zur Tatzeit unweit des Ortes gesehen worden.
Was als vermeintliche Zeugenaussage Spiegels begann, schlug binnen Kurzem zu einem Verdacht gegen ihn selbst um – und rasch auch pauschal gegen die jüdische Gemeinde des Dorfes. Der Verdacht, einmal in der Welt, hatte böse Folgen: für den Handelsmann, für seine Familie und für die gesamte Judenschaft des Dorfes – und nicht zuletzt auch für die Mehrheitsbevölkerung in Enniger.

Lücken in der Ermittlungsakte

Wer im Sommer 1873 zuerst den Verdacht gegen Spiegel geäußert hat, welche Anhaltspunkte vorgetragen wurden und wie gründlich Brüning das Für und Wider geprüft hat, das alles lässt sich nicht mehr rekonstruieren. Denn ausgerechnet für den Zeitraum zwischen Juli und November 1873 fehlen die Unterlagen in den Akten des Amtes Enniger und des Beckumer Landratsamtes. War das Zufall? Ein Versehen? Oder wurden wichtige Dokumente mit Absicht entfernt?
Die vom Amtmann Brüning angelegte „Acta specialia: Die Ermordung der Elisabeth Schütte zu Enniger betreffend" weist sonderbare Spuren auf. So sind bis zum 12. Juli 1873 alle Dokumente sorgfältigst in zeitlicher Reihenfolge abgelegt, wie in der preußischen Aktenführung seinerzeit üblich. Anschließend klafft in der Ermittlungsakte eine Lücke von mehr als vier Monaten. Die folgenden Schriftstücke wiederum, die im Wesentlichen den Zeitraum von Dezember 1873 bis Februar 1874 abdecken, sind in ihrer zeitlichen Folge völlig durcheinandergeraten. Es sieht aus, als habe jemand nachträglich die Akte gelöst, einige Dokumente entnommen und dabei die Sortierung der Schriftstücke verändert. Das Durcheinander ließe sich auch anders erklären. In diesem Zusammenhang aber spricht wenig für einen Zufall.

„Volksauflauf gegen die Juden"

Doch zurück nach Enniger, im Sommer 1873: Im Juli oder August fand eine richterliche Voruntersuchung zum Verdacht gegen Spiegel statt. Sie erbrachte keinen Hinweis, dass der Händler die Tat begangen haben könnte. Von „an und für sich schwachen Verdachtsgründen" war die Rede. Sie reichten nicht einmal, um Spiegel in Untersuchungshaft zu nehmen, ganz zu schweigen von einem möglichen Verfahren vor dem Schwurgericht.
Am 22. Dezember 1873 schließlich stellte Staatsanwalt Grawert in Münster klipp und klar fest, „dass alle bisher gegen H. Spiegel zur Anzeige gekommenen Verdachtsmomen-

Landjuden, Katholiken und der „Talmudjude"

In vielen Dörfern und ländlichen Kleinstädten Westfalens gab es um 1870 jüdische Einwohner. Sie betätigten sich vornehmlich im Kleinhandwerk und im Handel mit agrarnahen Produkten wie Fleisch, Getreide, Pferde, Schlachtvieh oder Fleisch sowie im Textilhandel. Seit den preußischen Emanzipationsgesetzen von 1812, die später für den Norddeutschen Bund und nach der Reichsgründung von 1870/71 für ganz Deutschland galten, waren die Juden ihren christlichen Nachbarn rechtlich gleichgestellt. Gleichwohl sah sich die jüdische Minderheit weiterhin manifesten Vorurteilen, Ablehnung bis hin zu offener Feindschaft ausgesetzt, die jederzeit in Gewalt umschlagen konnte.

Die antijüdischen Vorurteile in der Mehrheitsgesellschaft waren vor allem religiös begründet. Sie speisten sich vornehmlich aus dem jahrhundertealten, von den christlichen Kirchen nicht nur in der Kar- und Osterliturgie alljährlich neu aktivierten Vorwurf, die Juden seien schuld am Tod Jesu. Dieser religiöse Judenhass war oftmals mit wirtschaftlichen Vorurteilen verknüpft. So wurden Juden des „Zinswuchers" und unlauterer Geschäfte beschuldigt.

1871, zwei Jahre vor den „Judenkrawallen" von Enniger, erschien in Münster eines der wohl folgenreichsten antijüdischen Traktate, das gerade auch auf dem Land weite Verbreitung fand: „Der Talmudjude – zur Beherzigung für Juden und Christen aller Stände dargestellt". Die Schrift hatte August Rohling (1839–1931) verfasst, Bauernsohn aus Neuenkirchen bei Rheine und seit 1866 Privatdozent, seit 1871 Professor für katholische Theologie in Münster. In seinem Traktat suchte Rohling den Nachweis zu führen, dass der Talmud ein „Schand- und Sudelbuch" sei und die Juden zu „Schacher und Wucher", zu Betrug, Mord und Gewalt treibe. Sie würden angeblich Land in großem Stil kaufen, um die Bauern umso wirkungsvoller auspressen zu können.

Sogar die mittelalterliche Lüge des angeblichen Ritualmordes erweckte Rohling zu neuem Leben. Er raunte von einer „sehr beträchtlichen Zahl von Männern, Weibern und Kindern, die in gewissen großen Städten Europas zum größten Entsetzen ihrer Umgebung auf immer verschwinden, ohne auch nur eine Spur zu hinterlassen". Solche Sätze mussten ihre vergiftende Wirkung entfalten.

August Rohling schlug in seiner Schrift „Der Talmudjude" einerseits einen verständlichen Ton an. Andererseits verlieh er seinen Ausführungen einen fachwissenschaftlichen Anstrich: durch vermeintliche Originalzitate, einen Anmerkungsapparat sowie geheimnisvoll wirkende Quellenhinweise.

Beides trug gleichermaßen zur enormen Verbreitung der antijüdischen Hetzschrift bei. Sie erlebte binnen weniger Jahre zahlreiche Auflagen und wurde von der katholischen Kirche und ihren Verbänden stark unterstützt. So ließ der Bonifatius-Verein 38000 Stück des Rohling-Pamphlets kostenlos verteilen.

Zum Erscheinen der Erstauflage hielt der Stadtarchivar von Münster, Adolf Hechelmann, Anfang August 1871 in seiner Stadtchronik fest:

„Das Buch des christlichen Autors fand selbst bei der Landbevölkerung eine immer steigende Verbreitung, aber zu gefürchteten Reibungen trieb man die Judenabneigungen nicht." – Da standen die Ereignisse in Enniger erst bevor.

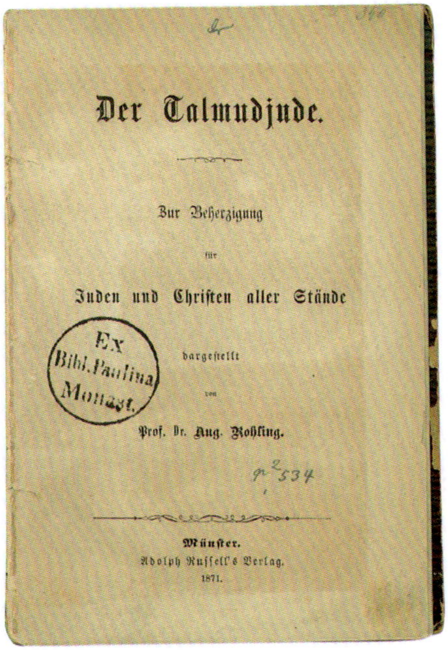

Der Talmudjude.

Zur Beherzigung

für

Juden und Christen aller Stände

dargestellt

von

Prof. Dr. Aug. Rohling.

Münster.
Adolph Russell's Verlag.
1871.

Die Titelseite der Erstauflage der Rohling-Schrift.

In den 1880er-Jahren wiesen namhafte Wissenschaftler nach, dass Rohling die Tradition des Talmud grob verfälscht und sich auf ältere Übersetzungen gestützt hatte, ohne sie zu nennen. Einer Aufforderung, hebräische Texte öffentlich vor Gericht zu übersetzen, wich Rohling aus.
1885 drängte ihn das preußische Unterrichtsministerium, auf seine Professur zu verzichten. Eine seiner Schriften landete 1897 auf dem kirchlichen Index verbotener Bücher, nicht jedoch sein „Talmudjude". Die Schrift wurde bis in die 1930er-Jahre 22-mal neu aufgelegt. Sie blieb eine der Giftkammern, aus der sich die Judenfeindschaft und bald auch der neue, rassisch geprägte Antisemitismus bediente.

te höchst unbedeutend sind und meines Erachtens mehr begründete Umstände gegen die Täterschaft des Spiegel sprechen".
Zu diesem Zeitpunkt aber war die Wut der Dorfbewohner gegen ihre jüdischen Nachbarn längst entfacht. Bereits am Abend des 18. November 1873 war es in Enniger „zu einem Volksauflauf gegen die Juden" gekommen, wie der Amtmann später dem Landrat berichtete. Die Beteiligten schlugen an jenem Abend Krach, zündeten Feuerwerk und lärmten mit Böllern. Im oder vor dem Wirtshaus im Dorf wurde Herz Spiegel aufgegriffen und angepöbelt. Nach mehreren Faustschlägen und einem Messerstich ins Bein gelang es ihm zu entkommen.
Steine flogen auch gegen die Häuser anderer Juden im Dorf. Selbst das Gotteshaus ließ der Mob nicht aus. Die kleine, 1870 erbaute Dorfsynagoge wurde in jener Novembernacht mit Steinen beworfen. Sämtliche Glasfenster wurden zerstört. Und das war erst der Anfang.

Ausschreitungen zum Namenstag

Die Ausschreitungen waren vermutlich sorgsam geplant. Schon ihr Datum war alles andere als ein Zufall. Denn der 18. November war der Vorabend des Namenstages der ermordeten Elisabeth Schütte.
In katholischen Landstrichen wie dem Münsterland wurde der Namenstag traditionell als Fest gefeiert. An Tagen wie „Peter und Paul", „Bernhard", „Maria" oder eben „Elisabeth" war das halbe Dorf unterwegs, um die jeweiligen Personen dieses Namens aufzusuchen und mit ihnen zu feiern. Das Namenstagsfest gründete auf der starken Rolle der Heiligenverehrung im Katholizismus. Es zählte zum Kernbestand katholischer Festlichkeit und Volksfrömmigkeit, während es im Protestantismus kaum und im Judentum gar nicht bekannt war.
In Enniger wurde der 19. November 1873 zum Gedenktag, der an die Ermordete erinnerte.

Der „Volksauflauf“ am Vorabend sprach also eine klare Sprache: Er war eine Demonstration der katholischen Mehrheit gegenüber der jüdischen Minderheit.
Offiziell aber wurde abgewiegelt. Amtmann Brüning nahm die Erklärung eines Zeugen zu Protokoll, die Bewohner des Dorfes hätten am Vorabend „einige Schüsse abgefeuert, angeblich um das Namensfest ihrer Majestät der verwitweten Königin Elisabeth zu feiern“. Als ob die Landbewohner Ennigers einen Grund gesehen hätten, der preußischen Königin Elisabeth Ludovika (1795–1873) zu huldigen: und das auch noch ausgerechnet während des heraufziehenden „Kulturkampfes“, des Konfliktes zwischen katholischer Kirche und preußischem Staat! – Nein, das war eine lächerliche Ausrede, die nicht einmal den Amtmann selbst überzeugt haben dürfte. In einem anderen Zeugendokument tilgte er sie auch kurzerhand und notierte stattdessen: Das Feuerwerk sei „zum Scherze“ abgefackelt worden, „weil am anderen Tage der Namenstag der Ehefrau des Küsters Hinze war“. Diese Ausrede war kaum besser, und jeder im Dorf wusste, dass die Wahrheit anders aussah: Die nächtlichen Schüsse waren keine Salut-, sondern Warnschüsse. Sie sollten Herz Spiegel und die jüdischen Dorfbewohner Ennigers einschüchtern.

Alles nur Gerüchte?

Der Verdacht gegen Spiegel zog weitere Kreise. Im November und Dezember 1873 wurde Amtmann Brüning regelrecht überschüttet mit Gerüchten, Geschichten und Erlebnissen, die allesamt gegen den jüdischen Handelsmann zu sprechen schienen. Eine 32-jährige Tagelöhnersfrau, gleichen Alters also wie die Ermordete, wusste zu berichten, Spiegel sei „vor etwa sechs Jahren“ auf ihren Hof gekommen. Sie sei allein gewesen. Er habe ihr Gewalt antun wollen, sie habe ihn aber zurückweisen können. Eine andere Frau schilderte ebenfalls, sie sei vom Handelsmann belästigt worden. Eine dritte legte detailreich dar, wie sich „etwa fünf Jahre“ zuvor Spiegel ihr unsittlich genähert, sie dann aber losgelassen habe, als sie zu weinen begonnen habe.
Sämtliche Zeuginnen schilderten Ereignisse, die fünf, sechs oder gar zwölf Jahre zurücklagen und die sie entweder selbst erlebt hatten oder sogar nur vom Hörensagen kannten. Hatte Spiegel tatsächlich Jahre zuvor einige Frauen des Dorfes belästigt? Oder hatten sie alles nur erfunden? Warum meldeten sie sich erst jetzt? Weil sie sich jahrelang geschämt und geängstigt hatten? Oder weil sie etwas zu den umlaufenden Gerüchten beitragen wollten – und sie dadurch weiter befeuerten?
Zu entscheiden ist dergleichen nicht mehr. Eines aber fällt bei der Durchsicht der Dokumente auf: Die Frauen berichten von Worten, Drohungen und Gebärden Spiegels – und auch davon, dass sich letztlich alle Frauen mit Erfolg gewehrt hätten und er von ihnen abgelassen habe. Dieses Erzählmuster liegt sämtlichen Berichten der Augenzeuginnen zugrunde, die sich nach den „Novembertumulten“ meldeten. Doch selbst in der emotional aufgeladenen Atmosphäre jener Tage und Wochen fällt kein Wort, das auf einen tatsächlichen brutalen Übergriff Spiegels oder gar eine Vergewaltigung hinweisen könnte. Das bestätigte letztlich das Ergebnis der Staatsanwaltschaft. Sie hatte, wie gesagt, die Vorwürfe von allen Seiten beleuchtet und nichts gefunden. Der Staatsanwalt hatte Herz Spiegel nicht einmal vorgeladen, weil die „Verdachtsmomente höchst unbedeutend“ waren.

Unterstellungen und eine giftige Lüge

Amtmann Brüning hingegen, von antijüdischem Ressentiment durchdrungen, hielt Spiegel prinzipiell für „unsittlich“ – und das war für Brüning schon der erste Schritt zur Untat. Tatsächliche

Beweise hatte er nicht. Seine mehrseitige Zusammenfassung der Ermittlungen, Mitte Januar 1874 verfasst, glich denn auch einem Katalog an Unterstellungen und Vorhaltungen gegen „den Juden" und gegen die gesamte jüdische Gemeinde. Herz Spiegel, so hieß es da, sei nach Enniger gekommen, nachdem sein Elternhaus im benachbarten Ennigerloh abgebrannt „und mit demselben ein nicht unerheblicher Theil des Dorfes eingeäschert war". Das klang, als ob Spiegel einstmals auch den Brand im Nachbardorf verursacht habe.

Brüning behauptete weiter: „Wenn die Juden in einem kleinen Ort ihre Zahl bis auf eine gewisse Höhe gebracht haben, so gewinnen sie, wenn sie auch arm gekommen sind, wie bekannt, leicht die Oberhand. So auch hier: Sie haben sich in Enniger auf circa 30 vermehrt. Einer ist plötzlich reich, alle anderen sind wohlhabend geworden. Die Folge davon ist, dass ihre Verhältnisse es ihnen erlauben, sich viel in dem Wirtshause aufzuhalten, wo sie dann das große Wort führen. Die hiesige Bevölkerung hat sich dies bisher gefallen lassen."

Sogar die aus dem Mittelalter stammende Lüge des Ritualmordes wurde in Enniger belebt: „Nach Mitteilung des werten Untersuchungsrichters soll man neulich [neuerdings] dort [in Enniger] glauben, dass die Juden zu ihren Cults Christenblut bedürfen", hatte Staatsanwalt Grawert am 22. Dezember 1873 angemerkt.

Brüning entgegnete, niemand im Dorf schenke etwas so „Unsinnigem" Glauben wie der Ritualmordlegende. „Dass die Juden zur Einweihung ihrer Synagoge Christenblut gebrauchten, glaubt in Enniger niemand."

Wirklich nicht? Der Amtmann verriet seine wahre Haltung mit dem unmittelbar folgenden Nachsatz: „… obgleich den Juden nach dem neuerdings allgemein bekannt gewordenen Talmud Vieles erlaubt sein soll, was den Christen ihre Religion verbietet". Damit spielte Brüning auf die antijüdische Hetzschrift „Der Talmudjude" an, die der katholische Theologieprofessor August Rohling 1871 in Münster veröffentlicht hatte. Das ganze Land sprach zeitweilig davon. Rohling fand eine große Leserschar, gerade auch auf dem Land. Seine Hetzschrift wurde vielfach aufgelegt – und der Amtmann in Enniger zählte zu den vielen, die den vergiftenden Lügen Rohlings Glauben schenkten.

Einer aus Enniger stellte sich vor die Juden

Zur Jahreswende 1873/74 bereiteten Dorfbewohner in Enniger weitere Aktionen gegen die Judenschaft vor. Gerüchte hatten kurz vor Weihnachten bereits den Amtmann erreicht. Um die Sicherheit des Dorfs zu gewährleisten, hatte er einen zusätzlichen Gendarm aus Ahlen für den Silvesterabend angefordert.

Am Tag nach Weihnachten 1873 traf im Landratsamt zu Beckum ein anonymes Schreiben aus Enniger ein. Darin heißt es etwas ungelenk, aber deutlich:

„Eurem hochlöblichen Landratsamt wollte hierdurch mittheilen, daß zum Silvester wieder ein Judencrawall hier statthaben soll. Meinen Namen darf ich nicht nennen, da, wenn man hier von dieser Anzeige hörte, es mir noch schlimmer als den Juden ging. Hochachtungsvoll."

Der anonyme Verfasser hatte Angst um sich, und er hatte Angst um die Juden Ennigers. Der Unbekannte war, soweit erkennbar, der Einzige im Dorf, der sich aktiv den antijüdischen Exzessen entgegenzustellen versuchte.

Pistolenschüsse auf Spiegels Haus

Nach dieser Warnung vorbereitet, konnte die Polizei tatsächlich Ausschreitungen in der Silvesternacht in Enniger unterbinden. Allerdings wurden früh am Neujahrsmorgen 1874 mehrere Pistolenschüsse auf das Haus des Herz Spiegel abgefeuert. Eine Kugel schlug oberhalb der Hauseingangstür in die Wand, zwei andere durchlöcherten die daneben lie-

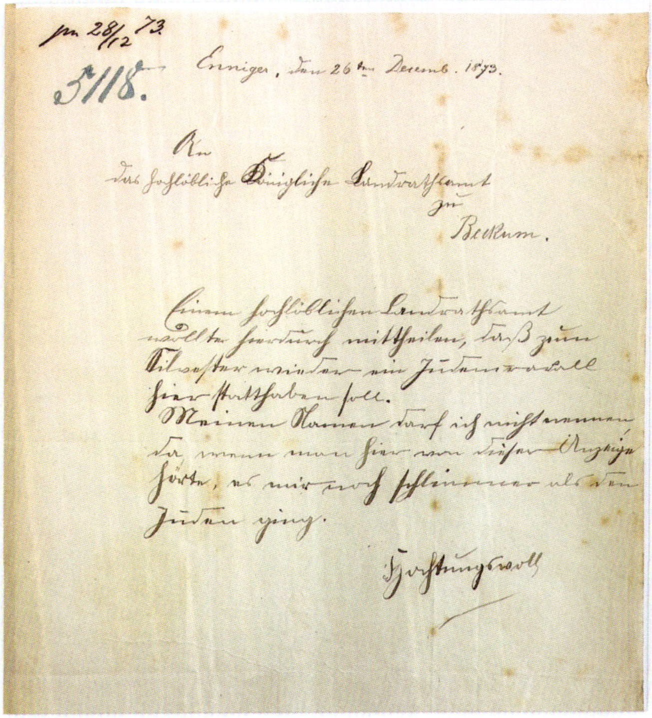
pr. 28/12 73
5118.
Enniger, den 26ten Decemb. 1873.

An
das hochlöbliche Königliche Landrathsamt
zu
Beckum.

Einem hochlöblichen Landrathsamt
wollte hierdurch mittheilen, daß zum
Silvester wieder ein Judencrawall
hier statthaben soll.
Meinen Namen darf ich nicht nennen
da wenn man hier von dieser Anzeige
hörte, es mir noch schlimmer als den
Juden ging.

Hochachtungsvoll

Ein mutiger Einwohner Ennigers warnte die Behörden anonym, „daß zum Silvester wieder ein Judencrawall hier statthaben soll".

genden Fenster der Schlafstube Spiegels und blieben in der Innenwand und im Holz eines Kleiderschrankes stecken.
„Mehrere der Nachbarn sollen von den Schüssen aufgewacht, aufgestanden sein und auf die Straße gesehen, dort aber niemanden bemerkt haben", notierte der Polizeidiener Suthoff hastig am Neujahrstag.
Über dem Dorf lag Schweigen und heimliches Mitwissen. Niemand fragte schärfer nach. Auch Amtmann Brüning nicht. Er tat vielmehr alles, um die Schüsse herunterzuspielen, als habe es sich um einen Kinderstreich gehandelt – und nicht um einen Anschlag, der Spiegel nach dem Leben trachtete. Ein Pistolenschuss, so argumentierte Brüning allen Ernstes, sei so hoch ans Haus gegangen, dass er niemals einen Menschen hätte treffen können. Zwei weitere Schüsse seien zwar auf das Schlafgemach Spiegels abgefeuert worden, aber nicht in der Absicht, jemanden zu töten. Schließlich habe Spiegel ja hinten im Haus geschlafen und sei „durch einen Schuss nicht zu erreichen gewesen". Brüning folgerte, die Schüsse seien abgefeuert worden, um „den Spiegel zu erschrecken".
Auf diesem Niveau ermittelnd, waren weder die Täter des Neujahrsanschlages gegen Spiegel und der „Judenkrawalle" noch der Mörder der Elisabeth Schütte aufzuspüren. Die einen wollte Brüning nicht finden, den anderen konnte er nicht finden. Der Mord an der 32-jährigen Frau wurde nie geklärt, der Täter nie ermittelt.
Die Staatsanwaltschaft in Münster versuchte, die Mauer des Schweigens im Dorf zu durchbrechen. Doch ihre „Recherchen in Betreff der Aufhetzung gegen die in Enniger wohnenden Israeliten" liefen ins Leere. Die befragten Personen retteten sich in Ausflüchte. Sie hätten „vor der Polizei nicht die volle Wahrheit gesagt", mutmaßte Staatsanwalt Grawert, ohne weitere Schritte unternehmen zu können.

„He hät't doch daohn!"

Herz Spiegel aber sah sich weiterhin Anfeindungen ausgesetzt – und mit ihm alle jüdischen Dorfbewohner Ennigers. Sie mussten mit allem rechnen, zu jeder Zeit. Am 11. Januar 1874, abends gegen 20 Uhr, warf ein Unbekannter einen faustdicken Straßenstein in das Haus der Witwe Rollmann. Sie gehörte wie Spiegel zur jüdischen Gemeinde, war aber

mit ihm weder verwandt noch verschwägert. Der Stein traf die Tochter des Hauses, die am Abendbrottisch saß. Sie wurde am Kopf verletzt, „aber nicht gefährlich“, wie es später hieß. Die Witwe und ein im Haus wohnender Handlungsdiener hatten zuvor aus dem Dunkel Rufe gehört: „He hät't doch daohn! – Er hat es doch getan!“
Dieser Ruf wurde zur Hetzparole wider den Handelsmann Spiegel und die Judenschaft des Dorfes. „He hät't doch daohn!“ – das war auf den Dorfstraßen Ennigers vor allem rund um den Jahrestag des Mordes an Elisabeth Schütte im April und an ihrem Namenstag im November zu hören.

Der Druck der Dorfstraße

Die Wirkung blieb nicht aus. Schon um die Jahreswende 1873/74 verließ die erste jüdische Familie Enniger. Alle weiteren folgten in den kommenden Jahren. Lediglich der Hauptverdächtige Herz Spiegel hielt mit seinen Angehörigen stand, als wollte er allen ein weiteres Mal seine Unschuld beweisen, indem er blieb und sich dem Druck der Dorfstraße nicht beugte.
Die Synagoge in Enniger, 1870 erbaut, stand bald ungenutzt. Es gab kaum noch Juden, die sie als Gotteshaus nutzten. Herz Spiegel selbst stellte 1890 den Antrag, sie abreißen zu lassen.
Wenig später verzogen mit der Familie Spiegel die letzten Juden des Dorfes. In einem Brief an den Beckumer Landrat schrieb ihnen Amtmann Franz Brüning am 17. Juni 1890 hinterher: „Es wird in absehbarer Zeit keine Judenfamilie wieder nach Enniger kommen!“
Die Worte des Pfarrers Paul Nonn, am Tag der Beerdigung der Elisabeth Schütte gesprochen, waren da längst in Vergessenheit geraten. Was hatte er noch gesagt? „Bedenkt, dass eine jede Leidenschaft, die ihr in eurem Herzen verspürt und nicht bezähmt wird, furchtbare Folgen haben kann.“

Familienwege

Die Familie Spiegel zog 1890, nach dem Tod Herz Spiegels, von Enniger in das rund zehn Kilometer entfernte Ahlen. Ein anderer Zweig der Familie ließ sich in Versmold nieder.
Einer der Nachfahren war der Ahlener Viehhändler Siegmund Spiegel (1899–1982). Als er mit seiner Frau Marga (1912–2014) und der Tochter Karin (geb. 1938) im Februar 1943 „in den Osten“ deportiert werden sollte, wurden die drei von Bauern im Münsterland unter Lebensgefahr versteckt gehalten.
Marga Spiegel hat den Rettern ihrer Familie später ein literarisches Denkmal gesetzt – zunächst 1961 in einer Artikelserie im katholischen Landvolkblatt „Der Sämann“, später im Buch „Retter in der Nacht“, das erstmals 1969 erschien. Die Eheleute Spiegel haben auch dafür gesorgt, dass ihre bäuerlichen Retter vom Staat Israel als „Gerechte der Völker“ geehrt wurden.
Zu den Nachfahren des seinerzeit zu Unrecht verdächtigten Herz Spiegel aus Enniger zählt auch Paul Spiegel (1937–2006), von 2000 bis 2006 Präsident des Zentralrates der Juden in Deutschland. Seine familiäre Linie geht auf Levi Spiegel zurück, der sich 1890, aus Enniger kommend, in Versmold niedergelassen hatte. Die Familie war dort und später in Warendorf im Viehhandel und Schlachtgewerbe tätig.

Grausiger Mord am Kirchweg

Am Dörenther Berg bei Ibbenbüren, 2. August 1902

Ein Sexualdelikt im Wald

In einem Waldstück am Dörenther Berg, unweit von Ibbenbüren (Kreis Steinfurt), steht ein verwittertes Kreuz aus Sandstein. Es erinnert an einen Mordfall, der im Sommer 1902 Familie, Freunde und Nachbarn in der Bauerschaft Dörenthe erschütterte und ganz Westfalen bewegte. Auf dem Sockel des Kreuzes, zum Weg hin ausgerichtet und für jedermann lesbar, ist eine stilisierte Tafel mit dieser Inschrift angebracht:
„Grausam gemartert erlitt hier den Tod das unschuldige Communionkind Maria Wientjes, geb. 6. Nov. 1889, gest. 2. Aug. 1902."

Aus der Ruhe gerissen

Damals, Anfang August 1902, sprach die Staatsanwaltschaft in Münster sofort davon, dass das knapp 13-jährige Mädchen einem „Sittlichkeitsverbrechen und Mord" zum Opfer gefallen sei. Doch wer war der Täter? Die Polizei ermittelte fast vier Jahre in Nordwestdeutschland, ehe sie ihn aufspüren konnte: mitten in Ibbenbüren.
Die Tat hatte die Bauerschaft Dörenthe aus ihrem sommerlichen Alltag gerissen. Die meisten Familien lebten dort um 1900 von Landwirtschaft. Einige wenige Männer verdienten ihr Geld in den benachbarten Kalkgruben oder fuhren als Bergleute in den Kohlebergwerken bei Ibbenbüren ein. In und um Dörenthe waren die meisten Familien katholischen Glaubens. Eine Kirche gab es aber nicht. So mussten sie sich zu Fuß oder per Pferdekutsche sonntags auf den Weg machen: entweder ins nahe Brochterbeck, nach Saerbeck – oder auch, was durchaus häufig vorkam, „einmal über den Berg" nach Ibbenbüren.
Diesen Kirchweg ging an jenem Samstag im August 1902 auch das spätere Mordopfer Maria Wientjes, gemeinsam mit einer Gruppe befreundeter Mädchen. Sie bereiteten sich auf das Fest der Kommunion vor, das damals noch für Kinder im Alter von 13 bis 14 Jahren gefeiert wurde. Die Mädchen kehrten am Nachmittag aus Ibbenbüren heim. Nach Berichten von Augenzeugen soll Maria Wientjes noch etwas eingekauft haben. Die anderen waren schon vorgegangen „auf dem Kirchwege, der von Ibbenbüren auf

Das Gedenkkreuz in einem Waldstück bei Dörenthe

das Gut Grone über den Berg nach der Ziegelei des Colonen Storck in Dörenthe führt“, wie die Staatsanwaltschaft später den Fußweg der Mädchen beschrieb. Die Kinder wollten, so hatten sie es offenbar verabredet, an einer Stelle des Weges auf Maria Wientjes warten.

Doch das ging aus unbekannten Gründen schief – und wurde der knapp 13-Jährigen zum Verhängnis. Am Dörenther Berg traf sie auf den Mann, der sie vergewaltigte und anschließend mit einem Messer brutal ermordete. Angeblich soll er 40-mal auf sie eingestochen haben. „Die Tat muss in der Zeit zwischen 4 und 5 Uhr nachmittags geschehen sein“, teilte die Staatsanwaltschaft Münster wenige Tage später mit. Und weiter: „Anscheinend ist der Täter dabei stark mit Blut bespritzt worden. Gegen 3 Uhr ist nicht weit vom Tatorte eine Person gesehen worden, die vielleicht zu der Tat in Beziehung steht. Diese Person wird beschrieben: Alter 30–35 Jahre, mittelgroß, ohne Bart, dunkle Joppe, großer brauner Hut.“ Wer sich am genannten Nachmittag in der Nähe aufgehalten hatte oder „den fraglichen Kirchweg gegangen“ war, wurde dringend aufgefordert, sich zu melden.

Große Anteilnahme

Fünf Tage später, am Morgen des 7. August 1902, wurde Maria Wientjes auf dem Friedhof in Ibbenbüren beigesetzt. Aus dem weiten Umkreis waren die Menschen zusammengekommen, um an der Trauerfeier teilzunehmen. Vom Beerdigungszug berichtete sogar die Tageszeitung. Sie sprach von einem „überaus zahlreichen Grabgeleite“ und einer „innigen Theilnahme, welche das herbe Geschick der schwergeprüften Familie bei allen Bewohnern von Stadt und Land hervorgerufen hat“. Die Zeitung erinnerte aber auch daran, dass der „Urheber all dieses Jammers“ noch nicht ermittelt sei. „Zur Beruhigung der Bevölkerung namentlich in den Bauerschaften wäre nichts sehnlicher zu wünschen als eine baldige Festnahme des Täters“, hieß es in dem Bericht weiter.

Die Ermittler standen unter Druck. Für „Angaben, die zur Ermittelung des Mörders führen“, hatten die Ibbenbürener Polizei und die Staatsanwaltschaft Münster insgesamt 1000 Mark ausgesetzt – damals eine überaus stattliche Summe. Als Erstes gerieten „verdächtige Landstreicher“ unter pauschalen Verdacht. Sie wurden festgenommen, mussten aber bald wieder freigelassen werden. Es gab nicht den Hauch eines Beweises, der gegen sie sprach.

Viele Verdächtige

Eine Frau war am selben Tag nur unweit des späteren Tatortes ebenfalls von einem Unbekannten belästigt worden. Sie hatte sich seiner Angriffe erwehren können und galt nun als Hauptzeugin in dem Fall.

Wenig später musste sie nach Rheda im östlichen Münsterland reisen. Dort glaubten die Behörden, den Mörder des Mädchens gefasst zu haben. In Rheda wurde die Zeugin mit ihm „confrontiert“, wie die Zeitung ihre Leserschaft informierte. Und weiter:

„Ferner wird noch aus dem Kirchspiel Epe berichtet, dass dort am Samstag zwei Mädchen von einem Strolche angefallen und misshandelt worden sind, von dem man annimmt, dass er mit dem gesuchten Mädchenmörder identisch ist.“

Ähnliche Meldungen trafen auch aus Greven und aus Hoya bei Bremen ein. Doch alle Hinweise entpuppten sich rasch als „Fehlanzeige“. Auch in Losser, einem grenznahen niederländischen Dorf, glaubten manche, den mutmaßlichen Mörder aufgespürt zu haben. Diese Meldung, so ließ die Staatsanwaltschaft Münster mitteilen, beruhe „überhaupt auf Unwahrheit“. Schon diese Gerüchte und der Blick auf die Orte zeigt, dass halb Nordwestdeutschland bei der Tätersuche mitfieberte. Doch die Polizeibeamten kamen nicht weiter. Hatten sie ihren Blick auf eine bestimmte Tätergruppe von vorneherein verengt? Das zumindest war ein Vorwurf, den die örtliche Zeitung den Ermittlern nicht ersparte, als wieder einmal ein „Landstreicher“ als Tatverdächtiger vorgestellt wurde:

„Die Zahl der seit dem Morde hier und auswärts zur Haft gebrachten ‚verdächtigen Landstreicher‘ ist ja jetzt keine ganz kleine mehr. In diesen Tagen wurden hier allein fünf Personen dieserhalb festgenommen, aber der eigentliche Täter erfreut sich leider noch immer ungehindert seiner Freiheit. Es wäre ja nicht mehr wie wünschenswert, wenn die in obiger Meldung ausgesprochene Mutmaßung zur Tatsache würde, allein allzu große Hoffnungen sind kaum zu hegen. Es wird wohl wieder einmal der unrechte sein, den man erwischt hat.“

Der Täter war nicht weit

Erst im Mai 1906, also fast vier Jahre nach der Tat, wurde der Täter aufgespürt und verhaftet: nicht in Hoya, nicht in Losser und auch nicht in Rheda, sondern unweit des Tatortes, mitten in Ibbenbüren. Es handelte sich um einen zur Tatzeit 21-jährigen unverheirateten Bergmann namens Josef Pelstring, der damals in einem Steinbruch jener Gegend beschäftigt war.

Die Ermittler hatten dem Mann zuvor bereits andere Überfälle rund um Ibbenbüren nachweisen können – Raubüberfälle jeweils auf Frauen. Der münsterische Untersuchungsrich-

ter Dr. Gerstein hatte daraufhin eine Verbindung zu dem Mordfall Wientjes vermutet und einen Ortstermin in dem Waldstück bei Dörenthe anberaumt.
Das muss in und um Ibbenbüren vorzeitig bekannt geworden sein. Als der Zug aus Münster einrollte, stand dem Täter und seinen polizeilichen Begleitern „eine sehr zahlreiche Menschenmenge“ gegenüber.
Am Tatort angelangt, hielt der Verdächtige dem Druck der Ermittler und der Last der Erinnerung nicht mehr stand. Er unternahm sogar noch einen Fluchtversuch, wurde aber sofort gefasst. Jetzt erst gestand er, neben anderen Taten, auch den Mord an der 13-jährigen Maria Wientjes.
„Fast wäre die Mordtat ungesühnt geblieben, denn die vorliegenden Verdachtsmomente hätten nie der Behörde genügendes Material zur Erhebung der schweren Anklage gegeben“, heißt es später in einem Zeitungsbericht über den Prozess, der am 19. Oktober 1906 vor dem Landgericht in Münster stattfand. Bei den Ermittlungen hatte sich herausgestellt, das Pelstring alles andere als ein unbeschriebenes Blatt war. 1881 in Ibbenbüren geboren, war er bereits als 15-Jähriger wegen Sittlichkeitsvergehens für drei Monate inhaftiert worden. Später kam ein Diebstahl hinzu, der ihm eine dreiwöchige Haftstrafe eingebracht hatte.
In der Verhandlung vor dem Landgericht entging Pelstring nur um Haaresbreite der Todesstrafe. Die Staatsanwaltschaft hatte den Vorwurf des Mordes nicht weiter verfolgt. Verurteilt wurde er am Ende „nur“ wegen Totschlags, Mordversuchs und „räuberischer Erpressung in Zusammenhang mit Notzucht“. Die Strafe lautete: 15 Jahre Zuchthaus, 10 Jahre Ehrverlust und „Stellung unter Polizeiaufsicht“.
Von der Strafe soll er neun Jahre abgesessen haben. Bei Kriegsbeginn im Sommer 1914 wurde der Täter zur „Frontbewährung“ entlassen. Nach Ende des Ersten Weltkrieges kam er wohlbehalten zurück. Seine Strafe galt offiziell als verbüßt. Er war ein freier Mann, lebte aber nicht mehr lange in Ibbenbüren, sondern zog an einen nicht näher bekannten Ort.

Kathol. Frauenverein
Am Montag, den 18. d. Mts. beginnen die
Arbeitsstunden
wieder. Um zahlreiche Theilnahme wird gebeten.
793) Der Vorstand.

Gefundene Gegenstände.
1 Spazierstock,
1 Cravattennadel.
Die unbekannten Eigenthümer der obenbezeichneten Gegenstände werden hierdurch aufgefordert, sich zur Geltendmachung ihrer Rechte innerhalb 4 Wochen bei der unterzeichneten Behörde zu melden.
Nach Ablauf dieser Frist wird mit den gefundenen Gegenständen gemäß der Dienstanweisung betr. die polizeiliche Behandlung der Fundsachen vom 27. October 1899 verfahren.
Ibbenbüren, 13. August 1902.
Die Polizei-Behörde:
von Eichstedt.

Freiwillige Feuerwehr.
Montag, den 18. August cr., Abends 8¼ Uhr:
Gesammt-Uebung.
Ibbenbüren, 15. Aug. 1902.
P) Das Commando.

Belohnung
für die Ermittelung eines Mörders.
Im Anschluß an die Bekanntmachung des Herrn Ersten Staatsanwalts vom 7. August cr. betreffend die Auslobung einer Belohnung für die Ermittelung des Mörders der Maria Wientjes, wird hierdurch zur Kenntniß gebracht, daß auch seitens des Unterzeichneten eine Belohnung von 500 Mark oder einen Theil derselben für Diejenigen ausgesetzt ist, welche Angaben machen, die zur Ermittelung des Mörders führen.
Die Gesammtbelohnung beträgt nunmehr
1000 Mark.
Ibbenbüren, den 14. August 1902.
Die Polizei-Verwaltung.
Der Amtmann:
794) von Eichstedt.

Danksagung.
Für die bei dem schmerzlichen Verluste meiner lieben Gattin mir bewiesene Theilnahme sage Allen meinen innigsten Dank.
Mettingen, August 1902.
7951 Martin Käller.

Ich verlegte mein
Glanz-Bügel-Geschäft
von der Großestraße nach
Brunnenstr. Nr. 10.
Zum (782
Kochen für Hochzeiten
sowie zur
feineren Bedienung
halte mich bestens empfohlen.
Frau J. Wechelmann.

Eine
braune Stute
hat preiswerth abzugeben (792
B. Heising,
Riesenbeck.

St. Pius-Bitte.
Möchte gern die große, über 31000 Seelen zählende Pfarrgemeinde theilen; habe ein Grundstück für eine zweite Kirche für 171000 Mk. erworben. Hilf' mir, lieber Leser, gütige Leserin, die Schulden abzuzahlen und den Bau einer Kirche zu Ehren des Allerheiligsten Altarsakraments vorzubereiten. Beliebige Gaben in Briefmarken oder baarem Gelde nimmt gern entgegen
Wilhelm Frank,
Erzpriester und Pfarrer bei St. Pius,
Berlin O., Palisadenstr. 73.

Anzeige aus der „Ibbenbürener Volkszeitung“ vom 17. August 1902

Mord und Totschlag auf dem Pachthof

Delstrup bei Münster, 12. Januar 1910

Die doppelte Bluttat eines Hofknechtes

Vor 100 Jahren Schauplatz eines Verbrechens: der Pachthof in der Bauerschaft Delstrup südlich der Stadt Münster – heute ist dort ein Karnevalsmuseum untergebracht.

Auf den ersten Blick war es ein Totenzettel wie jeder andere auch. Er zeigte einen Palmzweig, quer über einem Kreuz liegend, darunter stand im fettschwarzen Rahmen zu lesen:
„Gott dem Allmächtigen hat es in seinem unerforschlichen Ratschlusse gefallen, heute nachmittag 4 Uhr meinen lieben, unvergesslichen Mann, unseren herzensguten Vater, Bruder, Schwager, Schwiegersohn und Onkel, den Gutspächter Hermann Große Kleimann zu sich in die Ewigkeit zu nehmen." Er sei „nach 3-jähriger glücklicher Ehe im 48. Lebensjahr" gestorben, heißt es auf dem Zettel weiter, der als Todesdatum den 30. Januar 1910 nennt.
Nichts deutete darauf hin, dass jener Gutspächter zwei Wochen zuvor einem grausigen Verbrechen zum Opfer gefallen war – einem Verbrechen, von dem damals das ganze Münsterland sprach: Ein Knecht hatte am 12. Januar 1910 kaltblütig auf den Landwirt geschossen. Kurz darauf hatte der Knecht seinen Revolver auf eine Dienstmagd des Hofes gerichtet. Sie war sofort tot. Der Gutsbesitzer starb zwei Wochen nach der Tat an den Schussverletzungen.

Der Tatort in Delstrup

Hermann Große Kleimann war Pächter eines Hofes südlich von Münster, in der Bauerschaft Delstrup unweit des Hauses Lütkenbeck. Der Landwirt genoss einen guten Ruf, „galt überall als ein sehr leutseliger, biederer Charakter", wie es in einem Nachruf heißt.
Im Haushalt des Pachthofes ging um die Jahreswende 1909/10 eine Dienstmagd namens Sievertje Marie Ammermann zur Hand. Sie war 16 Jahre alt und soll aus einem Waisenhaus in Bergedorf bei Hamburg auf den Hof gekommen sein. Zur selben Zeit arbeitete in den Stallungen ein aus den Niederlanden stammender, 27 Jahre alter Knecht namens Stephan Jonkmann. Er soll sich wiederholt dem Mädchen genähert, soll sie „in frivolster Weise" angesprochen und, wie eine Tageszeitung unmittelbar nach dem Mord schrieb, „in schamloser Weise belästigt" haben.
Zwischen Jonkmann und dem Gutspächter Große Kleimann kam es darüber zum Streit, der sich binnen Kurzem zuspitzte. Im Winter 1909/10 sah der Pächter keine andere Möglichkeit mehr, als den Knecht fristlos zu entlassen. Jonkmann kramte seine Habseligkeiten zusammen und verschwand.

Schüsse im Schlafgemach

Aber er kam wieder, offenbar voller Wut auf den Gutspächter. Was in der besagten Winternacht im Januar 1910 geschah, beschrieben noch am selben Tag die druckfrischen Abendzeitungen Münsters mit folgenden Worten – und unter voller Namensnennung des Tatverdächtigen:
„Der dort angestellte Stallschweizer Jonkmann, ein Holländer, drang heute früh zwischen 3 und 4 Uhr in das Schlafgemach der Eheleute Kleimann ein und schoss mit einem Revolver auf den Pächter. Dieser wurde durch zwei Kugeln am Kopfe lebensgefährlich verletzt. Dann begab er sich in das Zimmer des Dienstmädchens und tötete dieses durch einen Schuss in den Kopf. Die Spur des flüchtigen Mörders wurde in der Frühe durch Polizeihunde verfolgt."
Bereits am nächsten Vormittag wurde der Verdächtige von Kriminalbeamten im Ludgerus-Hospiz am Bült festgenommen, einer katholischen Gesellenherberge für Wanderarbeiter, die nur wenige Schritte von der Lambertikirche entfernt lag. Dem Gastwirt war das Benehmen des Mannes aufgefallen. Die Polizei, vom Gastwirt verständigt, hatte Jonkmann überraschen und in seinem Zimmer festnehmen können. Sie fand bei ihm die Tatwaffe, eine Pistole mit vier scharfen Patronen.
Die Tat hielt „mehrere Tage hindurch die ganze Stadt in Aufregung", wie der „Münstersche An-

zeiger" später schrieb. Die Tageszeitungen hielten ihre entsetzte Leserschaft auf dem Laufenden. Sie berichteten, dass der Gutspächter einen Streifschuss am Kopf erlitten habe, dass er im Clemens-Hospital versorgt werde und dass er nach einer Operation sogar schon das Bett habe verlassen können. Wenige Tage später aber hieß es: „Die Kunst der Ärzte konnte den unglücklichen Mann, wie man gehofft hatte, nicht erhalten." Sogar über die Beerdigung wurde berichtet: „Ein zahlreiches Trauergefolge gab Zeugnis davon, welch großer Sympathie sich Kleimann erfreute." Aus der Zeitung erfuhr die Öffentlichkeit auch intime Details über den Tatverdächtigen. Der „nunmehrige Doppelmörder" sei in eine „Irrenanstalt" eingewiesen worden, dort solle sein Geisteszustand untersucht werden. Und weiter: „Jonkmann galt, wie inzwischen bekannt wurde, überall, wo er sich früher in Stellungen befunden hat, als ein roher und gefährlicher Geselle, der mehrfach Leute bedroht hatte."

Eintrittskarten zum Prozess

Lange mussten die Münsteraner nicht auf den Prozess warten, denn schon Ende Januar 1910 lasen sie die Zeitungsnotiz: „Die doppelte Bluttat dürfte in der nächsten Schwurgerichtsperiode ihre gerechte Sühne finden."

Am 15. März 1910, also sechs Wochen nach dem Mord, wurde vor dem Schwurgericht in Münster der Prozess gegen Jonkmann eröffnet. Das Gericht hatte eigens Eintrittskarten drucken müssen, „um dem zu erwartenden großen Andrang des Publikums vorzubeugen", wie es im Prozessbericht des „Münsterschen Anzeigers" hieß. „Gleichwohl ist der Zuhörerraum von Anbeginn der Verhandlung an dicht gefüllt."

39 Zeugen, fünf Ärzte als Sachverständige, ein Dolmetscher, dazu die dicht besetzten Zuschauerbänke: Es war auch für die preußische Provinzialhauptstadt Münster ein besonderes Verfahren, das da an jenem Vorfrühlingsmorgen aufgenommen wurde. Selbst der Präsident des Hammer Oberlandesgerichts, der „wirklich Geheime Oberjustizrat" Anton Holtgreven, hatte es sich nicht nehmen lassen, nach Münster zu kommen, um an der Verhandlung teilzunehmen.

Aus den Verhören und den Aussagen vor dem Schwurgericht ergab sich folgendes Bild zur Tat und zum Täter: Stephan Jonkmann – in niederländischer Schreibweise: Steffen Jonkman – wurde am 18. Juni 1883 im friesischen Dörfchen Noordwolde in den Niederlanden geboren. Er war das älteste von sechs Kindern der Bauersleute Hendrik Gerard Jonkman und Trijntje Bauukes van Terwisga. Die Jonkmans waren katholischer Konfession. Einer der Brüder des Täters war sogar Geistlicher und erst wenige Wochen vor jener Tat verstorben.

Nach der Schulzeit hatte es Stephan Jonkmann zunächst nach Borghorst ins Münsterland verschlagen. Dann hatte er seinen Militärdienst in den Niederlanden bei den Husaren und dem Gendarmeriekorps absolviert, ehe er nach Westfalen zurückkehrte. Zunächst arbeitete er als Bergmann, dann als Landwirtschaftsgehilfe auf mehreren Höfen zwischen Hamm und Münster.

Die Verhöre zeichnen das Bild eines rastlosen Menschen, der sich gelegentlich in Tagträumen verlor und abwegigen Ideen nachsann. Seinem jüngeren Bruder, der als Kaplan in einem Kloster bei Boppard am Rhein tätig war, schrieb Stephan Jonkmann Briefe, die von einer „starken Neigung zur Glaubensausübung" zeugten – und in denen er auch „etwas fern der Realität von Missionsreisen durch Indien" schwadronierte. So jedenfalls urteilt der Historiker Christian Steinhagen nach Durchsicht der Dokumente.

Das Loch in der Wand

Als Landwirtschaftsgehilfe wechselte Jonkmann die Bauernhöfe wie andere den Hut. Glücklose Annäherungsversuche gegenüber Dienstmägden und Hausgehilfinnen spielten anfangs eine Rolle,

Das alte Gebäude des Landgerichtes in Münster, unweit des Schlosses. Im Innenhof des Gerichtes wurde am 15. August 1910 das Todesurteil gegen Jonkmann vollstreckt.

dann Belästigungen, Übergriffe und schließlich die offene Verletzung privatester Grenzen. Auf dem Hof Schulze Brüning soll Jonkmann „sogar ein Loch in die Wand zum Mägdezimmer gebohrt“ und überdies den Gutsherrn bedroht haben. „Sie können mich entlassen, aber dann passiert Ihnen in den nächsten 14 Tagen etwas“, gab Schulze Brüning die Drohung des Knechts vor dem Schwurgericht wieder.

Der Pachthof Große Kleimann in der Bauerschaft Delstrup war die nächste und letzte Station Jonkmanns. Der 26-Jährige war dort als Kutscher angestellt. Bald stellte er auf dem Hof der zehn Jahre jüngeren Dienstmagd Sievertje Marie Ammermann nach. Er soll sie belästigt, ihr aufgelauert und sie sogar mit einem Messer bedroht haben, sagten mehrere Zeugen vor dem Schwurgericht aus. Der jungen Frau soll es dabei gelungen sein, ihm das Messer wegzunehmen. Als er sie im Gespräch mit einem Maurer gesehen habe, soll er den beiden zugerufen haben: „Ich kann euch beide über den Haufen schießen!“

Am Montag, 10. Januar 1910, also zwei Tage vor der Tat, muss sich die Situation auf dem Hof zugespitzt haben. Den Zeugenaussagen zufolge soll Jonkmann der Dienstmagd „in der Waschküche einen unsittlichen Antrag gestellt“ haben. Dabei habe er ihr gedroht: Wenn sie nicht tue, was er wolle, werde sie keine 24 Stunden mehr leben. So jedenfalls vertraute es die Dienstmagd der fast gleichaltrigen Tochter des Bauern an.

Große Kleimann erfuhr davon und entließ Jonkmann auf der Stelle. Der Knecht packte seine wenigen Sachen und verließ den Hof.

Am nächsten Tag gingen der Bauer und die Dienstmagd gemeinsam zur Polizei, um Anzeige zu erstatten. Auf der Polizeiwache erzählte Große Kleimann, was vorgefallen war, und dass Jonkmann ihm gedroht habe: „Das lasse ich mir nicht gefallen, Bauer, ich schieße dich tot!"

Der Bauer habe die Drohungen „nicht völlig" ernst genommen, berichtete der Polizeibeamte später vor Gericht. Große Kleimann habe aber befürchtet, dass „der Kerl ihm das Haus anstecke". „Der Kerl", Jonkmann also, war indessen spurlos verschwunden. Niemand konnte ahnen, dass er gleich nach seiner Entlassung die Arbeitsvermittlung in Münster aufgesucht hatte. Dort hatte er von einer möglichen freien Stelle auf einem Schulzenhof in Welver erfahren.

Am Tag darauf, während der Bauer und die Dienstmagd die Polizei aufsuchten, bestieg Jonkmann den Zug nach Welver, um sich auf dem Hof vorzustellen. Dort wurde er abgelehnt. Also kehrte er an jenem Dienstag am Abend nach Münster zurück. Er suchte sich eine Bleibe im Ludgerus-Hospiz am Bült. Dort traf er einen Bekannten, der bereits von der Polizeianzeige gegen Jonkmann erfahren hatte und ihm nun davon berichtete.

Aus nächster Nähe geschossen

Der Knecht muss über diese Nachricht in rasende Wut geraten sein. Er suchte eine andere Dienstmagd auf, eine frühere Liebschaft. Wie sie später vor Gericht aussagte, habe er „über die Ungerechtigkeit dieser Welt und insbesondere über Große Kleimann" gewettert – und angekündigt, den Pächter erschießen zu wollen. Die junge Frau konnte ihn offenbar beruhigen und von seinem Plan abbringen. Das glaubte sie zumindest. Er wolle nach Hamm ziehen und bei einem früheren Arbeitgeber erneut anheuern, soll er ihr am Ende jenes abendlichen Treffens gesagt haben.

Wie ernst war das gemeint? Hatte er ein doppeltes Spiel gespielt und prüfen wollen, wie sie reagieren würde? Oder war es tatsächlich Ernst – und übermannte ihn erst später erneut seine Wut?

Er schlug sich, wie die Polizei später ermittelte, die Nacht um die Ohren. In der Stunde nach Mitternacht schlich Jonkmann über die Wolbecker Straße stadtauswärts zum Hof in Delstrup. Gegen drei Uhr in der Frühe betrat er das Bauernhaus über die Tenne und drang, nachdem er sich eine Laterne angezündet hatte, in das Schlafzimmer der Eheleute Große Kleimann. Aus zwei Handbreit Nähe feuerte Jonkmann zwei Schüsse auf den Kopf des schlafenden Landwirts – ein Gerichtsgutachten des münsterischen Büchsenmachers Pauli spricht später von „höchstens 30 Zentimeter Abstand". Da das Opfer auf der Seite lag, drang die Kugel „unterhalb des linken Auges in den Kopf und ging unterhalb der rechten Schläfe wieder heraus", wie ein Mediziner vor Gericht erklären sollte.

Jonkmann schritt anschließend durch die Schlafzimmer der beiden Bauerntöchter, betrat die benachbarte Kammer der Dienstmagd und tötete sie mit einem Schuss in den Kopf. „Der Schuss ist aus weniger als 40 Zentimeter Entfernung abgegeben worden", dozierte der Gerichtsmediziner kühl. „Die Kugel ging ein wenig über dem linken Auge in den Kopf, sie durchschlug die Schädeldecke auf der anderen Seite nicht. In der Haut rings um die Schusswunde befanden sich Pulverversengungen. Das Gehirn wurde quer durchschossen, wodurch sofortiger Tod eintrat."

„Lasst es euch gut gehen"

Nach dem Schuss auf die Dienstmagd drehte er sich um und schritt durch das Schlafzimmer der beiden Bauerntöchter zurück. Eine der beiden schilderte später vor Gericht ihre nächtliche Begegnung mit dem Täter und zeichnete ein Bild kaltblütiger Ruhe:

„Er drehte sich noch einmal nach der Türe um und sagte: ‚Das Luder ist nun kaputt.' Meinen Vater habe er auch schon erschossen. Ich fragte ihn zweimal: ‚Meinen Vater?' Er antwortete: ‚Ja, der hätt' ihn angezeigt.' Dann murmelte er etwas Unverständliches und sagte auf Platt: ‚Jetzt scheid ich mi!' [Jetzt haue ich ab.] Ich verstand: ,Jetzt scheit ich Di!' [Jetzt erschieße ich Dich.] Meine Schwester bat da, er solle uns nichts tun. Da gab er erst mir und meiner Schwester die Hand und sagte, er wolle uns nichts tun, wir sollten es uns gut gehen lassen. Als er heraus war, gingen wir zu unseren Eltern ins Zimmer, wo mein Vater mit blutüberströmtem Gesicht auf dem Bett saß."

„Ich will mein eigener Richter sein"

Unmittelbar nach der Tat, in seinem Versteck in Münster, verfasste Jonkmann einen Brief „An den Richter". Die Polizeibeamten fanden das Schreiben, das später vor Gericht vorgetragen wurde:
„Ich habe mit meinem vollen Gedanken die Magd und den Bauern erschossen aus Rache, dass ich ging mit Marie Ammermann und das wollte der Bauer nicht haben. Und dann ist sie mir untreu geworden und dann hat mich der Bauer gestern weggeschickt, und nun sitze ich hier ohne Geld. Schreibt meiner Mutter, dass sie mir alles verzeihen müsse. Jetzt will ich auch sterben, ich will mein eigener Richter sein."
Am nächsten Verhandlungstag folgten weitere Zeugen- und Gutachteraussagen. Der Büchsenmacher präsentierte seine Untersuchungsergebnisse zur Tatwaffe. Zwei Ärzte, die die Leichen seziert hatten, breiteten in grausigen Details die Folgen der Bluttat aus. Ein dritter Arzt bescheinigte dem Täter „eine gewisse hysterische Veranlagung". Sie könne dessen „Wutanfälle, Aufgeregtheit und häufigen Stimmungswechsel" erklären. Anzeichen für eine „Geistesgestörtheit" hingegen sah der Mediziner nicht. Jonkmann sei zum Zeitpunkt der Tat voll zurechnungsfähig gewesen.
Der Staatsanwalt befand den friesischen Melker und Knecht des Mordes für schuldig. Darauf stand damals, im Kaiserreich, die Todesstrafe. Der Verteidiger plädierte auf Totschlag, da der Angeklagte im Augenblick der Tat „nicht mit Überlegung" gehandelt habe.
Genau diese Überlegung, so warf der Staatsanwalt ein, habe der Angeklagte doch mit seinem Brief „An den Richter" dargelegt. Nein, erwiderte der Verteidiger, der Brief sei gerade ein Zeichen dafür, dass der Angeklagte „nur" als Totschläger anzusehen sei. Ein Mörder handele mit kalter Überlegung, sei sich des Erfolges seiner Tat von vorneherein bewusst und werde durch ihn nicht überrascht. Ein Totschläger hingegen handele im Affekt, werde vom Erfolg seiner Tat überrascht und gehe dann reumütig in sich.

Zwei Gnadengesuche

Die Geschworenen zogen sich eine Dreiviertelstunde zurück. Gegen Mittag des zweiten Verhandlungstages, am 16. März 1910, verkündeten sie ihr Urteil: Jonkmann sei des Mordes an der Dienstmagd und des Totschlags am Gutspächter schuldig.
Das bedeutete das Todesurteil für Jonkmann. „Der Zuschauerraum, der bis zuletzt dicht besetzt war, leerte sich nur langsam", berichtete der „Münstersche Anzeiger". „Alles schaute mit unverhohlener Neugier, manche auch voll Mitleid, nach dem unglücklichen Menschen hin, dessen Leben heute der unerbittlich Sühne heischenden Gerechtigkeit überliefert worden ist."
Jonkmann versuchte, seine Hinrichtung abzuwenden. Vor dem Reichsgericht in Leipzig legte er Revision gegen das Urteil ein – ohne Erfolg. Er schrieb Gnadengesuche an Kaiser Wilhelm II. in Berlin und, als niederländischer Bürger, an Königin Wilhelmina in Den Haag. Beide Gesuche wurden zurückgewiesen.
So wurde Jonkmann am 15. August 1910, morgens um 5.30 Uhr, auf dem Hof des Landgerichtsgefängnisses in Münster hingerichtet. Ein Scharfrichter war dazu eigens aus Magdeburg angereist. „Der schaurige Akt war nur von ganz kurzer Dauer", teilte der „Münstersche Anzeiger" mit. Der Tote sei auf dem Zentralfriedhof bestattet, „der Gerechtigkeit war Genüge getan".

Hellsehen am Tatort

Grürmannsheide bei Iserlohn, 23. September 1911

Ein ungeklärtes Verbrechen und die „Kriminaltelepathie"

Am Samstagabend, 23. September 1911, verließ die 21-jährige, im fünften Monat schwangere und unverheiratete Martha Lesnikowski das Haus in Grürmannsheide, einer ländlichen Siedlung bei Iserlohn im märkischen Sauerland. Ihren Stiefeltern, den Eheleuten Scharfenort, sagte die junge Frau, sie wolle mit dem Vater ihres Kindes, dem Fabrikschlosser Holthaus, einen Eisenbahner-Ball besuchen. Er habe sie eingeladen, die beiden wollten sich auf der Hälfte des Weges treffen. Die junge Frau ging zu Fuß in Richtung Iserlohn und kehrte nie zurück. Sie blieb spurlos verschwunden.
Polizeibeamte in Letmathe, von den Eheleuten Scharfenort am nächsten Tag benachrichtigt, nahmen die Ermittlungen auf. Der Verdacht lag nahe, dass die Vermisste verschleppt oder gar ermordet worden war. Die Polizisten aber verständigten nicht, wie in solchen Fällen vorgeschrieben, die Staatsanwaltschaft. Die erfuhr erst dreieinhalb Monate später vom Verschwinden der jungen Frau. So lassen sich auch die ersten Schritte der polizeilichen Ermittlungen nicht mehr nachzeichnen. Es sollte nicht das letzte Rätsel in dem Fall bleiben.

Flucht wegen Messerstecherei

Der Verdacht fiel naheliegenderweise auf den Fabrikschlosser und werdenden Vater. Die Stiefeltern des Mädchens unterstellten Holthaus, „sich auf irgendeine Art ihrer Tochter entledigt zu haben, weil er sich geweigert habe, sie zu heiraten und für das zu erwartende Kind zu sorgen". So berichtet es der später mit dem Fall befasste Dortmunder Kriminaldirektor Hermann.
Die Vermutung der Eheleute Scharfenort klang plausibel, war aber nicht zu beweisen. Denn Holthaus war schon seit Tagen spurlos verschwunden. Die Letmather Polizei fand immerhin heraus, dass er sich an einer Messerstecherei beteiligt und ins Ausland abgesetzt hatte. Gut anderthalb Jahre benötigten die Ermittler, um ihn aufzuspüren. Er hatte auf einem Schiff angeheuert und sich als Kesselschmied verdingt. Am 22. Mai 1913 wurde er in der belgischen Hafenstadt Antwerpen verhaftet und ins Untersuchungsgefängnis nach Hagen transportiert.
Die Messerstecherei, die Flucht, das monatelange Verschwinden: Das alles sprach nicht gerade für den jungen Fabrikschlosser. Auch nicht, dass er in der Tatnacht bei Grürmannsheide gesehen worden war. Zeugen hatten beobachtet, wie er am 24. September gegen drei Uhr morgens heimgekehrt sei. Zweimal habe er dann noch an jenem frühen Morgen das Haus seiner Familie verlassen, um in den nahen Wald zu gehen. Verdächtig auch: Er sei in der Tatnacht mit einer Leiter aus seinem Zimmer ein- und ausgestiegen. Er habe gewildert, erklärte Holthaus vor den Kriminalbeamten sein sonderbares Hin und

Her. Mit dem Verschwinden der Martha Lesnikowski habe er nichts zu tun.
Zuletzt habe er sie am 11. September 1911 gesehen. Die beiden hätten sich schon an diesem Tag getrennt. Am Tattag selbst, gut zwei Wochen später, sei er mit einem Freund in das Nachbardorf Oestrich gegangen, um an einer Gesangstunde teilzunehmen. Er sei nachts um drei Uhr zurückgekehrt. Mehrere Zeugen bestätigten unter Eid diese Aussagen des Fabrikschlossers Holthaus.
Offen blieb die Frage, warum die junge Frau etwas von einem Ball erzählt hatte. Denn merkwürdig: Am Tag ihres Verschwindens fand weder ein Eisenbahner-Ball noch sonst irgendeine Tanzlustbarkeit in Iserlohn statt. Wollte sie ihre Stiefeltern in Sicherheit wiegen?

Holthaus konnte weder das Verhalten Martha Lesnikowskis noch ihr Verschwinden erklären. Ihm konnte aber auch keine Gewalttat nachgewiesen werden. So wurde er nach acht Monaten Untersuchungshaft entlassen.

Neue Spuren in dem Fall?

Die Kriminalpolizei ermittelte weiter, doch ohne Erfolg. Nicht einmal die Leiche der jungen Frau wurde entdeckt. Irgendwann wurden die Ermittlungen eingestellt. Der Fall landete in den Aktenschränken.
Die Angehörigen, aber auch Zeitungen hielten die Erinnerung an Martha Lesnikowski und ihr ungeklärtes Verschwinden wach. „Morde, die der Aufklärung harren“ lautete etwa eine

Ein Ehrenmal, eine Schule und einzeln gelegene Höfe und Häuser: Ansicht von Grürmannsheide auf einer Postkarte aus den 1920er-Jahren

Artikelfolge eines Redakteurs namens Bruno Grabinski, der sich des Falls in seiner 1926 gegründeten „Iserlohner Tagespost" besonders annahm. Kurz zuvor soll er der Staatsanwaltschaft erklärt haben, über neue Indizien zum Fall Lesnikowski zu verfügen, die den Verdächtigen belasteten. Diese Beweise habe der Mann aber nie vorgelegt, bemerkte zwei Jahre später der Dortmunder Kriminaldirektor Hermann.

Der Journalist Bruno Grabinski (1882–1968) war ein glühender Anhänger von Telepathie, Hellseherei und anderen okkult-spiritistischen Vorstellungen. Dazu hatte er eine Reihe einschlägiger Schriften publiziert, so etwa „Geheimnisvolles aus dem Reich des Übersinnlichen" (1911), „Das Übersinnliche im Weltkriege" (1917) oder auch „Der lokale Spuk – mit einer photographischen Originalaufnahme einer Spukerscheinung" (1925).

Wahrträumerinnen und Kriminalmedien

Grabinski war überzeugt, Martha Lesnikowski sei ermordet worden, und er könne die Tote und ihren Mörder mithilfe einer „Seherin" aufspüren. Ihm gelang es, die damals berühmte Düsseldorfer Hellseherin Gerber-Wieghardt für die Sache zu gewinnen. Dass ihr Auftreten und das Aufrollen des Falls seiner frisch gegründeten Tageszeitung zugute kommen würde, dürfte Grabinski einkalkuliert haben.

Am 22. Juli 1928, also knapp 17 Jahre nach dem Verschwinden der Martha Lesnikowski, kam die Hellseherin nach Grürmannsheide. Sie ließ sich in Hypnose versetzen – und begann tatsächlich zu raunen und zu reden.

Damit begann das, was als „Iserlohner Hellseher-Experimente" in die (Kriminal-)Geschichte eingegangen ist. In ganz Deutschland redete man damals über diesen und ähnliche Fälle – und stritt lebhaft über Sinn und Unsinn solcher Ermittlungsmethoden. Bereits seit der Jahrhundertwende hatte die krude Idee eines „wissenschaftlichen Okkultismus" die Grenzen esoterischer Zirkel überschritten und Zustimmung vor allem im gebildeten städtischen Bürgertum gefunden, das durch Krieg, Inflation und Krisen tief verunsichert war. Okkultistische Strömungen verbreiteten sich vor allem an Universitäten, in Schulen, Zeitungen und Lesevereinen, sogar auch in der Gerichtsbarkeit und in Führungskreisen der Polizei.

Hellseher und Spökenkieker

Seit der Jahrhundertwende lockten Hellseher, Wunderheiler und Spökenkieker Menschen quer durch alle soziale Schichten an. Der wohl berühmteste „Seher" in den 1920er-Jahren war Hermann Steinschneider alias Erik Jan Hanussen (1889–1933). Er konnte dank Protektion der SA bzw. der NSDAP Anfang der 1930er-Jahre zu einer prominenten Figur in der Berliner Theater- und Varieté-Szene aufsteigen. 1933 soll er den Reichstagsbrand vorhergesagt haben. Wenige Wochen später wurde er in einem entlegenen Waldstück bei Baruth, einer Ortschaft südlich von Berlin, tot aufgefunden. Er soll von einem SA-Trupp ermordet worden sein. Die Umstände seines Todes sind bis heute nicht geklärt.

Wie in der Hauptstadt, so fanden vermeintliche Hellseher auch im ländlich-kleinstädtischen Milieu ihre Anhänger. Wem nachgesagt wurde, er besitze das „Zweite Gesicht" und könne in die Zukunft schauen, der wurde mancherorts als charismatisch verehrt, wurde andernorts heimlich als Helfer in privaten Fragen des Alltags herangezogen oder gar mit der Aufklärung eines Verbrechens beauftragt. Polizei und staatliche Behörden schienen das mit ihrer „Kriminaltelepathie" zu stützen. Von einer Koalition zwischen Hellsehern und Polizei erfuhr ein Volkskundler, als er einen

1919 hatte etwa der Leipziger Polizeirat Ernst Engelbrecht bei Ermittlungen einen namhaften Telepathen eingeschaltet – „um des wissenschaftlichen Interesses der Sache willen“, wie er schrieb. Es war in Deutschland das erste Polizeiexperiment dieser Art, doch sollte es nicht das letzte bleiben.

Die sogenannte Kriminaltelepathie fand eine rasch wachsende Zahl von Anhängern bis in die Spitzen der Polizeiverwaltung. Staatliche Ermittler suchten die Hilfe von „Wahrträumerinnen“, „Kriminalmedien“ oder „Hellsehern“ bei der Tätersuche. Das preußische Innenministerium untersagte den Beamten im April 1929 zwar, „Hellseher, Telepathen u. dgl. zur Aufklärung strafbarer Handlungen heranzuziehen“. In derselben Verfügung ermunterte das Ministerium die Kriminalermittler aber auch, „alle ihnen bekannten Tatspuren in der geeigneten Weise nachzuprüfen und ihnen gegebenenfalls selbständig nachzugehen, auch wenn diese das Ergebnis eines von dritter Seite vorgenommenen parapsychologischen Experiments sind“. Solche Verfügungen wertete die fragwürdigen Experimente enorm auf. Die staatliche Billigung, ja die Einladung zur Mitwirkung hoben die Kriminaltelepathie aus dem Dunst der Sektierer und Esoteriker.

als Seher bekannten Landwirt namens Scheepsmeier in Getmold, Kreis Minden-Lübbecke, befragte. Dem Landwirt wurde im Dorf nachgesagt, er habe das „Zweite Gesicht“, könne also angeblich die Zukunft vorhersehen.
Scheepsmeiers Geschichte soll sich in den 1920er-Jahren zugetragen haben, als ein Bauernhaus im Dorf niedergebrannt war. „Ich wusste durch mein Vorgesicht [gemeint ist: das ‚gesehene' Zukunftsbild], dass die Magd dort, auch eine aus der Erziehungsanstalt, mit Streichhölzern das Strohfach angezündet hatte“, erzählte der Bauer. Die Magd sei auch von den Ermittlern verdächtigt worden. Die Kriminalpolizei habe sie drei Tage lang verhört, aber keinen Hinweis auf eine mögliche Tatbeteiligung finden können. „Wir haben allgemein den Eindruck gewonnen, dass sie es nicht gewesen ist“, hätten die Beamten ihm, dem Bauern und Dorfbrandmeister, mitgeteilt. „Und sie ist es doch gewesen“, will Scheepsmeier erwidert haben. Er sei auf die Magd zugegangen und habe sie mit seinem hellseherischen „Vorgesicht“ konfrontiert: „Du hast das Strohfach mit einem Streichholz angesteckt, du Brandstifterin.“ Sie habe daraufhin die Tat bekannt und sei ohnmächtig zusammengebrochen.

Der Laie staunt, der Kripobeamte nicht

In dieses Bild passt, dass Kriminalbeamte aus Dortmund und Iserlohn beteiligt waren, als am 22. Juli 1928 der Redakteur und die Hellseherin in Grürmannsheide ihre okkulte Suche nach der Leiche Martha Lesnikowskis und nach dem Tathergang aufnahmen. Der Vorgesetzte der Beamten, der Dortmunder Kriminaldirektor Hermann, beeilte sich festzustellen: Die Kriminalermittler seien „als Privatleute, lediglich aus Interesse an der Sache“ in Grürmannsheide. Dem Dortmunder Kriminaldirektor selbst war die Sache nicht geheuer, wie aus seinem ausführlichen Bericht hervorgeht. Auch die zuständige Staatsanwaltschaft Hagen, so schreibt er darin, habe sich „diesen Iserlohner Hellseher-Experimenten gegenüber absolut ablehnend“ verhalten.

Im Bericht, den Hermann später nach den Aussagen seiner Mitarbeiter verfasste, heißt es über die Hellseherin:

„Frau Gerber-Wieghardt hat im Trancezustand so genaue Angaben über das verschwundene

Die Hellseherin Else Günther-Geffers um 1925 bei „supranormaler Aufklärungsarbeit" zu einem Raubmord in Soldin/Westpommern. „Entgegen sensationellen Zeitungsberichten hat sie hierbei versagt", so das Urteil des Potsdamer Landgerichtsdirektors Albert Hellwig.

Mädchen selbst, sein Wesen, seine Kleidung am Tag des Verschwindens, über den verdächtigen Liebhaber, über dessen Wohnung, über den Weg, den die Lesnikowski an jenem verhängnisvollen Abend gegangen ist, über die Motive der Tat usw. gemacht, dass der Laie aus dem Staunen nicht herauskommt."

Der Kriminaldirektor selbst sah sich allerdings nicht als „Laie", sondern als polizeilicher Ermittler. Er hielt von dem Spuk wenig und sah sich verpflichtet, die Hintergründe auszuleuchten. So wies er darauf hin, dass Tageszeitungen gut zwei Wochen vor dem Besuch der Hellseherin in allen Details über den Fall und dessen Hintergründe berichtet hätten. Hermann folgerte: Entweder habe die Düsseldorfer Hellseherin die Berichte gelesen – oder der Iserlohner Redakteur Grabinski habe der Hellseherin Suggestivfragen gestellt. Denn Grabinski kannte alle Hintergründe genau, er hatte sogar amtliche Akten zum Mordfall einsehen können. Als „neu" wertete der Kriminalbeamte Hermann immerhin eine Behauptung der Hellseherin: Sie sagte während ihrer Trance in Grürmannsheide, das Mädchen sei erwürgt, ihre Leiche vom Täter „in ein Wasser" geworfen worden. Dem immerhin ging die Polizei nach. Sie durchsuchte alle Ziehbrunnen, den Refflingser Bach, das einzige offene Gewässer in Grürmannsheide, und auch sonst alles, was mit Wasser zu tun hatte. Gefunden wurde nichts.

Das wiederum überraschte den Kriminaldirektor Hermann nicht. Er betrachtete die okkulte Spurensuche des Redakteurs Bruno Grabinski als gefährlichen Hokuspokus, ebenso auch die Aussagen der Hellseherin Gerber-Wieghardt zum Täter, der ja noch immer nicht ermittelt

war. Der Mörder werde einen Unfall erleiden und an Schulter und Kopf schwer verletzt werden, hatte sie vorhergesagt. Und weiter: Im Krankenhaus werde er im Fieber seine Tat offenbaren. So werde die Sache am Ende doch vor Gericht kommen, und der Schuldige werde verurteilt werden, aber: „Durch seinen Unfall wird er aber nicht mehr ganz gesunden."
Kriminaldirektor Hermann kommentierte kühl: „Ob diese Prophezeiung richtig ist, wird die Zukunft lehren. Sie kann jedenfalls zur Beurteilung der Fähigkeiten der Frau Gerber-Wieghardt vorläufig nicht herangezogen werden."

Die zweite Seherin ermittelte aus Berlin

Der Redakteur indes blieb bei seinem Glauben. Ihm gelang es sogar, eine zweite, damals überaus prominente Hellseherin für den Fall zu interessieren: Else Günther-Geffers aus Königsberg. Ihr Name ist heute vergessen, damals aber wurde sie von vielen verehrt und bewundert. Schon im Ersten Weltkrieg hatte sie sich als Wahrsagerin einen Namen gemacht. Vor allem in Ostpreußen, Pommern und im Memelland waren ihr in den 1920er-Jahren die Sympathien der Leichtgläubigen und deren Geldscheine zugeflogen.
Einem deutschlandweiten Publikum wurde sie im Mai 1928 durch einen Auftritt vor dem Landgericht von Insterburg/Ostpreußen bekannt. Dort wurde ihr Betrug in 27 Fällen vorgeworfen. Das Verfahren, in dem sie sogar eine Trance-Vorstellung gab, endete mit einem Freispruch. Der Hellseherin konnte keine betrügerische Absicht nachgewiesen werden. Doch das Gerichtsverfahren, von intensiver Presseberichterstattung begleitet, hatte für Aufsehen

Ohne Medien kein „Medium": Die Hellseherin Else Günther-Geffers verstand es, sich vor der Kamera in Szene zu setzen.

gesorgt und den Namen Elisabeth „Else" Günther-Geffers deutschlandweit in die Schlagzeilen gebracht.
Ein Millionenpublikum sah sie dann im Kinostreifen „Somnambul", in dem sie eine tragende Rolle spielte. Dieser Film, 1928 unter der Regie von Adolf Trotz gedreht und am 9. Februar 1929 im Tauentzien-Palast in Berlin uraufgeführt, drehte sich um einen Mord, der von einer Frau im Schlaf begangen wurde. Der Film sollte ursprünglich unter dem Titel „Die Seherin von Königsberg" in die Kinos kommen. Doch das hatte die „Film-Oberprüfstelle" in Berlin verboten. Anfangs hatte sie sogar den gesamten Film untersagen wollen. Er stelle eine unzulässige Werbung für Günther-Geffers dar und vermittele den Eindruck, „als ob die Hellseherei im Gegensatze zur Polizei allein geeignet sei, Verbrechen aufzuklären".

Erwürgt, entkleidet, ins Wasser geworfen?

Noch während der Dreharbeiten wurde Elisabeth Günther-Geffers auch zu dem Iserlohner

Die Polizei und die Geister, die sie rief

Die esoterische „Kriminaltelepathie" erlebte in den 1950er-Jahren in Westdeutschland eine Renaissance – gegen alle Vernunft und gegen alle Ergebnisse empirischer Studien. 1953 etwa schaltete die Staatsanwaltschaft Baden-Baden den Freiburger Psychologen Hans Bender (1907–1991) ein, als sie nach einem „vertrauenswürdigen Hellseher" suchte, um einen Kriminalfall in Gaggenau aufzuklären. Im Juni 1954 sah sich das Düsseldorfer Innenministerium sogar ausdrücklich veranlasst, per Erlass den Einsatz von Hellseherei oder Kriminaltelepathie zu untersagen.
Eine „Okkultfahndung" fand auch im Oktober 1977 statt, als fieberhaft nach dem Versteck des von der linksterroristischen „Roten Armee Fraktion" entführten Arbeitgeberpräsidenten Hanns-Martin Schleyer gesucht wurde. Damals wurde ein niederländischer Hellseher namens Gerard Croiset alias Gerard Boekbinder eingeschaltet. Er war ebenfalls über den Freiburger Psychologen Bender vermittelt worden. Horst Herold, der als Präsident des Bundeskriminalamtes die Fahndung leitete, soll Bender mitgeteilt haben, man sei „sehr wohl willens, unorthodoxe Wege zu gehen".
Selbst Croiset scheinen über diesen Auftrag Zweifel gekommen zu sein. Gegenüber dem Nachrichtenmagazin „Der Spiegel" stellte er später klar, er sei „eigentlich" auf vermisste Kinder und Jugendliche spezialisiert und erreiche eine Aufklärungsquote von mindestens 80 Prozent. Bei Mordfällen liege sie „nur um 5 Prozent". Mit entwaffender Offenheit bekannte Croiset: „Auch ein Paragnost ist begrenzt in seinen Möglichkeiten."
Auch während der Ermittlungen zur Mordserie der rechtsterroristischen Gruppe „Nationalsozialistischer Untergrund" (NSU) wurde mit angeblicher Geisterhilfe gefahndet – und das unabhängig voneinander in Köln und Hamburg. Bei der Kölner Kriminalpolizei hatte sich kurz nach dem Nagelbombenanschlag vom 9. Juni 2004 eine Hellseherin aus München gemeldet: Sie habe eine „mediale Durchsage" erhalten, raunte etwas von Banden, Rache und Drogen und davon, dass sie mit „Erkenntnissen" zur Aufklärung des Attentats beitragen

Verbrechen befragt. Per „Ferndiagnose" aus Berlin sollte sie Anfang Juli 1928 den Fall klären. Sie wurde in Trance versetzt und befragt. Ja, erklärte sie, die junge Frau aus Grürmannsheide sei ermordet, „und zwar ist sie erwürgt, entkleidet und in der Nähe eines Weges und einer parkähnlichen Anlage ins Wasser geworfen worden". Als Täter komme eine andere Person als die bislang verdächtigte in Frage. Günther-Geffers nannte sogar Vor- und Zunamen sowie Wohnsitz des Verdächtigten, ohne weitere Belege oder gar Beweise zu nennen.

Dieses Ergebnis wich deutlich von den Schilderungen der ersten Seherin ab. Bruno Grabinski, dem Redakteur der „Iserlohner Tagespost", passte es ganz und gar nicht. Seine Leser informierte er in einem kurz gehaltenen Beitrag und erklärte, die erste Hellseherin sei „um etwa 50 Prozent medialer veranlagt" als die zweite. Wie er zu diesen Prozentzahlen kam, blieb sein Geheimnis.

Es wurde nie aufgeklärt, was in jener Septembernacht 1911 zwischen Grürmannsheide und Iserlohn tatsächlich geschehen ist. Die

könne. Tatsächlich reisten zwei Beamte wenig später nach München, um die Hellseherin zu vernehmen. „Sie rief die Geister an und bat ihren verstorbenen Vater um Hilfe", notierten die beiden Fahnder in einem Vermerk. Sie kamen zum Schluss, dass die Frau „in einer völlig irrationalen Welt" lebe.

Man sei der Sache nachgegangen, „um alle Spuren abzuklären" – so versuchte später ein leitender Kölner Kriminalbeamter vor dem NSU-Untersuchungsausschuss des Bundestages das Vorgehen zu begründen. Er musste sich allerdings auch der Frage stellen, warum andere Spuren eher lasch verfolgt worden seien und etwa ein offen ausländerfeindliches Flugblatt vom Tatort unkommentiert in den Kölner Ermittlungsakten abgeheftet wurde.

Offensiver gingen Fahnder der Hamburger „Soko 061" vor, als sie im Fall der Ermordung des deutsch-türkischen Gemüsehändlers Süleyman T. ermittelten: Sie schalteten von sich aus einen Geisterbeschwörer ein. Wie ein Vertreter der Hamburger Kriminalpolizei später vor dem NSU-Untersuchungsausschuss einräumen musste, sei der Geisterbeschwörer „Herr Z." sogar eigens aus dem Iran nach Hamburg eingeflogen worden. Im März 2009 habe er über ein weibliches „Medium" angeblichen Kontakt mit dem Gemüsehändler im Jenseits aufgenommen. Das Tatopfer (!) soll aus dem Jenseits mitgeteilt haben, dass der Mord „ungeplant" passiert sei, dass Drogen eine Rolle gespielt hätten und dass er, der Tote, Kontakt mit Rockern gehabt habe. Aus dem Jenseits wollte der Geisterbeschwörer Herr Z. sogar eine Täterbeschreibung erhalten haben:

„Der Täter soll einen dunklen Teint (Südländer), braune Augen und schwarze Haare haben. Er soll sehr jung sein, und es könnte sich um einen Türken handeln."

Den Mitgliedern des Bundestags-Untersuchungsausschusses verschlug es die Sprache, als sie im Juni 2012 von diesen Vorgängen aus erster Hand erfuhren. Ein Hamburger Kriminalbeamter berichtete durchaus selbstbewusst von den „Ermittlungen". Erst auf wiederholtes Nachfragen musste er einräumen, dass die Geisterbeschwörung bei der Polizei „aus meiner Erinnerung einmalig" gewesen und „selbstverständlich nicht üblich" sei.

Kriminalistische Monatshefte

ZEITSCHRIFT
FÜR DIE GESAMTE KRIMINALISTISCHE WISSENSCHAFT UND PRAXIS

Verlag und Geschäftsstelle: Bali Verlag Berger & Co.
Berlin-Charlottenburg, Reichsstraße 97 a – Fernsprech-Anschl.: Amt Westend, Nr. 1661

Heft 10 | Oktober 1928 | 2. Jahrgang

In der Fachzeitschrift „Kriminalistische Monatshefte" veröffentlichte der Dortmunder Kriminaldirektor Hermann seinen Bericht zu den Iserlohner Hellseher-Experimenten.

Umstände des Verschwindens der 21-jährigen Martha Lesnikowski sind bis heute im Unklaren geblieben.

Im Herbst 1928 zog der Dortmunder Kriminaldirektor Hermann einen Schlussstrich unter die Angelegenheit. In seinem Bericht warf er dem Redakteur einen „eigentümlichen Schluss" vor, deckte weitere Widersprüche in den okkulten Ermittlungen auf und warnte eindringlich: Alle hellseherischen Experimente bei Kapitalsachen stellten „geradezu eine öffentliche Gefahr" für alle Beteiligten dar. Hermann hob hervor: „Man muss allen diesen okkulten Phänomenen, zu denen ja auch das Hellsehen und die Telepathie gehört, mit größter Vorsicht und größtem Misstrauen gegenübertreten." Wenn überhaupt, dann hätten sie „nur dann Wert, wenn sie unter einwandfreien Versuchsbedingungen von unbedingt sachkundigen Männern der Wissenschaft angestellt wurden." Durch zweifelhafte Veröffentlichungen könne „in weiten Kreisen eine große Beunruhigung hervorgerufen und Hoffnungen, die nicht erfüllt werden können, bei vielen urteilslosen Menschen geweckt werden".

Gemeingefährlicher Unfug

Noch schärfer und klarer urteilte Albert Hellwig (1880–1951), Direktor des Potsdamer Landgerichts und seinerzeit einer der besten Kenner der bürgerlich-okkulten Szene in Deutschland. Hellwig hielt zwar Hellseherei prinzipiell für möglich, sprach sich aber eindeutig gegen kriminaltelepathische Experimente und gegen eine Beteiligung staatlicher Organe aus. Denn: Solange das Phänomen der Hellseherei nicht einwandfrei geklärt sei, sei es „unverantwortlich und gemeingefährlich", angeblich seherisch begabte Menschen zur Aufklärung von Verbrechen heranzuziehen. „Es ist schon schlimm, wenn Privatpersonen so handeln, kann aber nicht scharf genug gebrandmarkt werden, wenn Organe der Strafrechtspflege dies tun." Und weiter:

„Die Verwendung so unzulässiger und unsicherer Untersuchungsmethoden trägt nicht dazu bei, das Vertrauen des Volkes zur Strafrechtspflege zu festigen. Es wäre dringend erwünscht, dass die maßgebenden Zentralinstanzen nach Möglichkeit mit aller Entschiedenheit diesem gemeingefährlichen Unfug ein Ende machen."

Das Drahtseil über der Landstraße

Hennigsdorf bei Berlin, Marienloh bei Paderborn und andere Dörfer, März 1913

Attentatsversuche gegen die ersten Automobile

März 1913. Der Paderborner Kreistierarzt rumpelt mit seinem Automobil über die Landstraße von Paderborn nach Marienloh. Plötzlich wird er von einer unsichtbaren Hand gebremst. Am Wagen knirscht es metallisch. Der Tierarzt bringt sein Gefährt zum Stehen und steigt aus. Da sieht er auch schon, was passiert ist: Ein Draht, mehrfach geflochten und quer über die Chaussee gespannt, hat den Wagen gestoppt.
Der Kreistierarzt ist unverletzt. Sein Auto bleibt fahrtüchtig, der Draht hat lediglich den Lack des Autos zerkratzt. Es hätte auch weniger glimpflich ausgehen können. Aber was war das nun: Ein Attentatsversuch auf den Tierarzt des Kreises? Wer macht denn so etwas? Und warum?

„Hass der großen Massen"

Kurz zuvor, am 8. März 1913, kommt es bei Dortmund zu einem ähnlichen Attentatsversuch. Dort stehlen Unbekannte aus einem Eisenbahnzaun ein Drahtseil und spannen es quer über die Straße. Auch hier ist es ein Arzt, der in die Autofalle fährt. Er überlebt das Attentat, das ihn buchstäblich den Kopf hätte kosten können. Sein Wagen ist schwer lädiert.
Solche Drahtseilattentate waren damals keine Seltenheit in Deutschland. Die Motorfachpresse, die es in jener Frühzeit des Autos bereits gab, warnte vor solchen Fallen, zürnte über einen „systematisch großgezogenen Hass der großen Massen gegen das neue Verkehrsmittel" und warnte vor einem „Nachahmungstrieb".
Tatsächlich war es kurz vor den Attentaten von Marienloh und Dortmund in der Nähe von Berlin zu einem besonders heimtückischen Anschlag gegen den Automobilverkehr gekommen, einem Anschlag mit tödlichem Ende. Bei Hennigsdorf in Brandenburg, nordwestlich von Berlin, hatten Unbekannte am Abend des 2. März 1913 ein daumendickes Drahtseil quer über eine Landstraße gespannt. Wenig später war ein Juwelier mit seiner Familie im offenen Tourenwagen in die Falle gerast. Der Mann war sofort tot, ebenso seine Ehefrau, während die beiden Töchter mit viel Glück überlebt hatten. Eine Tochter hatte auf dem Beifahrersitz gesessen und das Drahtseil rechtzeitig gesehen. Geistesgegenwärtig hatte sie sich zur Seite geworfen und auch noch versucht, den Zündschalter umzudrehen. Dieser gebückten Körperhaltung verdankte sie ihr Leben.
Die Täter wurden nie gefasst. Landesweit berichteten die Tageszeitungen und auch die Fachpresse über die Hennigsdorfer Drahtseilfalle. „Der Motorfahrer", das Organ des 1903 gegründeten Allgemeinen Deutschen Automobil-Clubs, sprach von einem „unglaubli-

Stimmungsvoller Schnappschuss mit einem Automobil um 1900. Tauchten damals solche Gefährte in den Dörfern auf, war ihnen die Aufmerksamkeit sicher, nicht selten aber schlug ihnen Ablehnung entgegen.

chen Verbrechen an dem Leben einiger unserer Mitmenschen", von „tiefer Erschütterung" und „hoher Entrüstung". Und weiter:
„Der Automobilist scheint tatsächlich seines Lebens nicht mehr sicher zu sein, wenn derartige teuflische Anschläge zur Durchführung gelangen können, mögen sie nun diktiert sein von einem leider nur allzusehr durch rückständige, verkehrsfeindliche Anschauungen geschürten Automobilhass oder durch räuberische Mordpläne."
Wochenlang war das Hennigsdorfer Attentat Gesprächsstoff. Es gab den Anstoß für eine Reihe ähnlicher Taten im ganzen Land. Wer aber waren die Täter? Was trieb sie an? Und wogegen richteten sich diese Anschläge: gegen die Automobile – oder gegen die Fahrer?
Der Historiker Uwe Fraunholz hat die „anti-automobile Gewalt" am Beispiel der preußischen Provinz Westfalen um 1900 unter die Lupe genommen und die drastischsten Fälle untersucht. Banden, die Motorradfahrer blutig prügelten, gewalttätige Überfälle auf Autofahrer, Sachbeschädigungen, Steinwürfe und auch Straßenblockaden waren demnach an der Tagesordnung. Sogar Schüsse wurden auf nichts ahnende Automobilisten abgefeuert: im Jahr 1911 etwa auf ein Gefährt, das über eine Landstraße bei Telgte fuhr, am Ostermontag 1913 in Waltrop, nur wenig später auch in Recklinghausen. Dort wischte die Kugel um Haaresbreite am Fahrer vorbei, der einen Bauunternehmer chauffierte.
Diese Übergriffe waren keineswegs nur den größeren Städten etwa des Ruhrgebietes vorbehalten. Es gab sie gerade auch am Tatort Dorf und in dessen Nähe, in den Bauerschaften und auf den vermeintlich beschaulichen Landstraßen Westfalens, die für den Autoverkehr noch kaum ausgestattet waren. Dazu drei Fälle:
• Im September 1906 rollten Unbekannte einen schweren Stein auf die Kreisstraße bei Löhne, Kreis Herford. Nur mit Mühe konnte der Fahrer eines Auto-Omnibusses sein Gefährt zum Halten bringen. Die Täter wurden nie gefasst.

• Unbekannt blieb auch derjenige, der bei Nachrodt im märkischen Sauerland im November 1907 einen schweren Stein auf ein Auto warf. Es wurde stark beschädigt. Menschen kamen nicht zu Schaden.

• Weniger glimpflich ging die Sache im September 1911 auf der Landstraße zwischen Werl und Hamm aus. Mehrere Frauen befuhren mit einem Auto die Strecke, als drei junge Männer sie mit leeren Bierflaschen bewarfen. Eine Flasche traf eine der Fahrerinnen am Kopf, die daraufhin „blutüberströmt zusammenbrach", wie Uwe Fraunholz den Vorfall schildert. Über ihr weiteres Schicksal ist nichts bekannt.

Die Gewalt gegen Autos und deren Fahrer oder Fahrerinnen war keineswegs ein früher Öko-Protest. Vielmehr spiegelt sich in den gewaltsamen, mitunter tödlich ausgehenden Aktionen „der Unmut der Unterschichten", wie Uwe Fraunholz urteilt. Das Automobil war seinerzeit ein exquisites, sündhaft teures Luxusgut. Nur die wenigsten konnten es sich leisten. 1907 waren in ganz Westfalen gerade einmal 1500 Kraftfahrzeuge amtlich zugelassen. Sieben Jahre später, also am Vorabend des Ersten Weltkrieges, waren den Behörden erst 4000 Kraftfahrzeuge gemeldet.

Zwei Welten treffen sich

Manchem Arzt diente das Gefährt bereits als Nutzfahrzeug. Die meisten Eigentümer indes demonstrierten mit dem chromblitzenden Automobil Konsum, Luxus und Prestige. Fuhren sie damit durch ein Dorf, prallten Lebenswelten aufeinander – und unterschiedliche Geschwindigkeiten kamen sich in die Quere. Die meisten Menschen gingen ja zu Fuß, fuhren gelegentlich mit einfachen Kutschen oder pferdegezogenen Karren durchs Dorf. Diese Welt der Langsamkeit wurde von den Automobilen durchkreuzt – mit verheerenden Folgen. Uwe Fraunholz:

„In der auf öffentlichen Wegen stattfindenden Testphase störte der sportliche ‚Herrenfahrer', der rücksichtslos das Federvieh aufs Korn nahm, das an gemächlichere Tempi gewöhnte Geschwindigkeitsempfinden."

Kein normaler Autoverkehr, sondern ein frühes, organisiertes Autorennen: Die Aufnahme entstand um 1920 bei Winterberg.

Für Ärger sorgten überdies Geruch, Lärm und die damals viel zitierte „Staubplage" der Autos. Auf den meist unbefestigten Landstraßen wirbelten sie Staubwolken auf, die heute kaum mehr vorstellbar sind – es gab dort eben noch keinen „Flüsterasphalt" und zumeist auch kein Kopfsteinpflaster.
Fußgänger wurden zugestaubt oder nass gespritzt, Getreide- oder Kartoffelfelder zumindest an der Seite zur Straße hin so stark verdreckt, dass die Bauern um ihre Erträge fürchten mussten. Hausbesitzer entlang der Landstraßen ängstigten sich, dass ihre Häuser und Parzellen, die sie in der einst prominenten Lage an der Chaussee erworben hatten, an Wert und Ansehen verloren.
Hilflos versuchte die Dorfpolizei, die Lage in den Griff zu bekommen. In einer ländlichen Kleinstadt wie Halle am Teutoburger Wald wurde 1914 die Devise ausgegeben:
„Um der Verunreinigung der Häuser in hiesiger Stadt durch Kraftfahrzeuge wirksam entgegentreten zu können, ist es notwendig, dass jeder Fall der Beschmutzung möglichst in Gegenwart von Zeugen sofort festgestellt und gegen den Führer des Kraftfahrzeugs – Erkennungsnummer genau feststellen! – Strafantrag wegen Sachbeschädigung gestellt wird."

Fahrerflucht auf dem Lande

„Erkennungsnummer genau feststellen!" – In diesem Aufruf klingt bereits ein anderes Delikt an, das die Landbevölkerung neu kennenlernte: Unfallflucht. Bezeichnend war der folgende Fall, den die „Landwirtschaftliche Zeitung für Westfalen und Lippe" im Februar 1908 veröffentlichte. Unter der Überschrift „Automobilunfall" schilderte ein Landwirt Folgendes:
„Mein Knecht wurde beim Schlempefahren von einem Automobil überfahren und starb nach 40 Tagen im Krankenhause an seinen Verletzungen. Das betreffende Automobil ist nicht erkannt. Wer trägt nun die durch den Unfall entstandenen Kosten, welche sich auf rund 100 Reichsmark belaufen? Der Knecht war in der Krankenkasse, aber die sechswöchige Wartezeit war noch nicht abgelaufen."
Fälle wie diese waren keine Seltenheit. Preußische Polizeibeamte zählten auch diese Delikte penibel. So ist dem Statistischen Jahrbuch des Deutschen Reiches für 1906/07 zu entnehmen, dass Automobilisten nach jedem dritten (!) Unfall das Weite gesucht haben sollen. Sechs Jahre später geschah dies „nur noch" nach jedem zehnten Unfall.
Zurück blieben die Geschädigten mit ihrer Wut. Konservative Beobachter des Landlebens fürchteten bereits, die Sozialdemokraten könnten „die Auswüchse des Automobilwesens hauptsächlich zu ihrer Propaganda auf dem Lande nutzen".

„Nervenprickelnder Reiz"

Wenig später wurde der Entwurf eines Gesetzes bekannt, das die Haftpflicht zugunsten der Automobilisten regeln sollte. Komme eine Person zu Schaden oder werde sie getötet, sei die Haftpflicht der Autofahrer begrenzt, hieß es in dem Papier. Die sonst so gelassen berichtende „Landwirtschaftliche Zeitung für Westfalen und Lippe" verstand die Welt nicht mehr und fragte im Oktober 1908: Jedem soliden Fabrik- oder Gewerbebetrieb und jedem Landwirt werde selbst bei unverschuldeten Unfällen eine unbegrenzte Haftpflicht auferlegt – „dem Luxussport aber soll eine Begrenzung der Haftpflicht eingeräumt werden? Das wird hoffentlich nie die Zustimmung des Parlaments finden".
Hinter der Ungleichbehandlung witterte das Organ der Landwirtschaftskammer sogar eine besondere Vorliebe der Regierung für den Automobilsport. Zustimmend zitiert das Fachblatt einen Staatsanwalt, der das „übermäßig rasche Fahren" besonders beklagte. Das sei der „hauptsächlichste der Auswüchse

des Automobilwesens", aber mit einer viel zu geringen Geldstrafe belegt. „Glaubt man wirklich, dass diejenigen, die ein Vermögen für den Erwerb eines Automobils auszugeben in der glücklichen Lage sind, sich durch derartige Strafen davon werden abhalten lassen, dem eigenartigen, nervenprickelnden Reiz des verbotswidrigen Schnellfahrens zu frönen?"

„In einer riesenhaften Geschwindigkeit"

Die Atmosphäre war konfliktträchtig und drohte mancherorts in offene Gewalt umzuschlagen. Nicht wenige Zeitgenossen aber suchten und fanden legale Mittel, um sich des automobilen „Luxussports" zu erwehren. Anlieger organisierten Straßenwachen und notierten durchfahrende Automobilisten. Mancherorts bildeten sich sogar informelle Denunziantenvereine. In Stockum etwa, einer Ortschaft zwischen Bochum und Dortmund, wehrten sich die Bewohner gegen die „Staubplage" der durchfahrenden Autos, indem sie Vordrucke anfertigten, untereinander verteilten und später ausgefüllt in Stapeln der Polizei übergaben:

„Das Kraftfahrzeug ... fuhr am ... ds. Jahres ... Uhr ... Min. in der Richtung von ... nach ... durch die geschlossene Ortschaft Stockum in einer riesenhaften Geschwindigkeit, wobei es in ... Minute 1000 m zurücklegte. Da dies den gesetzlichen Bestimmungen widerspricht, so mache ich der Polizeiverwaltung Anzeige."

Die Bußgeldfalle im Hellwegdorf

Eine andere Taktik schlugen die Bewohner des Hellwegdorfes Westönnen bei Werl ein. Sie erwarben sich den zweifelhaften Ruf, eine der ersten Bußgeldfallen Deutschlands aufgebaut zu haben. Die Zahlen fielen schon auf:

- 1912 wurden 490 Autofahrer angezeigt, die zu schnell durch Westönnen gefahren waren – in ganz Westfalen gab es aber nur rund 2600 Autos. Und eine weitere verdächtige Zahl: 1912 flossen 3400 Mark an Strafgeldern in die Dorfkasse Westönnens.
- Zwischen April und Oktober 1913 summierte sich die Zahl der Strafanzeigen bereits auf 549, die Summe der Strafgelder auf 3140 Mark.

In keiner anderen Gemeinde der preußischen Provinz Westfalen wurden damals so viele Strafbescheide gegen Autofahrer ausgestellt. Und keine andere Landgemeinde bezog daraus so hohe Einnahmen. Der Rheinisch-Westfälische Automobilclub warnte seine Mitglieder, auf keinen Fall schneller als mit 20 km/h durch Westönnen fahren. Außerdem unterstellte der Club, dass die Bewohner des Dorfes eine Vergütung erhielten, wenn sie Autonummern notierten und der Polizei meldeten.

Die Regierung in Arnsberg ging dem Verdacht nach und wurde fündig. Tatsächlich zahlte die Gemeinde den Dorfbewohnern für jede „erfolgreiche" Anzeige Geld. Damit missbrauche die Gemeinde ihr Recht, schnell fahrende Autofahrer zu verfolgen, befand die Arnsberger Regierung. Sie entzog Westönnen dieses ortspolizeiliche Recht.

Im Februar 1914 kam dann auch noch das Dortmunder Landgericht zu einem Ortstermin nach Westönnen. Am Ende wurde dem Dorf der Status einer „geschlossenen Ortschaft" entzogen. Das bedeutete das Ende für „eine der strengsten Automobilkontrollen Westdeutschlands", wie eine Automobilzeitung jubelte.

Es dauerte lange, bis die Konflikte zwischen Autofahrern und Dorfbewohnern, zwischen gemächlich kutschfahrenden Bauern und staubenden „Automobilisten" entschärft wurden: durch den Ausbau der Landstraßen, durch bessere Polizeikontrollen, vor allem aber durch eine Verabschiedung eines Kraftfahrzeuggesetzes, das seinen Namen verdiente. Es regelte die offenen Fragen des Miteinanders und verpflichtete die „Automobilisten", Verantwortung für angerichtete Schäden zu übernehmen.

Tod in der Bauerschaftsschule

Ermen bei Lüdinghausen, 21. März 1917

Die Ermordung einer Dorflehrerin

„Zeichnet Kriegsanleihen!“ – „Der Sieg ist nahe!“ – „Französische Infanterie kriegsmüde!“ – „Unruhen in Russland!“

So und ähnlich lauteten die Zeitungsschlagzeilen, die im Frühling des Kriegsjahres 1917 die Bevölkerung in Westfalen in Atem hielten. Blätter wie die „Münstersche Zeitung“ warnten die hungernden Menschen vor „Kriegswucher mit Käse“, berichteten hysterisch von der Suche nach feindlichen Spionen oder meldeten die örtlichen Ausgabetermine für Haferflocken, „150 Gramm pro Kopf!“, und Sauerkraut, „Kopfmenge 1 Pfund“. Dass die Versorgung der Bevölkerung gesichert sei, hatte sich längst als Illusion entpuppt, als wertlose kaiserliche Kriegspropaganda.

Mit Dolchstichen ins Krankenhaus

Der triste Kriegsalltag wurde von einer Meldung durchbrochen, die auch noch die Illusion vom unberührt-friedfertigen Landleben platzen ließ: „Mordversuch in der Bauerschaft Ermen!“ In der Bauerschaftsschule Ermen bei Lüdinghausen, so erfuhren die hungernden Leser am 25. März 1917 aus der Morgenausgabe der „Münsterschen Zeitung“, sei ein Musiklehrer aus Duisburg in den Klassenraum eingedrungen. „Er brachte der Lehrerin mehrere Dolchstiche bei. Sie musste schwerverletzt zum Krankenhause gebracht werden“, heißt es in dem Blatt weiter, das es für nötig befand, auch die letzte Hoffnung noch zu rauben: Die Lehrerin werde „kaum mit dem Leben davonkommen“.

Viele Leser bangten damals mit und rätselten über den sonderbaren Fall, und gerätselt wird bis heute. Denn seltsamerweise sind Akten zu dem Mordanschlag in der Bauerschaftsschule nicht aufzufinden. Kein Verhörprotokoll, kein Bericht für den Staatsanwalt, keine Akte des Landgerichtes – nichts. Eine Lücke klafft selbst in den Unterlagen des Westfälischen Provinzialschulkollegiums.

Gewöhnlich legte es für jede noch so kleine Dorf- und Bauerschaftsschule Akten an, die heute im Landesarchiv in Münster aufbewahrt werden. Diese Akten sind überaus akribisch geführt. In ihnen ist nicht selten nachzulesen, ob der Weg zur Bauerschaftsschule befestigt war, wo der Holzofen stand und wie viele Bohnenstangen der Schulgarten zählte, vom detaillierten Werdegang der Lehrpersonen ganz zu schweigen. In der Akte zur Bauerschaftsschule in Ermen indes findet sich kein Bericht zum Verbrechen, nicht einmal eine Notiz – nur der dürftige Hinweis, dass Ende März 1917 eine neue Lehrerin namens Molkenbur den Unterricht in der Bauerschaftsschule übernommen

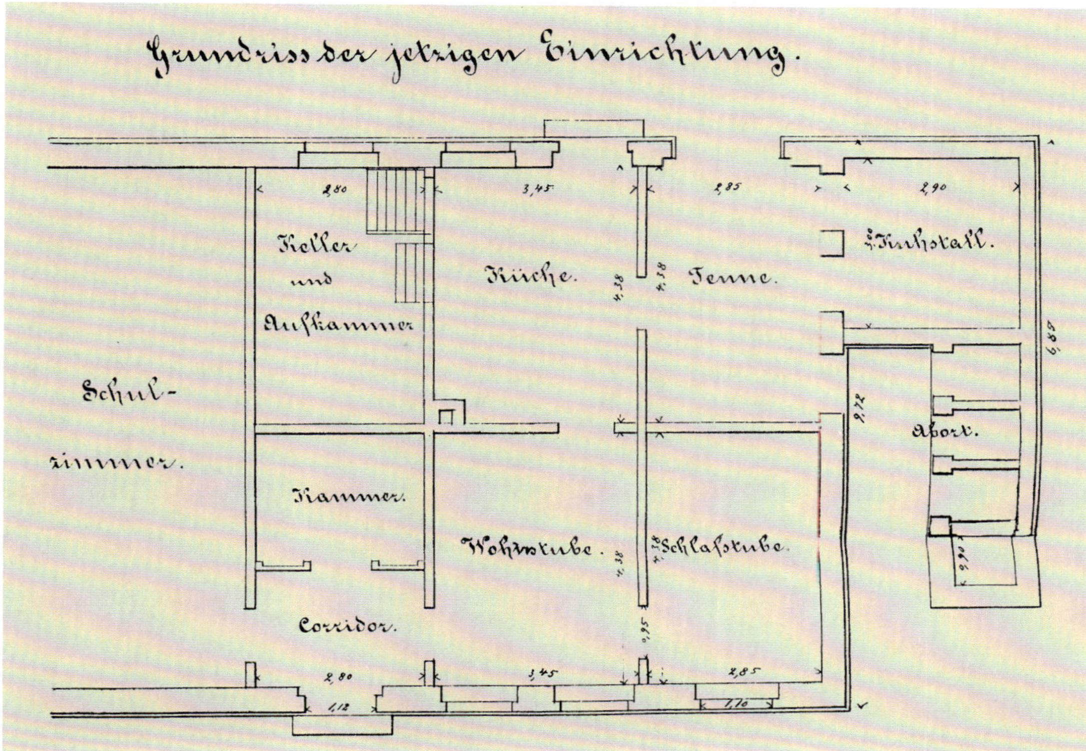

Der Tatort – ein Grundriss der Bauerschaftsschule aus dem Jahr 1881. Damals war die Schule, die 1811 erstmals erwähnt ist, erweitert worden. Die mörderische Tat spielte sich im „Schulzimmer" links ab.

habe. War das Sterben nach fast drei Jahren Krieg so allgegenwärtig im Land, etwa in den Todesanzeigen für die Gefallenen, die Hunger- und die Grippetoten, dass diese Mordtat kaum mehr für Aufsehen sorgte?

Eine junge Aushilfskraft

Die Todesanzeige der Familie sowie zeitgenössische Zeitungsberichte sind immerhin erhalten geblieben. Sie dokumentieren „die Kunde einer fluchwürdigen Mordtat", wie es in der „Lüdinghauser Zeitung" vom 24. März 1917 hieß. Demnach ergibt sich das folgende, lückenhafte Bild: Das Opfer der Gewalttat hieß Maria Sicking. Sie war 1895 geboren als Tochter eines Schulmeisters und seiner Frau, einer geborenen Streyl. Maria Sicking absolvierte die Ausbildung an der Volksschule, besuchte später das Lehrerinnenseminar und trat im Kriegsjahr 1916 in Ascheberg ihre erste Stelle als Aushilfskraft an. Dort sollte sie einen Lehrer namens Heeger vertreten, der zum Militärdienst berufen war.
Im Januar 1917 wurde die 21-jährige Frau in die Bauerschaftsschule nach Ermen bei Lüdinghausen versetzt. Kaum mehr als zwei Monate war sie dort als „Nebenlehrerin" tätig, gemeinsam mit dem „Hauptlehrer" namens Thiele. In dieser

kurzen, gut achtwöchigen Zeitspanne gewann Maria Sicking offenbar die Herzen der Bauerschaftsfamilien. „Durch ihren liebenswerten Berufseifer und ihr freundliches Wesen", so heißt es später im Nachruf, habe sie „das Vertrauen und die Zuneigung der ganzen Gemeinde erworben".

Die Tat eines „Nachstellers"?

Noch in Ascheberg hatte sie jenen jungen Mann kennengelernt, der ihr später nachstellte und sie umbrachte. Die „Münstersche Zeitung" stellte ihn als „Musiklehrer aus Duisburg" vor, „welcher schon längere Zeit die Lehrerin S. in der Bauerschaft Ermen mit Liebesanträgen verfolgte, ohne Gehör zu finden" – ein Verehrer also, der nach der Zurückweisung durch die junge Frau zum „Aufdringling" wurde, wie man damals sagte? War er ein „Nachsteller", ein „Stalker", wie es heute heißt?

Aus der örtlichen „Lüdinghauser Zeitung" erfuhren die Leser überdies, der Täter sei „ein überspannter junger Mensch aus Duisburg, namens Gerdemann, der vom Militär wegen Sonnenstichs entlassen ist". Dort hieß es auch, er habe sie seit der Zeit in Ascheberg „mit Zudringlichkeiten" verfolgt.

Dahinter dürfte sich mehr verborgen haben, als diese Formulierung vermuten ließ. Denn Maria Sicking hatte es für angebracht gehalten, die örtlichen Behörden über diese Art des Nachstellens zu informieren. Der örtliche Gendarmerie-Wachtmeister war ausdrücklich beauftragt, die Lehrerin zu schützen und sich in der Nähe der Schule aufzuhalten.

Die Tat ereignete sich am 21. März 1917. Die Schülerinnen und Schüler – zwischen 6 und 14 Jahre alt – waren aus allen Himmelsrichtungen in das kleine Schulgebäude gekommen. Insgesamt 70 Kinder waren in der Bauerschaftsschule angemeldet. Etwa die Hälfte der Kinder dürfte sich an diesem Morgen in dem Klassenraum Maria Sickings gedrängelt haben.

Die Lehrerin hatte den Unterricht gerade aufgenommen, als sie aus dem Klassenfenster den jungen Mann auftauchen sah, den sie aus Ascheberg kannte. „Voller Aufregung schickte sie drei ihrer Schulknaben durch das Schulfenster in die Nachbarschaft, damit sie eiligst den Wachtmeister holten", berichtete die „Lüdinghauser Zeitung" später. Doch der Wachtmeister war an diesem Morgen nicht so nah, wie er hätte sein müssen.

Der Täter drang in die Schule und in den Klassenraum ein. Vor den Augen der Schulkinder zückte er ein Messer und stach mehrfach auf die junge Lehrerin ein. Einige der Schulkinder sollen, wie Augenzeugen später berichteten, in Panik aus dem Fenster gesprungen sein und das Weite gesucht haben. Der herbeigerufene Wachtmeister traf ein und konnte noch am Tatort den Täter verhaften.

Das Messer im Rücken

Die Lehrerin war schwer verletzt. Sie wurde eilig ins Lüdinghausener Krankenhaus transportiert. Zehn Tage kämpfte sie um ihr Leben – ein Kampf, den sie schließlich verlor. Am 31. März 1917, zehn Tage nach dem Überfall und Attentat, starb sie „nach schwerem Leiden", wie die untröstlichen Eltern in der Todesanzeige schrieben. Sie wurde wenige Tage später in ihrer Heimatstadt Münster beigesetzt. Zuvor war sie in Gegenwart einer Gerichtskommission obduziert worden. Dabei „wurde noch die Spitze des Messers im Rücken vorgefunden", wie der Zeitungsbericht schaudernd notiert.

An die Tat, die laut Zeitungsbericht „die Gemüter der Bürger unserer Stadt in Aufregung versetzt" hatte, erinnerten sich noch Jahrzehnte später die damaligen Grundschulkinder. Wer aber war der Täter? Was hatte ihn zu dem Mord getrieben? Welche Strafe bekam er für die Tat? Diese Fragen werden wohl ungeklärt bleiben – wenn nicht doch noch an unerwarteter Stelle Dokumente zum Mordfall in Ermen auftauchen.

Der Junge von Kayhausen

Bei Kayhausen im Ammerland, 3. Juli 1922

Der Fund einer Moorleiche und die Geschichte ihrer Bergung und Erforschung

Der Torfstecher Fritz Roggemann zog mit Schaufel und Torfspaten ins Moor unweit der Ortschaft Kayhausen im Ammerland, nordwestlich von Oldenburg am Zwischenahner Meer. Roggemann wusste, was ihn erwartete. Das Vorschneiden einer Sodenreihe mit dem Schniedspaten, das Abstechen der Plaggen, das Aufheben und Aufstapeln: Seit wie vielen Jahren schon ging er dieser Arbeit nach? Hier kannte Roggemann jeden Trampelpfad, jeden Handgriff und jede Wetterlage. Kühl war es an diesem 3. Juli 1922. Das Wetter versprach ihm, mehr schaffen zu können als an den sonst im Moor so ungemütlichen heißen Sommertagen.

An diesem Tag aber kam alles anders. Gerade hatte Roggemann den Spaten neu angesetzt, da stieß er damit, etwa in Hüfthöhe unterhalb der Mooroberfläche, auf etwas Festes. Ein Findling war es nicht, dafür wiederum war der Widerstand zu weich. Waren es Äste oder Stämme längst versunkener Bäume?

Die Hände unter dem Körper gefesselt

Am Torfsoden, den er hochhob, erkannte Roggemann Knochensplitter und stoffähnliche Fetzen. Der Torfstecher legte den Spaten aus der Hand, kniete nieder und schob mit bloßen Händen die lockeren Torfreste beiseite. Was er bereits geahnt hatte und was ihn so vorsichtig hatte werden lassen, lag nach wenigen Handbewegungen vor ihm: eine Leiche mit hellweißer Haut, von einem Pelzumhang bedeckt, das Gesicht seitlich nach oben weisend, die Beine nebeneinander gestreckt.

Um zu sehen, was unter dem Korpus lag, drehte Roggemann ihn zur Seite. Die Hände der Moorleiche lagen sonderbarerweise nicht auf, sondern unter dem Körper. Dort steckten sie fest im Torfuntergrund. Sie rissen ab, als Roggemann den Korpus zu drehen versuchte.

Der Torfstecher beließ es dabei. Er deckte seinen Fund notdürftig zu und arbeitete erst einmal weiter. Schließlich war das Tagewerk noch zu erledigen. Für Roggemann war der Fall ohnehin klar. Die Leiche konnte keinem jüngeren Akt der Gewalt zum Opfer gefallen sein. Sie musste vielmehr schon lange tot gewesen sein. Sehr lange sogar – es war offenkundig eine weitere Moorleiche aus grauer Vorzeit, von denen die Torfstecher, Bauern und Naturkenner der Gegend so oft erzählten.

Roggemann sah also keinen Grund, die Polizei zu rufen. Noch am selben Abend verständigte er den Mitarbeiter eines Museums in Bad Zwischenahn. Wenige Stunden später erfuhr J. Martin davon, der Leiter des Staatlichen Museums für Naturkunde und Vorgeschichte in Oldenburg und ein Experte in Sachen Moor. Schon am nächsten Morgen reiste Martin an. Er fotografierte die Fundstelle und untersuch-

Der Mann, der den „Jungen" fand: Fritz Roggemann beim Torfstich im Kayhauser Moor

te die Leiche. Ihm fiel auf, dass die Oberarme neben dem Körper lagen, die Unterarme indes waren nach hinten auf den Rücken gedreht und dort zusammengebunden. Um den Hals waren Tuchstreifen geschlungen. War der oder die Tote das Opfer eines Verbrechens geworden?

Mehrere Stiche im Hals

Selten hat ein Fund so sehr die Fantasie der Forscher angeregt. Und selten ist – vor dem Eiszeitjäger „Ötzi" – ein Leichnam so oft, so intensiv und mit so verschiedenen wissenschaftlichen Methoden durchleuchtet worden.Der „Junge von Kayhausen", wie die Moorleiche nach dem Fundort später genannt wurde, ist eines der nachweislich ältesten Gewaltopfer in der Geschichte Nordwestdeutschlands. Wie jüngste wissenschaftliche Untersuchungen ergaben, dürfte er etwa im 3. oder 2. Jahrhundert vor Christi Geburt gelebt haben.
Der Leichnam war unmittelbar nach dem Fund 1922 noch fast weiß. Unter Luft und Licht färbte er sich binnen weniger Tage braun. Die Bergung

und der Transport aus dem Moor ins Museum kosteten freilich einige Tage und Umwege. Zunächst wurde die Leiche auf eine Karre gehievt. Roggemann fuhr sie auf Bitten der Museumsmitarbeiter nach Bad Zwischenahn. Die Weiterfahrt nach Oldenburg verzögerte sich, und so parkte die Leiche einige Tage in einer Zwischenahner Dorfgaststätte. Der seltene Gast sprach sich in der ländlichen Bevölkerung herum und lockte viele Schaulustige an. Manche sollen sogar nicht davor zurückgeschreckt sein, als Erinnerungsstück einen Fingernagel oder auch einige der abgetrennten Handknochen mitzunehmen.

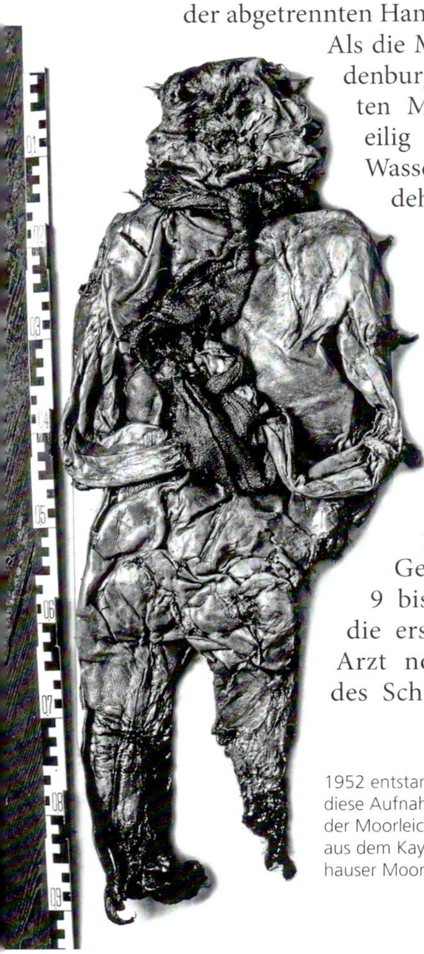

1952 entstand diese Aufnahme der Moorleiche aus dem Kayhauser Moor.

Als die Moorleiche endlich in Oldenburg angekommen war, sorgten Mitarbeiter des Museums eilig dafür, den Korpus mit Wasser, Glycerin und Formaldehyd zu sichern, um den Verfall aufzuhalten. Anschließend untersuchten sie den Pelzmantel und das Wollgewebe, mit dem die Unterarme des Leichnams gefesselt waren, während ein Mediziner den Leichnam in Augenschein nahm. 120 Zentimeter Körpergröße, männlichen Geschlechts, Alter etwa 9 bis 13 Jahre – das waren die ersten Ergebnisse, die der Arzt notierte. „Auf der Höhe des Schädels findet sich 10 bis 14 Zentimeter langes leicht gewelltes rotblondes Haar", heißt es in seinem Bericht. Entdeckt wurde unter anderem auch, dass der Junge eine Wunde am Arm aufwies. Außerdem fanden sich Spuren tödlicher Stiche am Hals.

In Wollgras verstrickt?

Bereits kurz nach dem Fund waren sich die beteiligten Wissenschaftler sicher, das Opfer einer Jahrtausende zurückliegenden Gewalttat vor sich zu haben. Der Oldenburger Museumsleiter J. Martin malte in einem Bericht aus, wie er sich die Tat im Moor vorstellte:
„Aus der Lage und dem Verlauf der Armwunde schließe ich, dass der Angegriffene mit dem hochgehobenen linken Arm Gesicht und Hals zu schützen suchte und die tödlichen Stiche in den Hals in dem Augenblick erhielt, als der verwundete Arm kraftlos niedersank. Nun, als die unselige Tat geschehen, packt den Mörder das Grauen vor der Rache seines Opfers. Er reißt demselben das Zeug vom Leibe, um den Toten damit zu fesseln, damit er nicht wiederkehre und ihn nachhole. Um den Ermordeten zu bannen, schleppt der Verbrecher die Leiche mit Hilfe der Tragevorrichtung ins Moor hinaus, wirft sie in einen Wassertümpel und drückt sie, wie die Verletzungen der Haut der Bauchdecke vermuten lässt, mittels einer Stange in das den Boden des Gewässers bedeckende Wollgras hinein, so dass sie sich mit Händen und Füßen darin verstrickt und ihrem Wiederauftreiben vorgebeugt ist."
Ob es sich tatsächlich so zugetragen hat? Niemand konnte das sagen. Für genau 30 Jahre legte sich Schweigen über die Moorleiche, die in Oldenburg aufbewahrt blieb.
Befragungen Roggemanns stellten immerhin klar, dass von einem Wassertümpel nicht die Rede sein konnte. Der Torf an der Fundstelle wies auf nichts dergleichen hin. Der Torfstecher, so hieß es in einem späteren For-

schungsbericht, habe „an der Fundstelle keine Abweichungen in der Struktur und Zusammensetzung des Torfs oder von der gewöhnlichen Ablagerungsweise des Torfs beobachtet". Die Leiche sei demnach „nicht in einen Wassertümpel gebracht, sondern in nasses Torfmoospolster gedrückt" worden.
1952 wurde die Moorleiche erneut untersucht, dieses Mal von zwei Medizinern des Pathologischen Institutes Oldenburg, die von Mitarbeitern des Museums begleitet wurden. Im Zuge der Untersuchung wurden erstmals auch Röntgenaufnahmen gefertigt. Sie erst verrieten, dass der rechte Oberschenkel der Moorleiche eine ungewöhnliche Haltung aufwies. Das Gelenk sei fehlerhaft und habe, so heißt es im Untersuchungsbericht, „eine entzündliche Vereiterung überstanden". Damit sei „kein normales Gehen" möglich gewesen. Zum Zeitpunkt der Tötung aber scheine „diese Erkrankung bereits abgeheilt gewesen zu sein".

Die Fantasie der Gerichtsmediziner

Die Tötung eines Kranken schien damit ausgeschlossen. Aber warum war der Junge dann ums Leben gekommen? „Über das Tatmotiv lässt sich aus gerichtsmedizinischer Sicht wenig sagen", fassten die beiden Mediziner zusammen, begannen dann aber doch zu spekulieren. Der Junge könnte Opfer einer rituellen Handlung oder auch eines Sexualdeliktes gewesen sein, heißt es in dem Abschlussbericht. Vielleicht auch sei „die Beseitigung des Opfers als Zeuge einer Straftat" im Spiel gewesen.
Nichts belegte diese Thesen. Es waren reine Vermutungen, die allein der Fantasie der Oldenburger Gerichtsmediziner entsprangen.
Immerhin konnten sie den Tathergang ein wenig aufhellen. Denn die Wunden, das hatte die Obduktion ergeben, liegen nah beieinander. Der Täter muss schnell, ja atemlos auf den Körper des Jungen eingestochen haben. Auch muss sich der Junge gewehrt haben. Das verrät die lange Wunde am linken Oberarm – „man stach von vorn in den erhobenen Arm", erklären die beiden Mediziner die Verwundungen. Und die Tuchstreifen um den Hals? Der Junge sei eindeutig erstochen und nicht erdrosselt worden, betonten die Gerichtsmediziner. Denn die Tuchstreifen am Hals wiesen keine Messerschnitte auf. Die unversehrten Streifen konnten also erst nach den Stichen um den Hals des Jungen gewickelt worden sein.
Eine dritte Untersuchungsreihe 1996 ergab, dass der Junge bei seinem Tod vermutlich nur siebeneinhalb Jahre alt war. Das lasen die For-

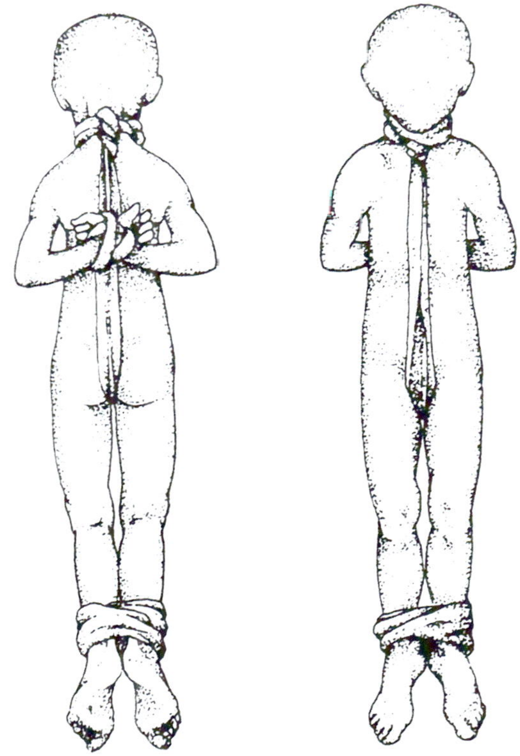

Der „Junge von Kayhausen" war auf ungewöhnliche Weise gefesselt.

scher mit neuesten Methoden aus dem erhaltenen linken Oberkiefer der Moorleiche und an den Zähnen heraus. Außerdem gelang es ihnen, den Inhalt des Magens und des Darms zu bestimmen. Demnach wurden Samen, Kerne oder Reste von Wildäpfeln, Ampferknöterich, Ackerspörgel und Weißer Gänsefuß gefunden, außerdem Reste von Nahrungspflanzen wie Rispenhirse, Emmer, Dinkel und Weizen, vor allem aber von Leinsamen. Dieses Gemisch sei „die normale Ernährung der vorrömischen Eisenzeit in Niedersachsen", lautete das bündige Urteil der Forscher.

Die letzte Speise des Jungen

2010 wurde der „Junge von Kayhausen" zum bislang letzten Mal im Universitätsklinikum in Hamburg-Eppendorf von einem Team von Biomechanikern, Radiologen und Pathologen untersucht. Eines der wichtigsten Ergebnisse: Die Hüftgelenke waren offenbar doch nicht erkrankt, der Junge hat also nicht gehumpelt. Damit entfällt eine frühere Spekulation zum Tatmotiv. Der Siebenjährige war gesund. Spuren am Körper belegen lediglich, dass er Mangelphasen und/oder Infektionskrankheiten überstanden hat – „die aber für die Zeit um Christi Geburt in Nordeuropa sicher keine Ausnahme darstellen", urteilen Frank Both und Mamoun Fansa vom Oldenburger Museum für Naturkunde.
Warum aber wurde der Junge getötet, gefesselt und im Moor beigesetzt? Darauf wissen die beiden Museumsexperten nach all den Untersuchungen über Jahrzehnte hinweg noch immer keine Antwort. „Das Motiv ist ohne Spekulation auch heute nicht zu klären." Und sie weigern sich, „aus Unwissenheit heraus", wie sie schreiben, die Zahl der Motive auf zwei – Mordopfer oder Kult – zu begrenzen. Vielleicht finden Wissenschaftler der Zukunft eine andere Lösung.

Leichen im Moor

Moore sind Archive der Natur. Vor allem in Hochmooren, über viele Jahrhunderte gewachsen, herrschen Bedingungen, die organische Materialien von Pflanzen, Tieren und auch Menschen über Jahrhunderte und Jahrtausende hinweg konservieren können. Die chemischen Prozesse sind bis heute nicht vollständig geklärt. Der Luftabschluss und die saure Wirkung des Moorwassers spielen dabei eine wichtige Rolle, ebenso auch Inhaltsstoffe aus den Torfmoospflanzen, die antimikrobiell und sogar auch mumifizierend wirken. Das Ergebnis halten Archäologen regelmäßig in Händen: Waffenreste, Radachsen, Reste von Bohlenwegen, sogar vollständig erhaltene Boote.
Richtig datiert und gedeutet, erzählen diese Funde vom Alltag der Menschen früherer Jahrhunderte und Jahrtausende: von Krieg und Frieden, vom Handel und Verkehr sowie auch von religiösen Kulten. Zu den besonders aussagekräftigen Funden zählen sterbliche Überreste von Menschen. In Niedermooren haben sich von den Toten kaum mehr als Skelette erhalten. Nur in Hochmooren sind sie günstigstenfalls als Leichen mumifiziert. Diese Mumien gelten nach allgemeinem Verständnis als „Moorleichen" und üben bis heute auf viele Beobachter eine starke Faszination aus.
Der älteste schriftliche Hinweis auf solch einen Fund stammt aus dem 17. Jahrhundert. Seither, so wird geschätzt, sollen in europäischen Mooren zwischen 500 und 1000 Moorleichen gefunden worden sein. Die Zahl lässt sich kaum präzise ermitteln. Zum einen ist die Überlieferung oftmals unsicher. Zum anderen wurden viele Moorleichenfunde bis weit ins 19. Jahrhundert gar nicht erst bekannt. Vielmehr wurden die sterblichen Überreste von den Anwohnern der Moorgegenden stillschweigend auf Friedhöfen bestattet. War dies ein Ausdruck zeitgenössischer christlicher Frömmigkeit, so spiegelte sich in dem Brauch, Teile der Mumien zu entnehmen

und daraus ein Heilmittel („Mumia“) herzustellen, ein starker, zeitweise weit verbreiteter Aberglaube.
Die meisten der bekannten und in der Forschung gut dokumentierten Moorleichen wurden in einem Kerngebiet gefunden, das sich von Dänemark über den Nordwesten Deutschlands bis in die nördlichen Niederlande erstreckt. Weitere Funde stammen aus dem Alpenraum und aus Skandinavien, aus England und Irland sowie aus dem östlichen Europa.
Die Mehrzahl der Funde stammt aus dem Jahrtausend zwischen 500 v. Chr. und 500 n. Chr.
Die ältesten menschlichen Überreste aus Mooren werden sogar in die Zeit des Neolithikums (6. bis 2. Jahrtausend v. Chr.) datiert. Die jüngsten indes gelangten noch im 19. Jahrhundert an ihren späteren Fundort.
Handelt es sich bei den Moorleichen durchweg um die Opfer von Unglücksfällen? Oder von sexueller Gewalt? Waren es rituelle Menschenopfer, mit denen eine Gottheit gnädig gestimmt werden sollte? Sind es die Leichen hingerichteter Straftäter?
Eine für alle Funde geltende Erklärung gibt es nicht. Bei vielen Moorleichen, insbesondere aus jüngerer Zeit, handelt es sich um Menschen, die sich in den Mooren verirrt haben, die dort verunglückt sind oder bestattet wurden.
Nicht wenige Moorleichen aber tragen Spuren von Gewalt. Sie finden sich beim „Jungen von Kayhausen“, ebenso auch beim berühmten „Lindow Man“, der 1984 unweit von Manchester entdeckt wurde. Er muss auf mehrfache Weise getötet worden sein, denn an seinem Körper finden sich die Spuren einer Strangulation, von Schlägen einer harten Waffe auf seinen Hinterkopf sowie eines Messerschnittes durch die Kehle.
Moorleichen können nicht nur Opfer von Gewalttaten sein, sondern auch zu deren Aufklärung beitragen. Das zumindest zeigt eine sonderbare Episode aus der Vorgeschichte des „Lindow Man“.

Moorlandschaft im Winter – die Aufnahme entstand am Großen Torfmoor bei Hille.

Drei Monate vor seinem Fund wurde in der Nähe des späteren Fundortes der Schädel einer Frau gefunden. Die Polizei nahm an, dass es sich um den Kopf einer Person handelte, die seit 1960 in der Nähe als vermisst galt. Als der Ehemann der Vermissten mit dem Fund konfrontiert wurde, gestand er, seine Frau ermordet und vergraben zu haben.
Nach diesem Geständnis untersuchten Oxforder Wissenschaftler den Schädel. Es stellte sich heraus, dass die Frau in der römischen Kaiserzeit gelebt haben muss und der Schädel rund 1700 Jahre alt war.

Ein Mörder, der zum Opfer wurde

Im Wald bei Bösingfeld in Lippe, 28. Dezember 1922

Die Ermordung des lippischen Zieglers Josef Dörenkamp

In einem Waldstück unweit des Gutes Jägerborn bei Bösingfeld im Lippischen finden Jäger am 30. Dezember 1922 einen unbekannten Toten. Er weist mehrere Messerstiche auf. Die Polizei kann den Toten identifizieren und binnen weniger Tage auch den Täter ermitteln. Der Mann, ein Schlosser aus Lippe, wird wenig später wegen Raubmordes zu einer Todesstrafe verurteilt und bald darauf zu lebenslanger Haft begnadigt.

Damit hätte es sein Bewenden haben können. Es wäre ein Fall wie ungezählte andere in jenen Jahren geblieben, wenn nicht der Täter seinerseits Opfer geworden wäre: Knapp 20 Jahre nach der Tat geriet er in die Zangen der Nazi-Diktatur und starb unter ungeklärten Umständen im Konzentrationslager Buchenwald.

Die Lohntüte führt zum Täter

Doch kehren wir zunächst zurück an den Tatort, in den Wald am Gut Jägerborn im Lippischen: Der Tote hieß Josef Dörenkamp. Laut Eintrag auf der Lohntüte hatte er in einer Ziegelei in Altendorf an der Ruhr gearbeitet. Bei diesem Arbeitgeber erfuhren die polizeilichen Ermittler, dass der Tote aus Berg im Kreis Erkelenz stammte und gemeinsam mit einem Arbeitskollegen gekündigt hatte. Und sie erfuhren

Die Detmolder Staatsanwaltschaft hat 1923 versucht, den Weg des Täters und des Opfers zum Tatort im Wald am Gut Jägerborn zu rekonstruieren. Diese nachgestellten Szenen wurden in Fotografien für die Ermittlungsakte festgehalten.

noch mehr: Der Arbeitskollege hieß Julius Reineke, war Schlosser und stammte aus Bösingfeld in Lippe. Dorthin wollten sich die beiden gemeinsam auf den Weg machen, um in der Nähe eine neue Arbeitsstelle zu suchen.

Die Ermittler brauchten nicht lange, um Julius Reineke ausfindig zu machen. Er wohnte bei seinen Eltern in einer Siedlung östlich von Bösingfeld, nur fünf Kilometer Luftlinie vom Fundort des Toten entfernt.

Am Neujahrstag des Jahres 1923, 48 Stunden nach der Entdeckung des Toten, wurde Reineke verhaftet. Zunächst stritt er alles ab. Doch dann fand die Polizei in der Wohnung seiner Eltern ein Taschenmesser des Toten, seine Taschenuhr und sogar auch dessen Brieftasche.

Reineke räumte die Tat nun ein. Er sei mit Dörenkamp nach Lippe gekommen. Sie hätten auf der Fahrt getrunken. Unter Alkoholeinfluss sei das eine und andere böse Wort gefallen. Sie seien aneinandergeraten, schließlich habe er seinen Kompagnon im Streit erstochen.

Im Wald in die Irre geführt

Polizei und Staatsanwaltschaft zeichnen später vor Gericht ein anderes Bild. Reineke habe sein Opfer bewusst überredet, mit ihm nach Lippe zu kommen. Reineke habe ihn in das entlegene Waldstück geführt: in voller Absicht, ihn zu töten und zu berauben.

Die Anklage vor dem Landgericht Detmold lautete auf „vorsätzliche Tötung eines Menschen". Darauf stand nach § 211 des Strafgesetzbuches die Todesstrafe – vorausgesetzt, die Tötung war „mit Überlegung ausgeführt".

Am 7. März 1923 fand das Verfahren in Detmold statt. Bis auf den letzten Platz war der Gerichtssaal besetzt. Die Zeitungen hatten vorab ausführlich über den Fall berichtet und so das enorme öffentliche Interesse befeuert.

Im Schlussplädoyer befand der Oberstaatsanwalt, der Angeklagte sei des Mordes schuldig. Dessen Verbrechen sei „das grauenhafteste, das in Lippe je ausgeführt wurde", ein „Schulbeispiel des Raubmordes". Und außerdem: „Er hat sich mit seiner Tat außerhalb der menschlichen Gesellschaft gestellt. Ich beantrage auf Todesstrafe gegen ihn zu erkennen."

Das Schwurgericht schloss sich diesem Plädoyer an und verhängte die Todesstrafe gegen Reineke. Eine Revision, von Reinekes Rechtsanwalt beantragt, wies das Reichsgericht in Leipzig am 28. Mai 1923 ab. Die Todesstrafe war zu vollstrecken. Dennoch wurde sie gut drei Wochen später ausgesetzt. Die lippische

Landesregierung um Heinrich Drake (SPD), einem Gegner der Todesstrafe, begnadigte Reineke am 23. Juni 1923 und verhängte eine lebenslange Haftstrafe.

„Die Bestie will Blut sehen"

Wie schon die Tat und der Prozess, so löste diese Begnadigung ein erhebliches öffentliches Echo aus. Die „Lippische Landeszeitung" kritisierte die Entscheidung Drakes scharf: „Ein Kapitalverbrechen schlimmster Art, ein Raubmord, wie er vorbedachter und bestialischer seit vielen Jahrzehnten noch nicht verkommen ist, bleibt damit ohne die vom Strafgesetzbuch vorgesehene Sühne." Die Entscheidung, die Todesstrafe für Reineke auszusetzen, sei von „theoretischen Ansichten" geleitet. Sie sei überdies herbeigeführt von einem Gremium, das „in der Mehrheit aus grundsätzlichen Gegnern der Todesstrafe" bestehe. Das zielte auf die SPD, die die Todesstrafe seit Langem ablehnte und deren Abschaffung 1921 in ihrem Görlitzer Programm ausdrücklich forderte.
Um die Vorwürfe zu entkräften und die aufgeheizte Stimmung zu entschärfen, ließ die Detmolder Landesregierung am 27. Juli 1923 eine Erklärung veröffentlichen. Ihr Entschluss, so hieß es in dem Dokument, beruhe „weder auf grundsätzlicher Gegnerschaft zur Todesstrafe noch auf irgend einer anderen grundsätzlichen oder theoretischen Einstellung oder Überzeugung". Vielmehr seien der Entscheidung eine sorgfältige Durchsicht der Akten, eine Anhörung der beteiligten Richter, des Landgerichtspräsidenten sowie des Oberstaatsanwaltes und schließlich eine „sehr eingehende Beratung" vorausgegangen. „Gefühle und Stimmungen jeder Art waren ausgeschaltet." Und schließlich: „Bei seiner Entscheidung hatte das Landespräsidium nicht auf die Mehrheit des Landtags zu schielen, sondern selbständig aus und mit eigener Verantwortlichkeit zu urteilen. Das ist geschehen."
Der in die Ecke gedrängten Landesregierung um Heinrich Drake sprang das „Volksblatt", das Organ der lippischen Sozialdemokratie, zur Seite. „Die Bestie hat Blut geleckt", eröffnete das Blatt seinen Angriff auf die konkurrierende „Lippische Landeszeitung". Ihrer emotionalen Angriffe wegen wurde sie als „kläffender Hund" tituliert, als „Blatt der Sensation, der Stimmungen, der Gefühlsergüsse, des persönlichen Kampfes in jeder Form", das „die blödesten Instinkte einer jeden Morgen dem neuen Klatsch und Tratsch entgegenharrenden Leserschaft" bediene. Der Artikel schloss mit den Worten:
„Und die Bestie, die Blut verspürt, es aber nicht zu sehen bekommt, sie wird sich austoben." Das war eigentlich beruhigend gemeint, sollte sich aber als treffsichere Prophetie erweisen.

Durch die Zuchthäuser des Landes

Im Sommer 1923 wurde Reineke zunächst in das Zuchthaus der preußischen Provinzialhauptstadt Münster gebracht, im April 1932 in die Strafanstalt Celle verlegt. Im Juli 1933 versuchte der Vater zu erreichen, dass die im Wortsinn lebenslange Zuchthausstrafe seines Sohnes zeitlich begrenzt werde. Das wurde von der Lippischen Landesregierung ebenso abgelehnt wie – fünf Jahre später – auch vom Reichsjustizministerium. Unterdessen waren die Nazis an die Macht gekommen. Grundprinzipien des Rechtsstaates waren bedroht, bereits aufgehoben oder in ihr Gegenteil verkehrt. Als Grundlage des Rechts wurden das „gesunde Volksempfinden", die „Reinheit des Volkes" und der „besondere Schutz der Volksgemeinschaft" beschworen.
Die Hürden, eine Todesstrafe zu verhängen, wurden schrittweise gesenkt, vor allem mit Beginn des Krieges. Anfang September 1939 galt die Todesstrafe nicht mehr nur für Mörder und Gewalttäter, sondern bereits für Plünderer und Brandstifter. Im Dezember 1939 wurden schon

sämtliche „Gewalttaten mit der Waffe“ mit der Todesstrafe bewehrt – als „Waffe“ konnte dabei schon ein Faustschlag durchgehen. Auch wurden inhaftierte Schwerverbrecher, über die ein Urteil längst gesprochen war, noch einmal verurteilt, entgegen allen juristischen Grundsätzen.

Die Strafen rückwirkend verschärft

Längst verurteilte Strafgefangene wurden überdies in einem Akt rückwirkender Strafverschärfung der Polizei und der SS überlassen. Aus den Haftzellen des gewöhnlichen Strafvollzugs wurden sie – schätzungsweise insgesamt 20 000 Personen – in Konzentrationslager überstellt. Für die meisten kam das einem Todesurteil gleich.
Die „Ausmerze“ und „Vernichtung durch Arbeit“ war letztlich das Ziel der systematischen Überstellungsaktionen. Sie umfassten in den Haftanstalten zunächst rassisch Verfolgte wie Juden oder Sinti und Roma, dann Russen und Ukrainer, dann polnische Häftlinge, dann alle Zuchthausinsassen mit Sicherheitsverwahrung. Dieser „generellen Abgabe“, wie die Aktion im NS-Bürokratendeutsch verharmlost wurde, folgte eine „individuelle Abgabe“. Sie betraf politische Gefangene sowie alle Schwerkriminellen, die wegen Vergewaltigung, Raub oder Mord zu längeren Haftstrafen verurteilt waren.

Tod im KZ Buchenwald

In diese Gruppe fiel auch Julius Reineke. Er wurde im Juni 1943 aus dem Zuchthaus Celle abgeführt und in das KZ Neuengamme transportiert, von dort am 14. Oktober 1944 in das KZ Buchenwald. Dort starb er vier Wochen später, am 17. November 1944, unter nicht geklärten Umständen. Als Todesursache ist offiziell „Lungen- und feuchte Rippenfellentzündung“ angegeben.

NS-Opfer: Eine neue Sicht

Strafgefangene als Opfer des Nationalsozialismus? Diese Sichtweise sei relativ neu, hebt Lars Lüking hervor. Er ist Historiker und Archivar im Landesarchiv NRW in Detmold und hat den Fall Reineke erforscht – auf seine Recherchen stützt sich die hier gebotene Darstellung des Falles. „Lange Zeit“, so Lüking, „galt die Meinung, dass die NS-Justiz abseits des politischen Strafrechts überwiegend ‚normal‘ gearbeitet und Grausamkeiten und Terror der Polizei und der SS überlassen hätte.“ Tatsächlich aber waren die Verhältnisse verwickelter. Das zeigt der Fall des lippischen Mörders Julius Reineke. Einerseits sei er 1923 „in einem ordentlichen rechtsgültigen Verfahren verurteilt worden“, unterstreicht Lüking. Andererseits stelle die Übergabe des Strafgefangenen an die Polizei und die Überführung in ein KZ „eine Art ‚rückwirkender Strafverschärfung‘ dar, die einem erneuten Todesurteil gleichgekommen sei“. Reinekes Tod im KZ Buchenwald sei „eine direkte Folge nationalsozialistischer Terrormaßnahmen“. Es spreche also vieles dafür, so Lüking, „solche Personen als Opfer des Nationalsozialismus zu sehen und sie zum Beispiel auf entsprechenden Gedenktafeln oder in Gedenkbüchern aufzunehmen“.
Im Jahr 2013 hat die Stadt Detmold den Anstoß aufgenommen und an der Gedenkstätte für die NS-Opfer eine Namenstafel ergänzt. Sie erinnert seither auch an drei Strafgefangene, die 1943 aus der Sicherungsverwahrung in Konzentrationslager überwiesen wurden und innerhalb kurzer Zeit zu Tode kamen.

Der Seher und die Sonnenmonstranz

Münster, Dezember 1923

Das Verschwinden eines Domschatzstücks und die „Ermittlungen" des Hermann Heinrich Hempelmann (1869–1933)

Ein Automobil holpert über die Sandwege der Bauerschaft Holsen bei Bünde, unweit von Herford. Die Karosse hält vor dem Kotten des Kleinbauern und Zigarrenmachers Hempelmann. Ein schwarz gewandeter Mann steigt aus, klopft an die Tür und spricht mit dem Hausherrn. Hempelmann solle sofort mit nach Münster kommen, es sei ein Diebstahl aufzuklären. Eine Monstranz aus purem Gold, reich besetzt mit Edelsteinen, sei aus dem Dom gestohlen worden. Ihr Wert werde auf zwei Millionen Mark geschätzt. Die Polizei tappe im Dunkeln. Nun solle er, Hempelmann, den Domkapitularen helfen.

Eine Vision im Dom?

Diese Geschichte erzählte Hermann Heinrich Hempelmann (1869–1933) im Frühjahr 1932 vor dem Bielefelder Landgericht. Er musste sich dort wegen Meineids und Betruges verantworten.

Hempelmann stand damals weit über Westfalen hinaus in dem Ruf des „Sehers von Holsen". Er gab vor, Brände oder Unglücke vorhersehen zu können – und viele glaubten ihm. Sehr viele sogar. Täglich sollen bis zu 100 „Gläubige" in den 1920er- und frühen 1930er-Jahren in die Bauerschaft Holsen bei Bünde gekommen sein, um gegen Geld Rat und Hilfe des „Sehers" zu suchen.

Unter ihnen soll auch jener Domkapitular aus Münster gewesen sein. Hempelmann erzählte vor Gericht weiter: Er sei mit dem Bittsteller nach Münster gefahren, habe im Dom die Sakristei und andere Räume besichtigt und habe dann auch eine Vision gehabt. An einer Wand des Gotteshauses sei ihm eine Nonne erschienen. Die Ordensfrau habe ihm mitgeteilt, sie sei mit einem Mann durchgebrannt. Sie hätte nach Amerika auswandern wollen, sei aber in Berlin zu finden.

Hempelmann berichtete, dass er diese „Vision" seinerzeit den anwesenden Domkapitularen mitgeteilt habe. Sie sollen es als Spur zur verschwundenen Goldmonstranz gedeutet haben. Einer der Geistlichen habe sich für den Hinweis bedankt und ihm einen Briefumschlag in die Hand gedrückt. Darin, so Hempelmann, hätten 7000 Mark gesteckt – damals eine unvorstellbar hohe Summe. Sollte die Monstranz tatsächlich gefunden werden, seien ihm, Hempelmann, weitere 50 000 Mark zugesagt worden.

Die gestohlene Monstranz

Nach einer älteren Beschreibung war das sakrale Wertstück 66,6 Zentimeter hoch, bestand aus Gold und vergoldetem Silber und war 1674/78 gefertigt worden. Die dreieckigen und geschwungenen Goldzungen erinnerten Zeitgenossen an die Strahlen einer Sonne und trugen dem Stück den Beinamen „Sonnenmonstranz" ein. Am Fuß befand sich das Wappen von Christoph Bernhard von Galen, Fürstbischof von Münster (1606–1678). Er hatte die Monstranz anfertigen lassen und testamentarisch dem Dom zu Münster überlassen. Außerdem hatte er bestimmt, dass ihr Schmuck aus dem Galen'schen Familienerbe angehängt werden solle. 23 Schmuckteile einer Damenhalskette aus dem späten 16. Jahrhundert waren angebracht. Oberhalb des Fußes ragten aus Gold getriebene Zweige und Blätter seitlich heraus. An ihnen hingen zwei frühere, mit Edelsteinen besetzte Ohrgehänge.

1737 hatte ein Graf namens Johann Karl von Sparr einen Diamantring einarbeiten lassen. Ein anderer, der anonym bleiben wollte, hatte dem Domkapitel einen echten Rubin überlassen, so groß wie eine Murmel. Der Rubin solle wie der Ring „zu mehrerer Zierde der Monstranz zierlich daran gefasst werden".

Die Monstranz wurde gut 200 Jahre lang in der Schatzkammer des Domes aufbewahrt, die sich im Keller des Nordturmes befand. Seit 1885 wurde das millionenschwere Goldstück in Tresoren in der Sakristei der Bischofskirche eingeschlossen. Bis heute weiß niemand, wo die Monstranz geblieben ist.

Seit 1923 spurlos verschwunden: Die „Sonnenmonstranz" aus dem Dom zu Münster. Das Stück bestand aus Gold und vergoldetem Silber und war mit einem Rubin und einem Diamanten besetzt.

So weit die Aussage Hempelmanns vor dem Bielefelder Schwurgericht – doch was hatte es mit der verschwundenen Goldmonstranz auf sich? Und warum glaubte der unbekannte Domkapitular, dass ihm ausgerechnet ein Kleinbauer aus der Provinz weiterhelfen könnte? Wer war der Mann überhaupt?

„Wo die Leiche im Wasser liegt"

Hermann Heinrich Hempelmann wurde am 14. Juli 1869 geboren als Sohn der Eheleute Hermann Heinrich Hempelmann, genannt Bockmeier, und seiner Ehefrau Anne Margarethe Kleine Doepke. Die Eltern besaßen in der Bauerschaft Holsen bei Bünde eine Kleinbauernstelle mit etwas Land. Um 1900 hatte er das Erbe des elterlichen Anwesens angetreten, das unweit der ländlichen Bahnstation lag – eine der Voraussetzungen für den späteren Ansturm der Gläubigen.
„Holsen Hinnerk", wie ihn seine Nachbarn nannten, war mit der knapp drei Jahre jüngeren Johanne Haubrock aus dem Nachbarort Klein-Aschen verheiratet. Aus der Ehe waren zwischen 1901 und 1914 sieben Kinder hervorgegangen. Viele hungrige Mäuler und wenig Land: Die Hempelmanns konnten da jeden Pfennig gut gebrauchen.
Offiziell verdingte sich Hermann Heinrich Hempelmann als Kleinbauer und „Zig. Arbt." (Zigarrenarbeiter), wie auf der Meldekarte der Amtsverwaltung Ennigloh vermerkt ist – also als Zigarrenwickler in Heimarbeit, so wie es viele der rund 300 Einwohner Holsens damals ebenfalls waren.
Einige Jahre nach der Hochzeit hatte sich Hempelmann eine weitere Einnahmequelle erschlossen: das Kartenlesen und die Hellseherei. Viele Zeitgenossen nahmen ihm das ab und sagten ihm eine charismatische Ausstrahlung nach. Im Wechselspiel mit dem Glauben seiner Anhängerschar wurde aus dem Kleinbauern und Zigarrenwickler der „Seher aus Holsen",

Hermann Heinrich Hempelmann (1869–1933) sorgte als „Seher von Holsen" in den 1920er-Jahren weit über Westfalen hinaus für Gesprächsstoff. Die Aufnahme entstand um 1930 auf einem Familienfest.

der Dinge zwischen Himmel und Erde sehen könne, von denen die meisten nichts wüssten.
Hempelmann selbst sagte von sich: „Ich sehe das alles: wie der Mann von der Kugel getroffen wird und umfällt, wo das Gestohlene versteckt ist und wo die Leiche im Wasser liegt" – so hat es sein späterer Rechtsanwalt, der aus Ovenstädt bei Petershagen stammende Jurist Ernst Heinrich Wilhelm Meyer überliefert.
Diese Mär bescherte Hempelmann eine täglich wachsende Kundschaft, die bereit war, an den Mann zu glauben und ihn für seine Auskünfte auch zu entlohnen. „Arbeiter und Bauern, Beamte und Angestellte, junge Liebespaare und

verheiratete Frauen: Sie alle zogen gen Holsen, saßen in dem kleinen Wahrsagezimmer und waren gespannt auf die Mittel und Wege, die Holsen Hinnerk ihnen weisen sollte, um dem Schicksal einen Streich spielen zu können." Mit diesen Worten berichtete im März 1932 eine Bielefelder Tageszeitung über den Mann aus Holsen, dessen Ruf zu diesem Zeitpunkt längst über die Bauerschaft und die Provinz hinausstrahlte.

Sonderbare Fälle wurden ihm aus dem gesamten nordwestdeutschen Raum zugetragen: aus den bürgerlich-städtischen Schichten Bielefelds oder Osnabrücks ebenso wie aus den ländlichen Lebenswelten Westfalens, aus dem näheren protestantisch geprägten Umland ebenso wie aus dem weiter entfernt liegenden katholischen Milieu Nordwestdeutschlands.

Der Angeklagte glaubt an sich

Manche Fälle wirken aus der Rückschau harmlos – und mehr noch: Sie wirken so banal, dass sie der Nacherzählung kaum würdig erscheinen. Für manche Holsen-Pilger und Anhänger des Sehers aber waren die Episoden gerade wegen ihrer Banalität glaubwürdig und wurden inbrünstig weitererzählt. Verlorene Eheringe seien vermeintlich „aus dem Nichts" wieder aufgetaucht, weil Hempelmann es in seinen Karten gelesen habe, hieß es. Ein Bauer habe aus dem Mund des Sehers erfahren, wo er den gestohlenen Bienenstand wiederfinden könne. Ein Dorflehrer, der Hempelmann hereinlegen wollte, soll nur aufgrund des vermeintlich strengen Blicks des Sehers enttarnt worden sein. Hempelmann könne Brände oder andere Unglücke vorhersagen, er finde Diebe, spüre Hehlerware auf – und so weiter. Im ländlichen Westfalen, das viele Geschichten der „Spökenkieker" kannte, wurde dergleichen gerne erzählt: schaudernd von den einen, glaubensinnig von den anderen.

Von den Fehlschlägen und sonderbaren Machenschaften Hempelmanns erfuhren die meisten erst, als er vor Gericht stand. Bereits in den 1920er-Jahren hatte das Amtsgericht in Bünde versucht, ihm das Handwerk zu legen und ihn wegen Betruges zu drei Monaten Gefängnis verurteilt. Doch das Landgericht Bielefeld hatte ihn bald darauf freigesprochen, „weil man annehmen müsse, dass der Angeklagte selbst an seine Fähigkeit des Zweiten Gesichtes glaube".

Wegen Meineid vor Gericht

1932 stand Hempelmann ein weiteres Mal vor Gericht. Dieses Mal lautete der Vorwurf auf Meineid. Dahinter verbarg sich der folgende Fall: Ein Landwirt aus Ibbenbüren hatte bei einem schweren Unfall eine Kopfverletzung davongetragen und litt in der Folge unter psychischen Zwangsvorstellungen. Er wurde alkoholkrank und war der festen Überzeugung, seine Frau betrüge ihn. Der Landwirt hatte von Hempelmann gehört und dessen Rat gesucht. Der bestätigte dem Mann, dass sich dessen Frau „auf Abwegen" befinde – was nachweislich nicht stimmte, sondern von Hempelmann nur „gesehen", sprich: frei erfunden war.

Dieser Riss zwischen den bäuerlichen Eheleuten aus Ibbenbüren konnte nicht mehr gekittet werden. Ihre Ehe wurde geschieden. Wer aber war für wen unterhaltspflichtig? Bei der Beantwortung dieser Frage spielte Hempelmann eine dubiose Rolle, befand später das Bielefelder Schwurgericht.

Der Ibbenbürener Landwirt habe einen Offenbarungseid geleistet und erklärt, er habe von Hempelmann 15 000 Mark als Darlehen erhalten. Es sei sogar als Hypothek auf dem Hof eingetragen. Hempelmann bestätigte alles vor Gericht – und das sogar unter Eid. Dann aber kam heraus, dass alles frei erfunden war. Hempelmann hatte sich heimlich mit dem Ehemann verabredet, um „der Ehefrau den Unterhalt zu entziehen". Die Hypothekeneintragung gab es tatsächlich, aber sie sei, so befand das Gericht, „lediglich geschehen, um das Grundstück dem Zugriff von W.'s Frau zu entziehen". Und weiter: „Jeden Beweis, das Geld wirklich gegeben zu haben, ist der Angeklagte schuldig geblieben."

Abgewiegelte Aussagen

Das alles aber waren Kleinigkeiten gegenüber der Millionengeschichte von der goldenen Sonnenmonstranz. Viele Rätsel umgeben den Fall dieses sakralen Schatzes, der bereits 1923 aus dem Dom zu Münster spurlos verschwunden war – einen Fall, von dem die Öffentlichkeit überhaupt erst neun Jahre später, 1932, durch den „Seher von Holsen" alias Hermann Heinrich Hempelmann erfuhr.
Schon der Tag des Verschwindens hatte Fragen aufgeworfen, die bis heute nicht geklärt sind: Wurde die Monstranz im Dom zuletzt am 11. Dezember 1923 gesehen? Oder doch eher am 23. Dezember? War sie aus der Sakristei entwendet worden? Oder hatte sie noch jemand auf einem Altar stehen sehen, wo sie während stiller Betstunden gestohlen wurde?
Hinter den Kulissen waren diese Fragen um die Jahreswende 1923/24 fieberhaft ermittelt worden. Die Öffentlichkeit hatte nichts davon erfahren. Kein Sterbenswörtchen hatten die Zeitungen über den Vorfall verloren. Sie hatten nie berichtet – oder nicht berichten dürfen, wie der Münsteraner Publizist Walter Werland später mutmaßte.
Erstmals kam das Verschwinden der Monstranz Jahre später im Bielefelder Hempelmann-Prozess öffentlich zur Sprache. Zeugen konnte der angeklagte Seher freilich nicht benennen. Als sich der Bielefelder Richter beim Domkapitel in Münster erkundigte, erhielt er zur Antwort, dass an Hempelmanns Erzählungen nichts dran sei.

In diesem Bauernhaus in der Bauerschaft Holsen wohnte Hempelmann mit seiner Ehefrau und seinen sieben Kindern. Hier holte ihn der Domkapitular aus Münster ab.

„Keiner von den Münsteraner Geistlichen weiß etwas von der Geschichte." Wirklich nicht? Oder sollte das Verschwinden der Monstranz heruntergespielt werden, um die Nachricht nicht noch weitere Kreise ziehen zu lassen?
Das Bielefelder Gericht ging der Angelegenheit nicht weiter nach. Sie fiel stillschweigend unter den Tisch. Hempelmann wurde dennoch zu einem Jahr Gefängnis verurteilt – „wegen einer wissentlich falschen Versicherung an Eides statt und wegen Meineids".
Hermann Heinrich Hempelmann starb am 28. Juni 1933, wenige Monate nach Entlassung aus der Haft. Ein neuer Kult, ein neuer Pilgerstrom nach Holsen hatte sich in dieser kurzen Zeit nicht mehr entwickeln können.

Schweigen und verschwundene Akten

Über die verschwundene Monstranz aus Münster aber legte sich Schweigen. Erst 1937, also vier Jahre nach Hempelmanns Tod, erfuhr die Öffentlichkeit überhaupt vom Verschwinden des Millionenstücks – und das nicht aus einer Zeitung, sondern gut versteckt im fünften von sechs Bänden über die Bau- und Kunstdenkmäler der Stadt Münster. Die Reihe wandte sich an einen exklusiven Kreis kunstinteressierter Leser. Der Autor Max Geisberg, Professor und Gründungsdirektor des Provinzialmuseums, des heutigen Landesmuseums für Kunst und Kulturgeschichte, schrieb dort über die Monstranz:
„Ihre Einzelheiten werden hier in einem so großen Maßstab veröffentlicht, um möglicherweise ihre Wiederauffindung zu erleichtern. Es ist anzunehmen, dass die Diebe die einzelnen Zierstücke von dem Goldbleche losgelöst haben, und diese wieder zu Ketten vereinigt oder einzeln in den Handel zu bringen versuchen werden."
Bis heute ist das Stück spurlos verschwunden. Haben es unbekannte Räuber tatsächlich in Einzelteile zerlegt oder gar eingeschmolzen?

Der Schuldträger

Hempelmanns Rechtsanwalt Ernst Heinrich Wilhelm Meyer veröffentlichte drei Jahre nach dem Prozess einen Roman mit dem Titel „Der Schuldträger". Der Autor Meyer war ein früher Anhänger der Nazi-Bewegung, das Buch stand im Zeichen der Blut-und-Boden-Ideologie. Die Erlebnisse und Geschichten des „Sehers von Holsen" waren darin gut 120 Jahre in die Geschichte zurückverlegt – und von Bünde nach Minden. Doch viele wussten, von wem da die Rede war und glaubten auch die geschilderten Ereignisse zu erkennen. Wie auch immer: Der Roman verkaufte sich gut. Er erlebte sogar eine zweite Auflage. Doch Hempelmann selbst geriet rasch in Vergessenheit.

War es überhaupt ein Diebstahl? Oder ist für das Verschwinden der Monstranz auch eine andere Erklärung denkbar?
Nicht nur vom Goldstück selbst, sondern auch von den Ermittlungsakten fehlt jede Spur. Dabei muss es sie in großer Zahl gegeben haben: beim Domkapitel, bei den Polizeibehörden, bei der Staatsanwaltschaft. Allein am Landgericht in Münster sollen 20 Aktenbände zum Fall vorhanden gewesen sein, hieß es 1932 am Rande des Hempelmann-Prozesses in Bielefeld.
Doch als der Publizist Walter Werland 60 Jahre nach dem Verschwinden der Monstranz auf Spurensuche ging, fand er: nichts. So blieb ihm nichts anderes übrig, als sein erfolgloses Stochern im Nebel zu thematisieren. Seinen Recherchen zur Goldmonstranz und ihrem Verbleib gab Werland den Titel: „Ein ungewöhnliches Ereignis, von dem niemand jemals erfuhr".

Ein Wochenende im März

Sevelten bei Cloppenburg, 10. März 1929

Der Überfall auf einen Bauernhof und seine politischen Hintergründe

Sonntagabend, 10. März 1929 in Sevelten, einem Dörfchen bei Cloppenburg im Oldenburger Münsterland. Rund 80 Dorfbewohner, meist Jugendliche und junge Erwachsene, drängen auf den Bauernhof Dwertmann. Nach anderen Berichten sollen es bis zu 150 Männer gewesen sein. Die Menge schimpft, johlt und stürmt am Ende das Haus. Hausrat wird zerschlagen, Fenster werden eingeworfen, Türen aufgebrochen. Sogar Schüsse sollen gefallen sein, heißt es später. Die jungen Männer stürzen in den Stall des Hofes. Dort ergreifen sie einen Eberborg, also einen spät kastrierten Eber, den Dwertmann junior tags zuvor gekauft hat. Die Meute schleppt das Tier unter Triumphrufen vom Hof. Dessen Bewohner bleiben zurück, eingeschüchtert und voller Angst.

Was war denn das? Ein Raubüberfall? Ein Übergriff auf das Eigentum anderer, das doch gerade auf dem Land eigentlich im Ruf des Unantastbaren stand? Oder verbarg sich hinter dem Sturm ein Streit unter Nachbarn, der aus dem Ruder lief?

„Mittel terroristischer Einschüchterung"

Der gewaltsame Überfall auf den Hof wurde später als „Eberborg-Geschichte" abgetan, ins Lächerliche gedreht, verharmlost oder heimattümelnd weichgezeichnet. Doch so schlicht und harmlos waren Tat und Hintergründe beileibe nicht. Geradezu entsetzt hatte beispielsweise der katholische Zentrums-Abgeordnete Heinrich Wempe von „Mitteln terroristischer Einschüchterung" gesprochen, die in Sevelten gegriffen hätten – und das sagte Wempe nicht irgendwo, sondern auf einer eigens einberufenen Sondersitzung des Oldenburger Landtages, zwölf Tage nach jenem Überfall.

Wie hat es dazu kommen können, dass in dem bis dahin friedlichen, katholisch geprägten Dorf wie Sevelten an einem Sonntagabend im Frühjahr 1929 radikale Gewalt ausbrach? Wie kam es, dass eine Mehrheit der sonst so zurückhaltenden Landbevölkerung diesen Überfall nicht nur klammheimlich, sondern in offen zur Schau gestellter Freude stützte und die wenigen besonnenen Kräfte an den Rand drängte?

Krise auf dem Land

Diese Verwirrung der Geister und die Radikalisierung ist kaum zu verstehen ohne den ökonomischen Hintergrund jener Zeit. Ende der 1920er-Jahre steckte die Landwirtschaft des Oldenburger Münsterlandes in einer Absatzkrise. Viele auf dem Land, viele Bauern zumal, sahen sich durch steuerliche Vorschriften zusätzlich belastet. Von Existenzangst geplagt, protestierten sie gegen die Notlage, für bessere Erzeuger-

Einer der Rädelsführer von Sevelten wurde kurz nach dem Überfall festgenommen und wenig später wieder freigelassen – unter dem Jubel der bäuerlichen Bevölkerung.

preise und vor allem gegen die aus ihrer Sicht überhöhte Besteuerung ihrer Einnahmen.
Von „unerträglichem Steuerdruck“ sprach die damals neu entstehende, radikalkonservative Landvolkpartei, die sich zur Fürsprecherin der Bauern aufschwang – gegen die ansonsten dominierende katholische Zentrumspartei und den ihr nahestehenden Bauernverein. Die Landvolkpartei propagierte seit dem Frühjahr 1928 einen Boykott der Bauern gegen Pfändungen und Steuerzahlungen. Der Boykottaufruf zog Kreise und fand zeitweise großen Rückhalt. Wo Finanzbeamte auftauchten, blieben Hoffenster und Türen verschlossen. Andernorts stellten sich ihnen größere Gruppen einheimischer Männer in den Weg oder verwehrten ihnen den Zutritt zu einzelnen Höfen.

Streikbrecher am Werk?

Gelegentlich wurden aber doch Pfändungen durchgesetzt – so auch am 9. März 1929, einem Samstag, auf dem Hof des Bauern Heinrich Vorwerk in Westeremstek. Vorwerk zählte zu den Gründern und führenden Persönlichkeiten der Landvolkpartei im Oldenburger Münsterland. Er war zahlungsunfähig – oder zahlungsunwillig, je nach Sichtweise.
Die Finanzbeamten beschlagnahmten einen Eberborg aus seinem Stall, nahmen das Tier gleich mit und versuchten, es noch am selben Tag zu verkaufen. Doch niemand fand sich, der das Tier kaufen wollte. Die Bauern und Viehhändler hielten geschlossen am Boykott fest. Am frühen Abend erwarb dann doch noch je-

mand den Eberborg: jener eingangs genannte Josef Dwertmann aus der Ortschaft Sevelten, seines Zeichens Amtsschreiber und damit wie die Finanzbeamten Vertreter staatlicher Gewalt. Die Dwertmanns galten bis dahin als unbescholten und genossen hohes Ansehen im Dorf. Damit war es nun vorbei. Dass Dwertmann den bäuerlichen Streik gebrochen hatte, ging wie ein Lauffeuer durchs Dorf. Die Sevelter Nachbarn sahen durch ihn die Ehre und das Ansehen des Dorfes beschädigt. Das wollten sie nicht auf sich sitzen lassen.

Am Sonntagmorgen, 10. März 1929, kamen die Männer des Dorfes nach dem Gottesdienst zusammen. Bei Bier und Schnaps und mit viel Überschwang beredeten sie die Sache. Als einer der Wortführer trat der Sevelter Bauer Johannes Germann auf. Er war Gesinnungsgenosse Vorwerks und ebenfalls führend in der Landvolkpartei aktiv. Nun schwor er seine Nachbarn auf die Devise ein: „Der Eber muss wieder weg! Es ist eine Schande, dass er in Sevelten ist!"

Belohnung am Abend

Dem Landvolkführer gelang das Kunststück, radikale Töne anzuschlagen, zum Sturm auf den Hof und damit zu Gewalt aufzurufen – und sich im selben Atemzug zurückzuziehen: „Wenn ich nicht wegmüsste", so Germann wörtlich, „würde ich in der ersten Sektion mitmarschieren."

An jenem Sonntag versammelten sich gegen Abend vornehmlich junge Leute, Knechte und Bauernsöhne, sowie einige erwachsene Männer, um, wie eingangs geschildert, den Hof Dwertmann zu stürmen. Den „befreiten" Eberborg brachten sie seinem früheren Besitzer Vorwerk zurück. Dann feierten sie in Sevelten ihren Sieg mit Freibier, das die Alten des Dorfes spendiert hatten. Die Ehre des Dorfes war damit wiederhergestellt, zumindest nach den ungeschriebenen Regeln des Landes.

Nach den geschriebenen und geltenden Gesetzen des demokratischen Rechtsstaates hingegen sah die Sache anders aus. Landfriedensbruch, Raubüberfall, Zerstörung fremden Eigentums, Androhung von Gewalt: All diese Anklagepunkte kamen infrage und wogen schwer. Doch die meisten Beteiligten in Sevelten schlugen das in den Wind. Sie behaupteten von sich selbst, im Recht zu sein, und verklärten ihre Aktion zum Widerstand. Noch Jahrzehnte später folgte ihnen darin eine lokale „Heimat"-Geschichtsschreibung. Dabei war die Tat nichts anderes als rücksichtslose Selbstjustiz.

Eine Sondersitzung im Parlament

Am Tag danach stellten Polizei und Staatsanwaltschaft Sevelten auf den Kopf. Sie suchten Täter, Mittäter und Anstifter. Deren sonntäglicher Mut war offenbar verflogen. Plötzlich wollte es niemand gewesen sein. Die Alten im Dorf nahmen die Jungen in Schutz. Von einem „unüberlegten Scherz" war nun die Rede, „es war nicht so schlecht gemeint gewesen". Oder es hieß: „Bauern, Jungen und Mädchen sind offensichtlich einer Parole gefolgt."

Die Sevelter suchten den Ausbruch der Gewalt herunterzuspielen und sich und ihr Dorf herauszureden. Alle Spielarten von Abwiegelung bekamen die Polizei und die Staatsanwaltschaft zu hören. In den folgenden Tagen wurden etliche Zeugen verhört, es wurden Beweise gesichert und bald auch einige Rädelsführer festgenommen.

Die Polizei ermittelte noch, da schlugen im Landtag zu Oldenburg die Wogen hoch. Auf einer Sondersitzung am 22. März 1929 befand der Oldenburger Ministerpräsident Eugen von Finckh: Bei den Ereignissen in Sevelten handele es sich um den „Tatbestand des Landfriedensbruches". Finckh las aus dem Strafgesetzbuch vor, dessen § 125 lautete:

„Wenn sich eine Menschenmenge öffentlich zusammenrottet und mit vereinten Kräften gegen Personen oder Sachen Gewalttätigkeiten begeht, so wird jeder, welcher an dieser Zusammenrottung teilnimmt, wegen Landfriedensbruches mit Gefängnis nicht unter drei Monaten bestraft." Bis zu zehn Jahre Zuchthaus drohte den „Rädelsführern" sowie denen, „welche Gewalttätigkeiten gegen Personen begangen oder Sachen geplündert, vernichtet oder zerstört haben".

Der Regierung war klar, dass eine schwere Agrarkrise, vor allem extrem gesunkene Einnahmen auf vielen Höfen den Hintergrund der brutalen Ereignisse bildeten. Aber das war bestenfalls eine Erklärung, keine Entschuldigung. Ministerpräsident von Finckh stellte klar: „Die Staatsregierung wird nicht dulden, dass Recht und Ordnung untergraben werden."

In der Debatte sprachen Abgeordnete von „Treibereien des Landvolks", „niederträchtiger Hetze" und „unerhörter Agitation". Der NSDAP-Abgeordnete Carl Georg Röver, der spätere NS-Gauleiter Weser-Ems, suchte Kapital aus den Sevelter Vorgängen zu schlagen. Er deutete sie als einen „Akt der Verzweiflung" um und warf sich rhetorisch auf die Seite der Landbevölkerung. Röver, einmal in Fahrt, bezichtigte die Regierung, „die Sklaven für die Hochfinanz zu stellen" und gab „dem System", der Weimarer Demokratie, die Generalschuld für alle Missstände im Land.

Empfang wie für einen Bischof

Unterdessen ermittelte die Polizei weiter. Wenige Tage nach der Tat nahm sie zwei Hauptbeteiligte fest: die Bauern Heinrich Vorwerk und Johannes Germann.

Die beiden führenden Funktionäre der radikalkonservativen Landvolkpartei verbrachten nun einige Tage in polizeilicher Untersuchungshaft.

Proteste der Bauern

In vielen Dörfern des Oldenburger Münsterlandes kam es Ende der 1920er- und Anfang der 1930er-Jahre zu Protesten gegen Besteuerung, Pfändung – und letztlich gegen die Staatsgewalt. Bisweilen nahmen die Proteste eigenwillige Formen an. Als in Kneheim im Februar 1932 eine Kuh gepfändet und versteigert wurde, unterbanden dies die Bauern, indem sie lautstark die Nationalhymne absangen. Wer wollte dagegen vorgehen?

Andere „Bauernführer" und Agitatoren nutzten die gereizte Stimmung für eigene Zwecke aus. Heinrich Götting beispielsweise, Bauer in Bokel und exponierter Vertreter der radikalkonservativen Landvolkbewegung, forderte die Vertreter der Staatsgewalt folgendermaßen heraus: Als auf seinem Hof eine Versteigerung stattfinden sollte, drückte er einen Tag vorher seinem Nachbarn ein Schild in die Hand, dass dieser in Cloppenburg zu Markte tragen sollte:

„Achtung! Achtung! Neueste Meldung an das Landvolk! Heute Nachmittag Zwangsversteigerung bei Heinr. Götting, Bokel. Landvolk erscheine in Massen!"

Die Polizei entriss dem Nachbarn das Schild und beschlagnahmte es – und bot so Heinrich Götting erst recht Gelegenheit, sich in die Pose des vom Staat unterdrückten Bauern zu werfen. Mit einem Tross von rund 500 Bauern sprach er wenig später beim Amtmann vor und forderte die Herausgabe des Plakats. Der Amtmann gab es zurück und sorgte auch dafür, dass die Versteigerung auf dem Hof Göttings ausfiel. Solche kleinen Niederlagen für die lokale Staatsgewalt konnten die Landvolkfunktionäre in einen Sieg für „ihre Sache" ummünzen.

Als die beiden entlassen wurden, empfing sie die katholische Landbevölkerung, als käme der Bischof in zweierlei Gestalt zu Besuch. Fahnen, Blumen, Dorfbewohner im Festanzug, dazu eine nicht enden wollende Parade von Männern zu Pferde feierten die beiden Bauern als „Helden".
Wer anderer Meinung war, wer besonnen gegen Radikallösungen eintrat oder sich von Amts wegen anders verhielt, wurde bedroht. Der Amtsschreiber Josef Dwertmann beispielsweise erhielt einen Drohbrief, der voller Rechtschreibfehler steckte, aber ansonsten keine Fragen offenließ. Der Originaltext lautet:
„Du hast Glück, das Du nicht hier bist. Währst längst zum Krüppel geschlagen alter Schweinehund. Die Sevelter Jungens werden nachträglich sich bei der Eberborgfamilie bedanken thun, nicht mit 30 Mann, sondern mit 1 oder 2 Mann in der Nacht alles demolieren, das Sie dort kein Bleiben mehr haben, denn Gewalt geht für Recht."
Als „Verräter" beschimpft, am Tag und auch in der Nacht belästigt, mit offener Gewalt bedroht: Die Selbstjustiz im Dorf schien keine Grenzen zu kennen und ließ Schlimmes ahnen.

Die Urteile fielen lasch aus

Im Februar 1930 begann der Prozess vor dem Landgericht in Oldenburg. 31 Bauern und andere Dorfbewohner aus Sevelten und Umgebung hatten sich wegen Landfriedensbruch und Hehlerei

Wie Helden empfangen wurden die Bauern Heinrich Vorwerk und Johannes Germann, als sie nach wenigen Tagen wieder aus der Untersuchungshaft entlassen wurden. Die beiden hatten eine anstiftende Rolle bei den Ereignissen im März 1929 gespielt.

oder Anstiftung zu diesen Taten zu verantworten. Das Verfahren endete für neun Angeklagte mit Freispruch. 17 Angeklagte wurden zu drei Monaten, zwei weitere zu vier Monaten verurteilt. Außerdem wurden Geldstrafen verhängt. Die Gefängnisstrafen wurden entweder gar nicht oder nur zum Teil „abgesessen". Vielmehr wurden sie entweder erlassen oder in eine Bewährungsstrafe umgewandelt.

Schon diese laschen Urteile trugen zur Verharmlosung und Umdeutung der Taten bei. Hinzu kam ein Theaterstück: Kaum hatte das Landgericht Oldenburg sein Urteil gesprochen, da wurde eine plattdeutsche Bühnenposse veröffentlicht und aufgeführt, die die Ereignisse zum Hintergrund gewählt hatte. Der Heimatdichter August Hinrichs (1879–1956) hatte das Stück verfasst und unter dem Titel „De Swienskomödie" veröffentlicht. In seiner Komödie sind die tatsächlichen Ereignisse, der Konflikt zwischen radikaler, offen gewalttätiger Selbstjustiz im Dorf einerseits und staatlichem Gewaltmonopol andererseits, entschärft und zur Lachnummer entstellt.

Krach um Jolanthe

Hinrichs' Stück hatte Erfolg auf den Bühnen ländlicher Gaststättensäle. Es wurde sogar für das Kino umgeschrieben und 1933/34 unter dem Titel „Krach um Jolanthe" verfilmt. Der Film mit Marianne Hoppe in einer der Hauptrollen wurde am 18. August 1934 im Ufa-Palast in Berlin uraufgeführt. Die ländliche Schmonzette lockte ein Millionenpublikum ins Kino und zählte in der Kinosaison 1934/35 zu den meistbesuchten Filmen Deutschlands.

Die historischen Ereignisse in Sevelten, die nun fünf Jahre zurücklagen, waren auf der Kinoleinwand kaum wiederzuerkennen. Geblieben aber war die Stoßrichtung gegen die Demokratie, gegen die Weimarer Republik. Die Filmstelle der NSDAP, die Deutsche Arbeitsfront und deren Freizeitorganisation „Kraft durch Freude" im Gau Weser-Ems warben für das Stück mit den entlarvenden Worten:

„Belehrend ist für uns heute, dass wir erkennen, wo die Verschuldung und Verelendung des Bauernstandes hingeführt hätte, wären wir nicht von dem Spuk der vergangenen Jahre erlöst worden."

Die Theaterposse und der Kinofilm verstärkten die verharmlosende Umdeutung der gewaltsamen Ereignisse jener Tage im März 1929. Für Jahrzehnte galten sie im Oldenburger Münsterland als „gewitzter bäuerlicher Widerstand gegen Steuern und Pfändungen" – eine Sicht der Dinge, die von Heimatvereinen und Laienforschern befeuert wurde, mit den tatsächlichen Abläufen aber nur schwer in Übereinstimmung zu bringen war.

„Eine Terrorrüge der Dorfnachbarn"

Umso größer war das Aufsehen, als 2001 der Historiker Werner Freitag den Überfall von 1929 erforschte und ihn als „Terrorrüge der Dorfnachbarn" deutete. Er wies auf die gewalttätige Seite der Auseinandersetzung hin. Außerdem nahm er die antidemokratische Zielrichtung der von der Landvolk-Bewegung angeheizten Radikalisierung in den Blick, die das nur scheinbar stabile katholische Milieu auf dem Land habe aufbrechen können. Unter dem Strich, so Freitag, habe der Konflikt „in seiner Gewalttätigkeit, seiner Intoleranz und seiner Verächtlichmachung des demokratischen Staatswesens dem Nationalsozialismus den Weg" geebnet.

Helmut Ottenjann, der langjährige Leiter des Freilichtmuseums in Cloppenburg und exzellenter Kenner der ländlichen Verhältnisse im Oldenburger Münsterland, schloss sich dieser Sichtweise ausdrücklich an. Er wertete die Ereignisse von Sevelten 1929/30 bündig als einen „nicht legitimen Aufstand gegen den legitimen Staat der Weimarer Republik".

Verbrechen im Wald

Bredelar bei Marsberg, 1930–1935

Wilderer, Holzdiebe und ein Mord wider Willen

Der preußische Oberförster Scius brachte am 16. Februar 1933 das Kunststück fertig, eine unerhörte Kriminal-Begebenheit in einem Satz zu erzählen. Scius, Leiter der Staatsoberförsterei zu Bredelar bei Marsberg im nordwestlichen Sauerland, hatte einen „als Wilddieb besonders berüchtigten" Mann der Tat überführen können, wie er der Arnsberger Regierung mitteilte. Der Täter stamme „aus einer Familie, die seit Jahren wilddiebt". Um das zu belegen, schrieb Scius jenen Satz, der es in sich hat:

„Die Mutter hat seinerzeit beim Wildern ihre eigene Tochter erschossen und hat dann, um Selbstmord vorzutäuschen, ihre Tochter im Kleiderschrank erhängt."

Dieser grausige Fall ist wie beiläufig geschrieben und in einer Akte dokumentiert, die im NRW-Landesarchiv, Abteilung Westfalen, in Münster aufbewahrt wird. „Betreffend Zusammenstöße mit Holzdieben usw." – so hat ein unbekannter Amtmann mit säuberlicher Handschrift auf dem Umschlag notiert, als er 1928 die Akte angelegt hat. Sie stammt aus der Hinterlassenschaft der einstigen preußischen Oberförsterei zu Bredelar.

Weihnachtsbäume stehlen

Diese Behörde war in den 1820er-Jahren aufgebaut worden. Sie gehörte zur Forstinspektion Meschede und hatte im Wesentlichen drei Aufgaben. Sie sollte

- den Wald in preußischem Staatsbesitz – immerhin mehr als 1500 Hektar rund um Bredelar – bewirtschaften,
- die Wälder der umliegenden Kommunen wie Madfeld, Rösenbeck und Marsberg beaufsichtigen sowie
- Aufgaben des Forstschutzes und der Forstpolizei ausüben.

Was diese zuletzt genannte Aufgabe bedeutete, lässt sich am besten beim Blick in die Akte und die dort dokumentierten Verstöße seit den 1920er-Jahren erkennen. Denn Wilddieberei war demnach auch in dieser Zeit noch keineswegs ausgestorben. Wiederholt kam es vor, dass Landwirte oder andere Dorfbewohner aus den umliegenden Ortschaften „auf eigene Rechnung" auf die Pirsch gingen.

Weitaus häufiger indes hatte es die Bevölkerung auf die Bäume abgesehen. Das konnte harmlose Gründe haben, wie aus einem Rundschreiben vom 4. Dezember 1936 hervorgeht. Darin warnte der Arnsberger Regierungspräsident:

„Alljährlich werden viele tausend Weihnachtsbäume unberechtigterweise von der Bevölkerung abgeschlagen und entwendet. Hierdurch gehen diese Bäume den Waldbesitzern verloren. Darüberhinaus werden auch noch oft die heranwachsenden Waldbestände erheblich geschädigt." Deswegen wurden die Polizei- und Gendarmeriebeamten angewiesen, „alle ver-

Von Weitem konnte ein Forstbeamter nicht erkennen, ob der Baum legal oder illegal gefällt wurde. – In diesem Fall geschah alles mit rechten Dingen: Die Aufnahme zeigt Waldarbeiter des Gutes Canstein um 1930.

dächtigen Personen, die inner- und außerhalb der Ortschaften mit Weihnachtbäumen angetroffen werden, einer scharfen Kontrolle zu unterziehen und gegebenenfalls unnachsichtlich zur Anzeige zu bringen".

Drastische Strafen

Weitaus häufiger indes wurden Bäume geschlagen, weil Dorfbewohner Bau- oder Brennholz benötigten, aber kein Geld hatten. Im Februar 1931 beispielsweise wurde ein 53-jähriger Tagelöhner, „zur Zeit arbeitslos", aus Oesdorf bei einem Holzdiebstahl beobachtet. Er habe „eine vom Winde umgebrochene Birke mit einer Axt zu vier etwa 1,5 m langen Enden gehauen, auf einen Schlitten geladen und zur Entwendung vorbereitet". In preußischer Gründlichkeit fügte der Forstbeamte hinzu: „Das (Ast-)Holz verblieb dem Walde."
Der Tagelöhner wurde für diese Straftat zu einem Bußgeld von 15 Reichsmark verdonnert – oder musste für drei Tage ins Gefängnis. Angesichts der Tat und der geringen Menge des Diebesgutes war das eine durchaus drastische Maßnahme. Sie sollte offenkundig Nachahmer abschrecken. Denn wiederholt, so dokumentiert es die Akte, kam es zu vergleichbaren

Holzdiebstählen. Die Zeit der Wirtschaftskrise und der hohen Arbeitslosigkeit hinterließ eben auch auf dem Land und in den Dörfern ihre tiefen Spuren.

„Hat unbefugt weiden lassen"

In dieses Bild fügt sich ein anderes Vergehen, das damals nahezu täglich in den Wäldern rund um Bredelar stattfand: Viele Dorfbewohner ließen ihr Vieh auf staatseigenen Flächen grasen, ja mehr noch: Sie trieben ihre Tiere sogar eigens dorthin, ohne zuvor um Erlaubnis zu fragen.
„Weidete am 24. morgens 8 Uhr unberechtigt in dem Distrikt 15 a drei Stück Ziegen" – heißt es beispielsweise im Frühjahr 1933. Der Täter wird mit diesen Worten beschrieben: „31 Jahre alt, zu Giershagen, erwerbslos, ohne Vermögen, hat Frau und fünf Kinder, erhält aber wöchentlich 20 Reichsmark Unterstützung."
„Weidete 100 Schafe", „weidete drei Stück Ziegen", „hat zwei Stück Rindvieh an der Wegeböschung unbefugt weiden lassen" – so und ähnlich lauteten weitere Einträge, die in den 1920er- und 1930er-Jahren die Akten zur Kriminalität in den Wäldern rund um Bredelar füllten. Als Täter festgehalten wurden vornehmlich Arbeitslose, Tagelöhner, Rentner, ein „Berginvalide", also ein ehemaliger Bergarbeiter. Kurzum: Es waren Menschen aus den klein- und unterbäuerlichen Schichten der Dörfer, die sich offenbar nicht anders zu helfen wussten, als auf diese Weise ihr Vieh zu nähren, auch wenn sie selbst dabei „kriminell" wurden.

Bei der Waldarbeit im Sauerland: Die Männer kannten ihr Revier und bemerkten auch kleinste Veränderungen.

Ein Racheakt?

Im Mai 1930 erschoss ein Forstbeamter einen streunenden Hund, der einem Landwirt aus Niedermarsberg gehörte. Der Bauer beschwerte sich wenig später beim preußischen Staatsoberförster Scius. Der teilte lapidar mit, sein Forstbeamter habe korrekt gehandelt.
Wenige Tage später entdeckte ein „Hegemeister" der Oberförsterei einen Forstfrevel der besonderen Art: Drei Eichen, zwei Buchen, drei Hainbuchen und ein Dutzend Fichten waren „in Reichhöhe" mit einem Messer entrindet worden und „müssen somit verdorren". An einem der geschälten Stämme entdeckte der Hegemeister noch eine abgebrochene Messerspitze. Und weiter: „Nach meinem Dafürhalten liegt ein Racheakt vor, welcher zurückzuführen ist auf die Erschießung des Hundes."
Zwei Tage später nahmen Polizisten am Tatort Gipsabdrücke der Fußspuren. Außerdem durchsuchten der Hegemeister, zwei Landjäger und ein Polizeibeamter Haus und Hof des verdächtigten Landwirts. Sie fanden weder das Messer noch Schuhe, die zu den Fußspuren hätten passen können. Stattdessen fanden und beschlagnahmten sie jede Menge Jagdmunition und „ein Rehgehörn mit anhaftender Decke, welches bereits mehrere Jahre alt ist".
Doch mit dieser Geste dürften sich die ermittelnden Polizisten eher lächerlich gemacht haben. Denn ähnliche Gehörne hingen damals in (fast) jedem Haus in Bredelar.
Der Vorgang endete wie das sprichwörtliche „Hornberger Schießen". Die Tat konnte dem Landwirt nicht nachgewiesen, sie konnte letztlich auch nicht aufgeklärt werden.

Ein Rindviehzüchter als „Staatsfeind"?

Laer, 31. August 1936

Der Landwirt Aloys Schulze Lohoff und die NS-Landesbauernschaft

Einer der bekanntesten Rindviehzüchter des Landes soll einen hohen Geldbetrag an Steuern hinterzogen haben. Außerdem soll er die Milchkontrollen verfälscht haben. Er soll seinen Melker angehalten haben, heimlich Sahne in die Milchproben zu schütten, um einen höheren Fettgehalt vorzutäuschen und seine Tiere so in das Deutsche Rinderleistungsbuch zu bringen.
Diese Vorwürfe erhoben Nazi-Funktionäre der Landesbauernschaft Münster und der Kreisbauernschaft Steinfurt in den Jahren 1935/36 gegen Aloys Schulze Lohoff, Landwirt in Laer, einem Dorf im nördlichen Münsterland. In aller Öffentlichkeit sollte Schulze Lohoff als geldgierig und geltungssüchtig hingestellt, als Krimineller abgestempelt und bei Nachbarn wie Berufskollegen in Misskredit gebracht werden. Die Geheime Staatspolizei lancierte sogar eine Zeitungsmeldung, die den Landwirt mit vollem Namen nannte und ihn wie alle Leser des gleichgeschalteten Blattes einschüchtern sollte. Er sei verwarnt worden und gelte als „Staatsfeind", hieß es dort. Als ob das nicht gereicht hätte, schloss die Meldung mit dem Hinweis, Schulze Lohoff drohe „politische Schutzhaft" oder gar die Inhaftierung in einem Konzentrationslager.
Es sei an dieser Stelle gleich gesagt: Der Landwirt war unschuldig. Er war kein Krimineller, geschweige denn ein „Staatsfeind". Aber er wurde dazu erklärt, weil er gegen die Regeln von NSDAP und Landesbauernschaft, letztlich gegen den Machtanspruch der Diktatur verstoßen hatte.
Die Landesbauernschaft brachte ihn öffentlich in Misskredit, er selbst aber konnte sich nicht dagegen wehren. Um in der Öffentlichkeit doch seine Ehre wiederzuerlangen, fasste Schulze Lohoff einen ebenso mutigen wie hochgefährlichen Plan: Er lud zu einer Auktion, die es im Wortsinn in sich hatte.

Der Landwirt Aloys Schulze Lohoff – dieses Porträt entstand um 1950.

Wer war der Mann?

Deren Brisanz ist kaum zu verstehen ohne einen Blick auf die Vorgeschichte und auf die Person des Landwirts. Aloys Schulze Lohoff, geboren 1884, hatte nach dem frühen Tod seiner Eltern 1903 den elterlichen Hof am Ortsrand von Laer übernommen, einem gut 2300 Einwohner zählenden Dorf nordwestlich von Münster in Westfalen. Auf dem rund 200 Hektar großen Betrieb hatte der Landwirt eine Rotbuntzucht aufgebaut, die in den 1920er-Jahren ihresgleichen suchte und weit über die Grenzen der preußischen Provinz Westfalen hinaus bekannt war. Auch in der Warmblutzucht sammelte er Erfolge. Auf landes- und reichsweiten Zuchtausstellungen wurden seine Pferde wie auch seine Zuchtrinder mit höchsten Auszeichnungen dekoriert.
1933, als die Nazis an die Macht kamen, schien sich an alledem wenig zu ändern. Schulze Lohoff war ihnen anfangs nicht abgeneigt, wie er später einräumte. Er habe zum Erntedankfest einen „musterhaften Festzug“ in Laer organisiert. Flachs und Ölfrüchte habe er angebaut, lange bevor der NS-Reichsnährstand dies propagiert hätte. Seine anfängliche Zustimmung aber kühlte rasch ab. Sie wandelte sich in Unzufriedenheit, Kritik – und schließlich in offene Feindseligkeit.

Verwarnung

Die „Münstersche Zeitung“ veröffentlichte am 17. Februar 1936 mit voller Namensnennung die folgende Kurzmeldung: „Laer. Verwarnung wegen staatsfeindlicher Aeußerungen. Der Landwirt Aloys Schulze-Lohoff in Laer, Vowinckel Nr. 1, ist seitens der Staatspolizeistelle in Münster wegen staatsfeindlicher Aeußerungen verwarnt worden. Gleichzeitig ist ihm eröffnet worden, dass, falls er nochmals gleicher oder ähnlicher Vorfälle wegen der Staatspolizeistelle gemeldet würde, gegen ihn gegebenenfalls die politische Schutzhaft bzw. die Einweisung in ein Konzentrationslager eingeleitet werde.“

Kritik an „heiligen Kühen“

Der Bauer nahm dabei kein Blatt vor den Mund. So demütigte er auf einer Bauernversammlung den Direktor der Burgsteinfurter Landwirtschaftsschule und strammen Nazi namens Schulte-Baukloh. Der hatte vor den Bauern gerade erst die Qualität eines neuartigen Mischfutters herausgestrichen, da meldete sich Aloys Schulze Lohoff zu Wort:
„Alles Mischfutter mit Johannisbrot, entschuldigen Sie den Ausdruck, ist Scheiße. Es ist mir unverständlich, dass die Stellen, welche uns früher vor Mischfutter gewarnt haben, uns das heute empfehlen.“ Die Maßnahmen der Landes- und Kreisbauernschaft seien Unfug und verteuerten die Produktion unnötig. „Es ist unsere Aufgabe, auf diese Missstände hinzuweisen, damit sie höheren Ortes vorgetragen werden.“
Als ob das nicht genug gewesen wäre, kritisierte Schulze Lohoff auch noch eine „heilige Kuh“ der NS-Agrarpolitik, nämlich den Bau von Siloanlagen. Deren Errichtung wurde propagandistisch umworben und vom NS-Regime mit vergleichsweise hohen Geldsummen unterstützt. Von einer „übertriebenen Förderung“ hingegen sprach Schulze Lohoff in der besagten Bauernversammlung.
In normalen Zeiten wäre das alles bestenfalls Stoff für ein Fachgespräch gewesen. Damals aber stellte es eine Art Majestätsbeleidigung dar, ungebührlich gegenüber NS-Potentaten – und gefährlich. Denn die sahen sich durch den Auftritt des Laerer Bauern provoziert. Der Steinfur-

Eine der wenigen erhaltenen Fotografien von der brisanten Zuchtviehversteigerung auf dem Hof Schulze Lohoff im Sommer 1936

ter Landrat Dr. Krupp bezeichnete ihn im Mai 1935 als „staatsfeindliches Element mit volksfeindlicher Einstellung".
Die Parteigänger der NS-Diktatur duldeten keinen Widerspruch. In diesem Fall aber waren sie zunächst machtlos. Denn unter den Bauern genoss Schulze Lohoff hohes Ansehen. Er galt als tüchtiger Landwirt und erfolgreicher Züchter. Dass er ein eigenwilliger „Twiärskopp" sein konnte, ein streitbarer Patriarch, nahmen sie in Kauf. Denn er wagte es eben auch, Klartext zu reden. Wie war so einer mundtot zu bekommen?

Zufall oder infame Inszenierung?

Den Nazis in Dorf, Kreis und Landesbauernschaft kam ein Zufall entgegen. Oder war es eine infame Inszenierung? Sicher ist, dass sich im November 1935 ein Knecht zu Wort meldete und den Gutsbesitzer anzeigte. Aloys Schulze Lohoff, so der Vorwurf, habe von 1930 bis 1932 Milchkontrollen gefälscht. Er soll seinen Obermelker beauftragt haben, bei zwei Kühen heimlich Sahne in den Melkeimer zu schütten. Auf diese Weise habe er einen höheren Fettgehalt vortäuschen und den Vorzeigetieren einen Eintrag in das renommierte Deutsche Rinderleistungsbuch sichern wollen. Ein solcher Eintrag hätte nicht nur den Wert der Tiere in die Höhe schnellen lassen, sondern auch das Ansehen des Züchters enorm gesteigert.
Sofort sperrte das Westfälische Rinderstammbuch, damals eine Unterabteilung der NS-Landesbauernschaft, den Stall auf dem Hof bei Laer. Der Generalstaatsanwalt in Hamm nahm Ermittlungen auf.
Doch rasch stellte sich heraus: Der Melker hatte ohne Wissen seines Dienstherrn gehandelt, um eine übliche Leistungsprämie zu erhalten. Der Züchter war unschuldig. Auch der

Vorwurf, er habe Steuern hinterzogen, löste sich in Luft auf. Die Generalstaatsanwaltschaft stellte die Ermittlungen ein.
Die Nazi-Funktionäre der Kreis- und Landesbauernschaft aber verweigerten eine öffentliche Ehrenerklärung zugunsten Schulze Lohoffs. Dazu hätten sie über ihren Schatten springen müssen. Außerdem wäre ein pikantes Detail an die Öffentlichkeit geraten: Der leitende Milchkontrolleur, der seinerzeit unaufmerksam gewesen war, war inzwischen zum Stabsleiter der Kreisbauernschaft in Wittgenstein aufgestiegen. Schulze Lohoff indes, nach wie vor als „Verbrecher“ abgestempelt, ließ nicht locker. Er schrieb dem NS-Landesbauernführer Habbes: „Ich verlange vollständige Genugtuung und werde sie mir von den ordentlichen Gerichten erstreiten.“

Viele mutige Briefe

Doch das schien aussichtslos. Der Stall blieb gesperrt. Außerdem drängten die Nazi-Funktionäre den örtlichen Milchkontrollverein, Schulze Lohoff auszuschließen. Die meisten Bauern aber hielten zu ihm. Den Ausschluss lehnten sie mit Mehrheit ab. Daraufhin löste die Landesbauernschaft den Milchviehkontrollverein kurzerhand auf. Noch am selben Tag wurden die Bauern gezwungen, eine Erklärung zu unterzeichnen, dass sie bereit seien, einem neuen Kontrollverein beizutreten. Nur einer durfte nicht unterzeichnen: Schulze Lohoff.
Er stellte dennoch einen Mitgliedsantrag, der am 7. März 1936 abgelehnt wurde. Zehn Tage später, am 17. März 1936, schloss ihn das Rinderstammbuch aus, „da Sie nach Mitteilung der Landesbauernschaft Westfalen nicht mehr Mitglied eines Milchviehkontrollvereins sind“. Das bedrohte die wirtschaftliche Existenz des Züchters im Kern und zielte auf sein Ansehen, seine Ehre.
Schulze Lohoff wehrte sich, unterstützt von seinem Rechtsanwalt Göttker-Schnetmann aus Münster. Die beiden wandten sich in ausführlichen Briefen an das Rinderstammbuch, an die NS-Landesbauernschaft, an die NSDAP-Gauleitung, an den Regierungspräsidenten in Münster, sogar auch an den Reichslandwirtschaftsminister in Berlin, den „Reichsbauernführer“ Richard Walther Darré – ohne Erfolg. Schulze Lohoff mochte noch so sehr das Recht auf seiner Seite haben: Die anderen besaßen die Macht.

Gibt der „Staatsfeind“ auf?

Er aber war nicht gewillt, klein beizugeben. Im Sommer 1936, als die Bevölkerung im Reich den Olympischen Spielen in Berlin entgegenfieberte und das Hitler-Regime die Sportereignisse propagandistisch ausschlachtete, klügelte der „Staatsfeind“ auf seinem Hof im Münsterland einen Plan aus.
In den Zeitungen ließ er per Anzeige ankündigen, dass er seine gesamte rotbunte Zuchtviehherde öffentlich versteigern wolle. Das allein sorgte weit über Westfalen hinaus für Aufsehen. Die Nazis in der Landesbauernschaft und in den örtlichen und regionalen Behörden indes mussten es als Signal deuten, dass der knorrige Landwirt endlich aufgab. Doch es sollte anders kommen.
Am Morgen des 31. August 1936 strömten Bauern und Züchter aus dem gesamten Land auf den Gutshof. Jeder bekam einen Zuchtviehkatalog in die Hand gedrückt, wie es auf solchen Versteigerungen üblich war. Der Katalog hatte es in sich. In dem Heft waren auf den ersten 23 Seiten sämtliche Tiere aufgelistet, die versteigert werden sollten. Auf den folgenden rund 50 Seiten indes hatte Schulze Lohoff seinen Briefwechsel mit den NS-Instanzen und Schriftstücke seines Rechtsanwaltes veröffentlicht.
Die Bauern musste nicht lange blättern, um in den Dokumenten hochbrisante Zitate zu entdecken. Einleitend hatte Schulze Lohoff geschrieben:
„Da die Maßnahmen der Landesbauernschaft Westfalen gegen mich in der Öffentlichkeit den Eindruck erwecken, dass ich doch mitschuldig

sei, sehe ich keine andere Möglichkeit, als meinen Bekannten die nachfolgende Sammlung der in meinem Fall entstandenen Schriftstücke zu überreichen, damit ein jeder sich ein Bild über den Fall Schulze Lohoff machen kann. Es ist dies die einzige Möglichkeit, meine Ehre in der Öffentlichkeit zu verteidigen und ein Notwehrakt."
Der Züchter selbst griff zum Auktionshammer und eröffnete die Versteigerung. Nach Berichten von Augenzeugen hat er nur einige Kühe, die er ohnehin loswerden wollte, tatsächlich verkauft. Für die meisten Tiere gab er seinem Gutsverwalter den Zuschlag. Der Verwalter führte dann die „versteigerten" Tiere wieder in denselben Stall, aus dem sie gekommen waren.
Mit anderen Worten: Die Auktion war nur ein Vorwand. Sie war Mittel zum Zweck – und der bestand darin, Öffentlichkeit zu schaffen, die Wahrheit ans Tageslicht zu fördern und gegenüber möglichst vielen Berufskollegen die Ehre wieder herzustellen.
Den NS-Machthabern blieb der Katalog naturgemäß nicht verborgen. Gegen Mittag schritten Polizei und Gestapo ein. Sie beendeten die Auktion, beschlagnahmten sämtliche Kataloge, erklärten deren Besitz für „verboten" und verhafteten Schulze Lohoff.
Nach Berichten von Augenzeugen hielt sich eine Reihe von Bauern nicht an das Verbot. Sie steckten den Katalog unters Hemd oder in die Stiefel. Auch sollen einige Exemplare eilig vergraben worden sein. In manchen Bauernfamilien Westfalens werden sie bis heute als seltenes Dokument wohlverwahrt.

Kein Blatt vor dem Mund: Zitate aus dem Auktionskatalog

„Es war früher bei einem Landrat zumindest üblich und [ist] heute nicht unangebracht, wenn man einen Menschen zu den volksfeindlichen und staatsfeindlichen Elementen zählt und ihn von friedlichen Wettbewerben fernhalten oder sogar von öffentlichen Festen ausschließen möchte, vorher den Sachverhalt genau zu prüfen und den Beschuldigten zu hören. Nur auf eine Vermutung hin ein vernichtendes Urteil abzugeben ist nach meiner Ansicht eines Landrats unwürdig."

Aloys Schulze Lohoff über den Landrat Dr. Krupp in einem Brief an die Kreisbauernschaft Steinfurt, 8. Juni 1935

„Es gibt Leute, die im 2. Reich [gemeint ist die Weimarer Republik] ihre Gefängnisstrafe für rückfällige Diebstahlstrafen nicht mal abgesessen haben [und] heute in nicht nebensächliche Ämter berufen werden."

Aus demselben Brief vom 8. Juni 1935

„Die Versammlung stand unter der Leitung des Schmiedes Dunkel, welcher sich ‚Bauer' nennt, trotzdem er wissen muss, dass er keiner ist (zur Zeit Leiter der Hauptabteilung II der Landesbauernschaft Westfalen)."

Aloys Schulze Lohoff in einem Brief an NS-Landesbauernführer Habbes am 14. Januar 1936

„Man hatte den Eindruck, daß man bei den verantwortlichen Stellen [der NS-Landesbauernschaft] entweder nicht folgerichtig denken kann, oder daß man hier aus persönlichen Vor-

Einige offene Fragen

Die Gestapo-Beamten nahmen Schulze Lohoff fest und brachten ihn nach Münster. Was dort geschah, ist bis heute unbekannt. Verhörprotokolle oder ähnliche Dokumente haben sich bislang nicht finden lassen. Der Züchter selbst verlor darüber auch später kein Wort.
Wenige Tage nach seiner Festnahme kehrte Schulze Lohoff nach Laer zurück. Die Gestapo hat es offenbar nicht gewagt, ihn in ein Konzentrationslager zu deportieren. Schützte den Bauern die „Öffentlichkeit“ der Katalogleser? Sie hatten schwarz auf weiß nachlesen können, was tatsächlich passiert war – und standen auf seiner Seite. Daran kam im Münsterland 1936 auch die NS-Diktatur nicht vorbei. Noch nicht.

Grosse Versteigerung

der rotbunten

Zuchtviehherde

(Siegertiere der DLG in Form und Leistung)

auf Gut Schulze Lohoff, Laer

Kreis Steinfurt, Bez. Münster

am 31. August 1936, morgens 10 Uhr anfangend.

Die Herde ist eine der besten rotbunten Deutschlands.

Das Titelblatt des beschlagnahmten Kataloges

urteilen heraus Herrn Schulze Lohoff schädigen bzw. seinen eminenten Einfluss aus der Rotbuntzucht ausschalten will. Der Unterzeichnete vertritt die Auffassung, daß die Herren nicht folgerichtig denken können.“

Rechtsanwalt Göttker-Schnetmann, Münster, in einem Brief an Landesbauernführer Habbes, 18. Februar 1936

„Die Anordnungen der Landesbauernschaft Westfalen stehen im Widerspruch zu den Zielen der vom Reichsnährstand propagierten Leistungssteigerung und müssen dem objektiven Beobachter geradezu als Sabotage, wenn sie auch nicht als solche erkannt und gewollt ist, erscheinen.“

Rechtsanwalt Göttker-Schnetmann, Münster, in einem Brief an den Reichsnährstand, Hauptabteilung II, Berlin, am 3. März 1936

„Die Lebensarbeit des Klägers ist durch Maßnahmen des Hauptabteilungsleiters Dunkel zerschlagen worden. Die Mittel, die er hierbei gebraucht hat, sind zwar Ausfluß seiner amtlichen Befugnisse. Sie verletzen aber die guten Sitten und stellen auf alle Fälle wenn nicht eine vorsätzliche, dann zumindest eine fahrlässige Verletzung der ihm dem Kläger gegenüber obliegenden Amtspflicht dar.“

Aus dem Klageentwurf Schulze Lohoffs gegen Hauptabteilungsleiter Dunkel und die Landesbauernschaft Westfalen, August 1936

Vor furchtbaren Richtern

Bielefeld und Dortmund, 1939–1945

Urteile von NS-Sondergerichten wegen „Schwarzschlachtung" und Vergehen „gegen die Volksgemeinschaft"

Der Bauer aus einem Dorf bei Dortmund genoss einen tadellosen Ruf, führte seinen Hof mustergültig – und doch musste er sich im Frühjahr 1942 vor dem NS-Sondergericht in Dortmund verantworten. Warum? Er habe Getreide ans Vieh verfüttert und damit „die Deckung des Bedarfs der Bevölkerung in diesen höchst lebenswichtigen Erzeugnissen gefährdet". Der Bauer hatte im Spätherbst und Winter 1941/42 vier Zentner Weizen und sechs Zentner Roggen an seine 20 Schweine sowie an ein paar Hühner und Enten verfüttert. In den Jahren des Zweiten Weltkrieges war das Verfüttern von Getreide strengstens reglementiert – und es wurde überwacht.

Jemand hatte den Bauern beim Füttern beobachtet und denunziert. Am 1. Mai 1942 musste er sich „wegen Kriegswirtschaftsverbrechens in Tateinheit mit Verfütterung von Brotgetreide" vor dem Dortmunder NS-Sondergericht verantworten.

Der Angeklagte, so heißt es in einem Bericht über den Prozess, „suchte sich damit zu entschuldigen, dass es sich um infolge Bergschäden nass gewordenen und verdorbenen, zum Teil klumpigen und muffigen Roggen, bei dem Weizen um Hinterkorn gehandelt habe. Das Brotgetreide sei nach seiner Auffassung nicht zur menschlichen Ernährung geeignet gewesen".

Das Sondergericht wies dies zurück. Es betrachtete das Verhalten des Bauern als „einen Verstoß gegen das Brotgetreideverfütterungsverbot". Und weiter: „Der Angeklagte habe rund 10 Zentner Brotgetreide beiseitegeschafft und dadurch die Deckung des Bedarfs der Bevölkerung in diesen höchst lebenswichtigen Erzeugnissen gefährdet. Der Anklagte habe hierbei auch böswillig gehandelt, denn er habe sich in einer Zeit an der Ernährung des deutschen Volkes mit Brot vergangen, als die angespannte Brotversorgungslage bereits jedermann bekannt war." Der Bauer habe sich wissentlich über die „Notwendigkeit der Ablieferung auch der letzten Bestände an Brotgetreide hinweggesetzt".

Das Dortmunder Sondergericht bezeichnete ihn wegen der Verfütterung der zehn Zentner Getreide „als böswillig und damit als Kriegsverbrecher" und verurteilte ihn zu einem Jahr Gefängnis.

„Heimtückische Angriffe auf Staat und Partei"

Mit diesem Richterspruch sollte offenkundig ein Exempel statuiert werden. Überhaupt war das der einzige Daseinszweck dieses und

Fanden Kontrolleure in den Kriegsjahren illegale Vorratskammern, mussten die Eigentümer mit drakonischen Strafen rechnen.

der vielen anderen Sondergerichte im Reich: „durchgreifen“, abschrecken und jegliches Verhalten bekämpfen, das geeignet erschien, „das Vertrauen des Volks zur politischen Führung zu untergraben“, wie es seit Dezember 1934 ein NS-Gesetz „gegen heimtückische Angriffe auf Staat und Partei“ formulierte. Dem Terror von der Richterbank verlieh das Gesetz eine scheinlegale Fassade.

Die Sondergerichte erwiesen sich als willige Instrumente im Dienste von Partei und NS-Regime. Diese Rolle spielten sie nicht erst in den Kriegsjahren, sondern von Beginn an. Das erste Sondergericht in Westfalen, 1933 in Dortmund eingerichtet, verfolgte ursprünglich den politischen Widerstand, insbesondere der sozialdemokratischen und kommunistischen Arbeiterschaft des Ruhrgebietes sowie der Kirchen und Glaubensgemeinschaften. Seit im September 1939 die Zwangswirtschaft eingeführt worden war, nahmen auch die „Kriegswirtschaftsverbrechen“ zu. Um sie zu verfolgen, wurden in Westfalen weitere Sondergerichte in Bielefeld und Hagen eingerichtet.

Ein Großteil der Akten dieser Sondergerichte ist nicht mehr überliefert. Entweder verbrannten sie in den Bombennächten des Krieges, oder sie wurden von NS-Schergen gezielt in den letzten Kriegswochen vernichtet. Immerhin sind allein für Westfalen rund 15 300 Sondergerichtsakten erhalten geblieben.

Wie viele der darin dokumentierten Fälle sich auf den Tatort Dorf bezogen oder ländlich geprägt waren, lässt sich kaum eingrenzen. Mit

Ausrisse aus dem „Wochenblatt der Landesbauernschaft Westfalen" des Kriegsjahres 1942

Sicherheit gelingt das nur dort, wo Landwirte als „Täter" beteiligt waren. Der Historiker Michael Schwartz hat die erhalten gebliebenen Akten ausgezählt. Demnach drehten sich 373 Fälle vor den Sondergerichten Westfalens um Verfahren gegen Kötter, Bauern oder Gutsbesitzer, also gerade einmal ein Anteil von 2,5 Prozent.
Diese Verfahren wurden durch unterschiedliche Vergehen ausgelöst. Mal ging es um das verbotene Abhören sogenannter Feindsender, mal um missfällige Äußerungen gegen den „Führer" oder gegen lokale Parteigrößen. Besonders auffällig: Zwei Drittel der Verfahren gegen Bauern in den Kriegsjahren betrafen Vergehen gegen Bewirtschaftungsvorschriften, insbesondere das „Schwarzschlachten" ohne amtliche Genehmigung.

Ein „Volksschädling" verliert seinen Hof

Getreide verfüttern, ungenehmigtes Schlachten, Handeln unter der Hand und andere Verstöße gegen die Ernährungswirtschaft trafen das NS-Regime an einem empfindlichen Punkt. Denn nichts fürchteten die Nazis so sehr wie Hunger an der Heimatfront. Die Versorgung der Bevölkerung im Krieg musste gewährleistet sein. Eine Hungerkatastrophe wie im Ersten Weltkrieg musste unbedingt vermieden werden. So wurden Ernten und Viehstapel der besetzten Länder, vor allem im Osten Europas, rücksichtslos ausgeplündert und in gigantischen Mengen ins „Reich" geholt. Ebenso rücksichtslos und radikal ging das Regime nach innen vor. An allen Fronten der propagierten Erzeugungsschlacht wurde „durchgegriffen" – je länger der Krieg dauerte, desto brutaler.

Dabei war das „Schwarzschlachten" auf dem Land traditionell ebenso verbreitet wie der ländliche Tauschhandel abseits der NS-Marktordnung, wie viele Berichte belegen. Auf ihre althergebrachten Gewohnheiten der Selbstversorgung wollten viele Landwirte nicht verzichten. Politisch wirkender Widerstand war dergleichen kaum, aber es stellte doch einen Akt ländlicher Resistenz gegenüber den Vorschriften des NS-Staates dar. Die traditionelle Hausschlachtung galt als Ausdruck bäuerlicher Autonomie. Dass dafür erst Papiere und Stempel eingeholt werden mussten, war in Teilen der ländlichen Bevölkerung ebenso schwer nachzuvollziehen wie der Verzicht des traditionellen Tausches und Handels mit hofeigenen Produkten. Warum sollten Bauern deswegen als „Volksschädlinge" gelten?

Genau das warf der NS-Sonderrichter einem westfälischen Landwirt vor. Er war 1941 denunziert worden, als er zwei Schweine schwarzgeschlachtet und das Fleisch weiterverkauft hatte. Außerdem habe er „während der ganzen Kriegszeit weitere rund 12 bis 13 Ferkel" ohne Erlaubnis geschlachtet und das Fleisch ebenfalls verkauft: zu Preisen, die die amtlich festgesetzten Höchstpreise überschritten. Das Sondergericht befand: „Wer in dieser schamlosen Weise die Not der Verhältnisse zu Wucherpreisen ausnutzt, kennzeichnet sich auch seiner Person nach als Volksschädling, selbst wenn er bisher unbestraft und tadelfrei durchs Leben gegangen ist."

Der Bauer wurde zu einer Zuchthausstrafe von drei Jahren verurteilt. Außerdem erkannte ihm das Sondergericht die bürgerlichen Ehrenrechte ab. Und damit nicht genug: Dem Bauern wurde auch die Bewirtschaftung und Nutznießung seines Hofes für sechs Jahre entzogen – das „Reichserbhofgesetz" vom September 1933 sah diese „Abmeierung" ausdrücklich vor.

Denunziation und Öffentlichkeit

Wer aber hatte den Landwirt überhaupt vor das Gericht gebracht? Auf welche Weise erfuhren die Ermittlungsbehörden und Sondergerichte von den Vergehen der Bauern und Landhändler? Mehr als jeder zweite Fall, das ergab die Auswertung der westfälischen Akten, ging auf eine Denunziation zurück. Mal war es ein Nachbar, mal eine Verwandte, mal ein ehemaliger Landarbeiter, die glaubten, sich auf diese Weise für früheres Unrecht rächen zu müssen. Nicht selten waren es überzeugte Anhängerinnen und Anhänger der NS-Bewegung, die eine Denunziation in die Polizeistuben und Parteibüros trugen.

Regional verteilten sich die Verfahren gegen Bauern vor den NS-Sondergerichten keineswegs gleichmäßig. In Westfalen bildeten sich auffallende Schwerpunkte in ländlich-katholischen Gemeinden heraus, die dem NS-Regime eher reserviert bis ablehnend gegenüberstanden. „Ein weiteres Zentrum dieser Form politischer Verfolgung", so der Historiker Michael Schwartz, war der protestantisch geprägte Landkreis Herford, „vor 1933 eine westfälische NS-Hochburg". Die Verfahren dienten nicht nur der Bestrafung des Delinquenten, sondern ebenso auch der Einschüchterung seiner Person und seiner Umgebung. Wurden etwa die Ermittlungen eingestellt, erhielt der Delinquent eine Verwarnung, die ihm, sollte er den Behörden erneut auffallen, eine mögliche KZ-Haft androhte. Das verfehlte seine Wirkung weder auf den Einzelnen noch auf seine ländliche Umgebung. Sie wurde noch dadurch verstärkt, dass die Urteile der Sondergerichte bekannt gegeben wurden, nicht selten bei voller Namensnennung der Delinquenten. Der Goebbels'sche Propaganda-Apparat und die Blätter des NS-Reichsnährstands sorgten dafür, dass die Taten und Strafen allgemein bekannt wurden. Im „Wochenblatt der Landesbauernschaft Westfalen" etwa wurden solche Sondergerichtsurteile in den Kriegsjahren regelmäßig veröffentlicht – zeitweise in einer festen Rubrik, deren Überschrift alles sagt: „Strafen, die als Lehre dienen". Dort erfuhren die Leser etwa, dass das Sondergericht in Dortmund im Februar 1942 einen Hammer Kaufmann zum Tode verurteilt hatte, weil er unter der Hand mit Lebensmitteln gehandelt hatte. Insgesamt rund 200 Zentner „verbotener" Lebensmittel seien bei einer Hausdurchsuchung entdeckt worden. Damit, so donnerte das Dortmunder NS-Sondergericht, „habe er Tausch- und andere Devisengeschäfte durchgeführt und deshalb nichts anderes als den Tod verdient".

Ein promovierter Jurist und Oberlandwirtschaftsrat namens Gerdsmeyer kommentierte dieses Urteil im „Wochenblatt der Landesbauernschaft Westfalen" mit folgenden Worten: „Das Gericht handelte nach dem Führerwort, dass für denjenigen, der sich im Kriege bereichert, es kein Erbarmen gibt. Es ist für jeden anständigen Deutschen selbstverständlich, dass der nationalsozialistische Staat derartige Schieber, die die Heimatfront gefährden, während unsere tapferen Soldaten an den Fronten

„Zu diesen Kunden gehörten auch Juden"

„Das Sondergericht in Bielefeld verurteilte am 26. März 1942 die Geschäftsinhaberin Maria Henkemeier aus Salzkotten zu einer Zuchthausstrafe von 6 Jahren und zu 6 Jahren Ehrverlust.

Die Angeklagte führte das elterliche Lebensmittelgeschäft in Hövelhof. Schon bald nach der Bewirtschaftung ging sie dazu über, bezugsbeschränkte Waren ohne Marken an Kunden abzugeben. Zu diesen Kunden gehörten auch Juden. Sie gab ihren Kunden wiederholt nicht allein Butter, sondern auch Zucker, Oel und andere bezugsbeschränkte Lebensmittel ohne Bezugsberechtigung und stand bald bei der Bevölkerung in entsprechendem Ruf.

Trotzdem sie von einer Angestellten und deren Vater darauf hingewiesen wurde, dass sie deshalb mit der Polizei in Konflikt kommen könne, setzte sie jedoch ihr Treiben fort.

Um die inzwischen aufgetretenen Fehlbeträge zu decken, ging die Angeklagte dazu über, Bezugsscheine zu fälschen. Nachgewiesen wurde für die Zeit vom 20. September bis 21. November 1941 die Verfälschung von 25 Bezugsscheinen über fast alle Warenarten.

Das Sondergericht führte aus, dass die Mengen, die die Angeklagte der Volksgemeinschaft entzogen habe, so groß seien, dass die Tat nur mit einer schweren Strafe gesühnt werden könne. Infolge der ständigen Hinweise in Rundfunk und Presse sowie in den Fachzeitschriften sei die Angeklagte sich über die Strafbarkeit ihres Verhaltens und die damit zusammenhängende Gefährdung der Versorgung klar gewesen.

Es sei besondere Aufgabe der Gerichte, das Umsichgreifen solcher Taten mit allen Mitteln zu verhüten. Das könne allein durch schwerste Strafen ohne Rücksicht auf die Person des Täters erreicht werden."

Wochenblatt der Landesbauernschaft Westfalen, 16. Mai 1942

bluten, aus der Volksgemeinschaft ausgemerzt werden müssen."

In seinem Eifer hatte der Oberlandwirtschaftsrat den Überblick über seinen verschlungenen Satz verloren. Die Botschaft war dennoch klar: Bauern, die ohne Genehmigung schlachteten oder andere Verordnungen der Kriegswirtschaft missachteten, galten als „Volksfeinde" und wurden nicht als Menschen betrachtet, sondern als Unkraut oder Schädlinge, die „auszumerzen" seien.

Bielefelder Todesurteile

Ein überaus drakonisches Urteil fällte das Bielefelder Sondergericht in seiner Verhandlung am 4. und 5. Mai 1942. Drei bäuerlichen Ehepaaren sowie drei weiteren Landwirten aus der Gegend um Liemke im damaligen Landkreis Wiedenbrück wurde vorgeworfen, über Monate hinweg insgesamt 50 Schweine und 27 Kälber ohne Papiere geschlachtet und das Fleisch „zu erheblichen Überpreisen" an Gaststätten in Paderborn, Brackwede und Bielefeld geliefert zu haben.

Das Bielefelder Sondergericht verurteilte am 5. Mai 1942 zwei der beteiligten Ehepaare sowie einen Landwirt zum Tode. Dessen Ehefrau wurde zu zehn Jahren Zuchthaus, die übrigen Beteiligten zu zwei bzw. drei Jahren Zuchthaus verurteilt. „Im nationalsozialistischen Staat ist kein Platz für Schieber und Wucherer", so donnerte der Vorsitzende des Sondergerichts, „sie haben deswegen ihr Leben verwirkt."

Das konnten Zigtausende Landwirte im „Wochenblatt der Landesbauernschaft Westfalen" lesen. Das Bielefelder Sondergericht selbst hatte die Veröffentlichung seines drakonischen Urteils angeordnet, damit es „in der Öffentlichkeit genügend bekannt wird und abschreckende Wirkung erzielt". Im Urteil gegen die Liemker Bauersleute vom 5. Mai 1942 ist außerdem zu lesen:

„Wer so die Kriegsverhältnisse ausnutzt, stellt sich außerhalb der Volksgemeinschaft und muß dementsprechend aus ihr ausgemerzt werden. Das erscheint allein als gerechte Sühne und ist auch allein geeignet, ähnliche Elemente, die den Dolchstoß in den Rücken der Volksgemeinschaft führen, mit der erforderlichen Schärfe abzuschrecken."

Das spielte auf die Dolchstoßlegende der deutschnationalen oder radikalkonservativen Kreise an, nach der eine linksrevolutionäre Bewegung dem ebenso angeblich „im Felde unbesiegten" kaiserlichen Heer 1918 in den Rücken gefallen sei und so die Niederlage im Ersten Weltkrieg herbeigeführt habe. Ähnliches sollte sich nicht wiederholen, so die Ideologie der NS-Richter, die auf diese Weise ihr blutiges Urteil zu legitimieren suchten.

Am 1. September 1942, dem dritten Jahrestag des Kriegsbeginns und einige Monate nach dem Bielefelder Richterspruch, wandelte das Berliner Justizministerium die fünf Todesstrafen gegen die Liemker Bauersleute um: in Haftstrafen von zweimal zehn Jahren Zuchthaus, zweimal acht Jahren Zuchthaus sowie einmal fünf Jahren Zuchthaus. Doch das war eine seltene Ausnahme, deren Hintergründe mangels weiterer Unterlagen nicht zu rekonstruieren sind.

Insgesamt hat allein das Sondergericht Bielefeld in 51 Urteilen zwischen 1941 und 1945 60 Personen zum Tode verurteilt. Davon wurden nachweislich 48 Todesurteile vollstreckt, in vier weiteren Fällen ist das bislang nicht geklärt. Sieben Todesurteile wurden in Haftstrafen umgewandelt. In einem Fall verhinderte offenbar das Kriegsende die Vollstreckung.

Die Sonderrichter fällten ihre Urteile bis zum düsteren Ende. Noch am 22. März 1945, als die Städte längst in Trümmern lagen und alliierte Truppen weite Teile des Landes besetzt hatten, sprach das Bielefelder Sondergericht sein nachweislich letztes Urteil: ein Jahr Gefängnis für einen Mann wegen Schwarzschlachtens. Es war ein Zufall, dass dieses Delikt am Ende des grausigen Treibens des Bielefelder Sondergerichtes stand.

573 Tage Fahndung

Meyerhöfen bei Bohmte, 24. Februar 1966

Bruno Fabeyer (1926–1999) und die Ohnmacht der Polizei

Donnerstag, 24. Februar 1966. Ein hagerer Mann radelt am späten Nachmittag durch Meyerhöfen, eine ländliche Streusiedlung im Niedersächsischen, unweit von Hunteburg und südlich des Dümmers. Kurz nach 18 Uhr hält der Mann an der Dorfgaststätte Heemann. Er stellt sein Rad ab, betritt das Lokal, setzt sich in aller Seelenruhe an die Theke und bestellt, leicht stotternd, ein Bier und ein Kotelett. „Guter Dinge" sei er gewesen, wird die Gastwirtin später über den Fremden an der Theke aussagen. Am Abend dieses Februartages schießt er in einer Kuhweide bei Meyerhöfen einen Polizisten nieder und entschwindet in den Wäldern. Wieder einmal.

Bruno Fabeyer lautet der bürgerliche Name des Mannes, dem die Polizeibehörden dreier Bundesländer – Niedersachsen, Nordrhein-Westfalen und Hessen – seit Monaten auf den Fersen sind. „Mittelblond, schlank, 1,75 m groß": So beschreiben um die Jahreswende 1965/66 die Fahndungsplakate den Mann, nach dem das halbe Land sucht und der sich doch immer wieder entziehen kann. Insgesamt 573 Tage fahndet die Polizei nach Fabeyer, der sich irgendwo zwischen Dümmer und Diemelsee versteckt hält.

Allein streift er durch Moore und Wälder. Tagsüber schläft er in Feldscheunen, Waldhütten oder Holzverschlägen, nachts steigt er in abgelegene Einfamilienhäuser oder Bauernhäuser ein oder taucht auch schon mal, in einen Anzug gekleidet, in einem Friseursalon, einem Kaufhaus oder einer Dorfgaststätte auf.

Währenddessen überfliegen Hubschrauber des Bundesgrenzschutzes die Dörfer. Polizisten erkunden unterirdische Stollen im Teutoburger Wald, stellen Bauernhöfe auf den Kopf, um Spuren zu finden, oder durchkämmen Felder, Wiesen und Wälder. Doch immer kommen sie etwas zu spät. Sie entdecken, wie das Nachrichtenmagazin „Der Spiegel" damals berichtet, „nichts als einige von Bonbonpapier übersäte Fabeyer-Lager, tote Schafe sowie leere Flaschen, die der Flüchtige zu Schießübungen verwendet hatte, und fortgeworfene Bekleidungsstücke". Und weiter: „In den Taschen steckten noch Zeitungsausschnitte, durch die sich Fabeyer über die ‚neue Bluttat des Schwerverbrechers Fabeyer', seinen Steckbrief und die Höhe der Belohnung informiert hatte."

Die Boulevardblätter haben zu diesem Zeitpunkt das Urteil über Fabeyer längst gefällt. Sie glauben die Geschichte des „Waldmenschen" zu kennen und heizen die Stimmung an. So heißt es in der „Hamburger Morgenpost":

„Bruno Fabeyer, Baujahr 1926, wuchs in einer Rabensippe auf. Der Vater nahm sich im Knast den Strick, der Bruder wurde wegen Fahnenflucht hingerichtet, die Mutter war nicht die Hellste. Klein Bruno kam auf die schiefe Bahn. Das Zuchthaus wurde seine Wohnanschrift. Im

Von den Medien umlagert: Bruno Fabeyer hatte mehr als anderthalb Jahre lang die Polizei genarrt und sich bis Februar 1967 zwischen Dümmer und Diemelsee versteckt gehalten. Die Aufnahme entstand vor Gericht im Herbst 1967.

August 1965 floh er, tauchte im Teutoburger Wald ab."

Doch stimmte das alles? Wer war der Mann tatsächlich? Warum geriet er auf die „schiefe Bahn"? Oder anders gefragt: Was hinderte ihn, auf eine gerade Bahn zu kommen? Und schließlich: Wie wurde er aufgespürt?

Was vorher geschah

Bruno Fabeyer wurde am 4. Juni 1926 bei Osnabrück geboren. Seine Mutter stammte aus Lechtingen, sein Vater aus Westerkappeln. Er wuchs mit einem zwei Jahre älteren Bruder „in trübseligen Verhältnissen" auf, wie der „Spiegel" später urteilte. Der Vater, mehrfach vorbestraft, wurde 1929 zu einer längeren Zuchthausstrafe verurteilt. Sein Sohn Bruno, zu diesem Zeitpunkt drei Jahre alt, soll kurz darauf die Sprache verloren haben. Ein halbes Jahr lang soll er gar nicht gesprochen und von da an nur noch gestottert haben. Zeitlebens behielt er diese Sprachstörung, die in jedem der späteren Berichte über Fabeyer erwähnt ist.

Die Eltern wurden geschieden. Der Vater brachte sich 1934 in der Haft um. Die beiden Jungen gerieten aus dem Tritt, schwänzten die Schule, begingen kleinere Diebstähle – dieses Bild jedenfalls zeichnete der spätere Fabeyer-Fahnder, der Osnabrücker Kriminaloberrat Waldemar Burghard, aus den Prozessakten. Der Mutter sei im Oktober 1939 das Sorgerecht entzogen, die beiden Brüder, inzwischen 13 und 15 Jahre alt, seien in staatliche Erziehungsheime eingewiesen worden.

Eine andere Version will das Nachrichtenmagazin „Der Spiegel" im späteren Prozess gegen Fabeyer 1967 erfahren haben. Demnach hatte der Heimaufenthalt der beiden Brüder folgende Vorgeschichte:

„Zwölf Jahre alt, riss er [Bruno Fabeyer] mit seinem Bruder nach Hamburg aus. ‚Wir wollten mit dem Sch-Sch-Schiff fahren und haben uns in der Nähe der Da-Da-Davidswache damit befasst.' Was anderen als ein Streich ausgeht, brachte ihn in die Fürsorge."

Den Kopf kahl geschoren

Die in den Heimen herrschenden Erziehungsmethoden der Nazi-Zeit bekam Fabeyer am eigenen Leib zu spüren. Später erzählte er vor Gericht, man habe ihm im Göttinger Provinzial-Erziehungsheim den Kopf kahl geschoren, ehe acht Zöglinge des Heimes über ihn hergefallen seien. Der Erzieher selbst soll sie dazu angestiftet haben mit den Worten: „Und nun wollen wir doch mal sehen, ob er Schmerzen vertragen kann."

Was an diesen Berichten Dichtung und was Wahrheit ist, lässt sich aus der Rückschau kaum mehr überprüfen. Die Beurteilungen der NS-Heimfürsorge fielen für Bruno Fabeyer denkbar ungünstig aus: „Stumpf, verschlagen, misstrauisch, verstockt und gefühlsarm" – diese Urteile, so urteilte der „Spiegel"-Gerichtsreporter 1967 rückblickend, seien „eine Parodie auf alle Versuche, Kinder helfend zu erkennen".

Brunos Bruder Fritz Fabeyer wurde im Oktober 1942 zu Hitlers Wehrmacht eingezogen. Er desertierte, wurde festgenommen und monatelang im Wehrmachtsgefängnis festgehalten, ehe er wegen „Fahnenflucht" am 14. April 1943 im Gefängnis Wolfenbüttel hingerichtet wurde. In einem seiner letzten Briefe, so teilte seine Mutter 1949 im Zuge eines Entschädigungsverfahrens mit, habe er geschrieben: Er habe sich von der Truppe entfernt, weil er „das Unrecht, das Hitler bisher an der Menschheit, besonders gegenüber den Juden, begangen habe, durch seinen Kampf für ein solches System nicht decken könnte". An die Hinrichtung erinnert heute ein „Stolperstein" des Künstlers Gunter Demnig am früheren Wohnort des Bruders in der Kornstraße 50 in Osnabrück.

Kriegsende im Konzentrationslager

Und Bruno Fabeyer? Er hatte zunächst eine Schlachterlehre begonnen und wurde Ende März 1944 ebenfalls zur Wehrmacht eingezogen. Wie sein älterer Bruder desertierte auch er. Wegen Fahnenflucht wurde Bruno Fabeyer zu einer Zuchthausstrafe von vier Jahren verurteilt. Er wurde in ein Konzentrationslager deportiert. In welches, darüber liegen unterschiedliche Angaben vor. Die Presse meldete während des Fabeyer-Prozesses 1967, er sei im KZ Buchenwald inhaftiert gewesen und habe dort das Kriegsende 1945 erlebt. Der aktennahe Bericht des Osnabrücker Fahnders Waldemar Burghard nennt hingegen das KZ Mauthausen, „aus dem Fabeyer von den Amerikanern befreit wurde".

Fabeyer kehrte im Frühsommer 1945 nach Osnabrück zurück und schlug sich wie so viele in jener Zeit durch: arbeitssuchend, auf dem Schwarzmarkt, beim Tauschen und Hamstern. Diese Betteltouren über Land und zu den Bauern verschafften ihm später die Ortskenntnisse, um sich 1965/66 vor der Polizei zu verstecken.

In den frühen Nachkriegsjahren gelang es Fabeyer nicht, eine solide Existenz aufzubauen. Arbeiten auf dem Bau, im Straßenbau und einem Sägewerk gab er oft schon nach ein paar Wochen auf, bis dem Arbeitsamt die Geduld ausging und es ihm die Unterstützung entzog. Er unternahm Einbrüche und Diebstähle, wurde erwischt und wiederholt bestraft.

Ein halbes Leben hinter Gittern

Die Pausen zwischen seinen Zuchthausaufenthalten wurden immer kürzer. 1948 saß er wegen Diebstahls vier Monate lang ein, 1949 folgten zehn Monate Haft, ehe er 1952 schließlich zu drei Jahren Zuchthaus verurteilt wurde.
Diese Zeit saß er unter anderem in der Strafanstalt in Lingen ab. In einem dort verfassten Gutachten heißt es 1953 über Bruno Fabeyer: „Da er sich anscheinend erzieherisch beeinflussen lässt, besteht die Möglichkeit, falls er sich einen geeigneten Bewährungshelfer bei einer bedingten Strafaussetzung unterstellen lässt, dass Fabeyer in geordnete Verhältnisse zurückgeführt werden kann." Die aber hatte es im Leben des nun 27-Jährigen nie gegeben.
Kaum in Lingen entlassen, beging Fabeyer einen weiteren gewaltsamen Raub. Er wurde gefasst, stand erneut vor Gericht und galt nun „als gefährlicher Gewohnheitsverbrecher". Über ihn wurde eine Strafe von sechs Jahren Zuchthaus mit anschließender Sicherungsverwahrung verhängt.
Diese sechsjährige Haft ging am 1. August 1965 zu Ende. Das Osnabrücker Gericht hatte inzwischen die Sicherungsverwahrung „bedingt aufgehoben". Fast sein halbes Leben hatte Fabeyer hinter Gittern verbracht. Ein Bewährungshelfer sollte ihn nun betreuen. Doch ehe es dazu kam, war Fabeyer spurlos verschwunden. Er tauchte ab und startete zu einem Diebeszug durch den Nordwesten der jungen Bundesrepublik. Noch ahnte niemand, dass die Suche nach ihm 573 Tage dauern würde – es war am Ende eine der längsten und intensivsten Fahndungen, die in Deutschland je einem einzelnen Verbrecher gegolten hat.
„Die Tage verbringt er wie ein scheues Nachtgetier dösend im Dickicht", heißt es später im Nachrichtenmagazin „Der Spiegel". Und weiter: „Erst wenn es dunkel wird, treibt sein Instinkt ihn zur nächsten Untat. Aus einsamen Gehöften stiehlt er dann, was er zum Leben braucht, radelt auf Wald- und Feldwegen zu versteckten Vorratslagern, die er überall angelegt hat, und verstaut dort seine Beute. Wenn der Einbruch entdeckt wird, ist Fabeyer längst in eine andere Ecke des Osnabrücker Landes verschwunden, in dem er mittlerweile fast jede Brombeerhecke und jeden Schafstall kennt."

Der Dieb liebte Süßes

Auf den Höfen und in einsam gelegenen Wohnhäusern suchte Fabeyer nach Geld und Kleidung in seiner Größe. Arbeitsjacken, adrette Anzüge oder auch schlichte Karohemden nahm er mit, um sich damit bei den nächsten Einbrüchen zu tarnen. Ein anderes Markenzeichen: Fabeyer stahl gerne auch Schokolade, Bonbons und andere Süßigkeiten. Der „Spiegel" nannte ihn deswegen den „lutschenden Einsteigedieb". Süßwaren aller Art fanden Polizisten, als sie insgesamt fünf Depots aufspürten, die Fabeyer in freier Natur angelegt und gut mit Laub, Zweigen und Moos getarnt hatte. Doch die Polizisten entdeckten noch mehr: Zigaretten, Jägermeister-Likör, einen batteriebetriebenen Rasierapparat, außerdem Matratzen aus Schaumgummi, Decken, ein besticktes Sofakissen – und erstmals auch Munition für Gewehr und Pistole. Dieser Fund machte allen klar, dass es nur eine Frage der Zeit war, wann aus dem Seriendieb ein gefährlicher Gewaltverbrecher wurde.
Tatsächlich fielen bald Schüsse. Am 29. Dezember 1965, nachts gegen 2.45 Uhr, stieg Fabeyer in Gretesch, einer Wohnsiedlung am Ostrand

Ein Findling erinnert unweit von Meyerhöfen an den Polizeiobermeister Brüggemann, der von Bruno Fabeyer 1966 erschossen wurde.

von Osnabrück, in das Haus eines Postbeamten ein. Aus einer Handtasche im Wohnzimmer entwendete er vier Mark, hieß es später im detailverliebten Bericht des „Spiegel". Fabeyer sei schließlich „bei seinem Streifgang durchs Haus im Schlafzimmer der Tochter" gelandet und habe „das 20 Jahre alte Mädchen bedrängt". Und weiter: „Vater Alois, den die Schreie seines Kindes aus dem Bett geschreckt hatten, warf sich dem Eindringling entgegen. Fabeyer streckte den Mann mit einem Bauchschuss nieder, lief auf die Straße und hetzte mit seinem Rad in die Nacht."

Der Postbeamte Alois Broxtermann überlebte die Folgen des Raubüberfalls nur knapp. Fabeyer aber hatte in dieser Winternacht in Gretesch eine weitere Grenze überschritten. Zum ersten Mal hatte er eine Waffe gezogen und auf einen Menschen geschossen.

Die Schüsse lösten in der Bevölkerung blankes Entsetzen und „eine gewisse Fabeyer-Psychose" aus, wie der Osnabrücker Fahnder, Kriminaloberrat Burghard, damals feststellte. Allein seine Dienststelle erhielt in jenen Wochen rund 1000 Hinweise aus der Bevölkerung, die genau zu wissen glaubte, wo denn der von den Boulevard-Medien so genannte „Waldmensch" sich denn aufhalte. Funkstreifen, Einheiten der Bereitschaftspolizei, die in der Meller Jugendherberge einquartiert waren, sowie zwei Hubschrauber des Bundesgrenzschutzes gingen den Beobachtungen und Verdächtigungen nach.

Doch der Verdächtigte schien vom Erdboden verschluckt. Wie aus dem Nichts radelte Fa-

beyer dann gut acht Wochen später, am 24. Februar 1966, seelenruhig durch die Dämmerung von Meyerhöfen, betrat gegen 18 Uhr die Dorfgaststätte und bestellte mit stotternder Stimme ein Kotelett und ein Bier.
Die Gastwirtin erkannte Fabeyer. Sein Foto stand schließlich in allen Zeitungen, sein Steckbrief hing überall aus, auch in ihrer Gaststätte, nur wenige Schritte von der Theke entfernt. Heimlich wies sie zwei andere Kneipengäste darauf hin, wer da mit ihnen an der Theke saß. Einer der beiden, der Bundesbahnbeamte Herbert Schubert, verließ unter einem Vorwand die Gaststätte, fuhr mit seinem Pkw zur nächsten Polizeidienststelle und verständigte dort einen Polizeiobermeister namens Heinrich Brüggemann.

Schüsse in der Kuhweide

Im Auto des Bahnbeamten ging es zurück nach Meyerhöfen. Doch dort hatte Fabeyer längst Verdacht gewittert. Hatte das herannahende Löschfahrzeug der örtlichen Feuerwehr seinen Fluchtinstinkt geweckt? Als er mit dem Rad aus dem Dorf eilte, verfolgten ihn die Feuerwehrleute. Ihr Blaulicht wies dem Polizeiobermeister den Weg, der im Auto des Bahnbeamten saß – ein professioneller Zugriff sah anders aus.
An einer Weide ließ Fabeyer das Fahrrad fallen und floh über Land. Der Polizist sprang aus dem Auto und verfolgte den Verbrecher zu Fuß. Fabeyer ließ ihn auf sich zukommen, zückte eine Pistole und feuerte drei Schüsse ab. Der Polizeibeamte Heinrich Brüggemann sackte zusammen und verblutete noch auf dem Weg zum Krankenhaus.
Die Polizei setzte nun erst recht alles daran, ihn zu finden. Doch Fabeyer, so schien es, hielt seine Verfolger zum Narren. Nur zwei Tage nach jenen Schüssen von Meyerhöfen tauchte er im Nachbardorf Stemshorn bei Lemförde auf. Am selben Tag wurde der Diebstahl von Lebensmitteln von einem Bauernhof in Hüde am Dümmer, nördlich von Lemförde, gemeldet. Zwei Tage später soll es bei Melle im Teutoburger Wald zu einer Schießerei mit der Polizei gekommen sein. Wieder entwischte Fabeyer.
Fast ein ganzes Jahr lang ging das so weiter. Fabeyer tauchte auf, verschwand wieder, brach irgendwo ein, füllte seine Lager, versteckte sich in den Wäldern – und niemand wurde seiner habhaft, weil er so gut wie keine Trittspuren hinterließ. „Ich war wie ein Fuchs, wie ein Luchs“, so sagte er später in den Vernehmungen. „Ich konnte genau unterscheiden, ob ein Geräusch von einem Stück Wild und von welcher Art Wild kam, oder ob sich ein Mensch in der Nähe aufhielt.“
Nur nachts oder in der Dämmerung radelte er umher. Weitere Strecken legte er mit der Bahn zurück. Im gestohlenen bürgerlichen Anzug gut getarnt, reiste er unbehelligt durch das Land, um in Paderborn, Northeim oder gar in München in Häuser einzubrechen und sich dann in aller Stille in die Wälder zurückzuziehen, etwa in ein Waldgebiet bei Schloss Linderhof in Oberbayern. „Hier war ich sicher“, sagte er später den Ermittlern. „In das Jagdgebiet von Fürsten und Regierungsmitgliedern traut sich die Polizei nicht so schnell.“
Zeitweilig setzte er sich sogar über die grüne Grenze illegal nach Österreich ab, Wochen später tauchte er, für die Polizei völlig überraschend, in Augsburg auf. Dort stieg er in Häuser ein und fuhr später im Frühzug von dannen: unauffällig und sauber gekleidet, während die Boulevardmedien am unheimlichen Bild vom „Waldmenschen“ zeichneten. Das konnte ihm nur recht sein.

Die Grenzen halfen ihm

Neben seinem Geschick und seiner kriminellen Klugheit kam ihm die Grenzlage seines Reviers entgegen. Die Polizeibehörden der drei Bundesländer Niedersachsen, Nordrhein-Westfalen und Hessen verfolgten ihn. Dabei konkurrierten sie mehr, als dass sie kooperierten, wenn sie überhaupt voneinander wussten. Nordrhein-Westfalen und Niedersachsen richteten jeweils eigene Fabeyer-Kommissionen ein. Selbst innerhalb des Flächenlandes Niedersachsen gingen Informationen zwischen den Behörden verloren. So soll die Polizei seiner Heimatstadt Osnabrück erst spät erfahren haben, dass Fabeyer im August 1965 aus dem Zuchthaus in Celle entlassen worden war.

Fehlende Karten, leere Batterien

Die Polizei stolperte von einer Fahndungspanne zur nächsten. Fingerabdrücke wurden nicht weitergeleitet, weil sie fälschlicherweise als „nicht verwendbar" bewertet worden waren. Polizisten, die zur Fahndung ausrückten, suchten in ihren Streifenwagen vergebens nach Geländekarten und mussten sich Straßen- oder Wanderkarten der Gegend erst einmal an einer Tankstelle kaufen. „Fanden sich die in dem betreffenden Gebiet zuständigen Polizeibeamten noch einigermaßen zurecht, so irrten Funkstreifenbesatzungen aus anderen Bereichen hilflos umher", beschrieb der Osnabrücker Kriminaloberrat und Cheffahnder Waldemar Burghard das Chaos.

Einmal, so berichtete Burghard später, zogen Hunderte Polizisten einen Fahndungsriegel quer durch das Wiehengebirge. Kaum war die Postenkette geschlossen und auch der eigens aufgebaute Funkkreis installiert, krächzte es aus den Funkgeräten durch den Wald: „Unsere Batterie ist leer!" Von „ersterbenden Hilferufen durch den Äther" schrieb Burghard. „Die ganze schöne Technik brach schlicht zusammen." Die Aktion, mit hohem Aufwand geplant und realisiert, musste vorzeitig abgebrochen werden.

Das Scheitern der „Jägermeister"

Kaum besser verlief Ende Februar 1966 die „Aktion Jägermeister". Fahnder sollten sich als Jäger, Waldarbeiter oder Liebespärchen tarnen und durch einen Landstrich streifen, in dem Fabeyer vermutet wurde. Doch die Aktion, so Burghard, „drohte zunächst an einem simpel erscheinenden Problem zu scheitern: Es waren keine Fahrräder da. Als sie zur Verfügung standen, ergaben sich Transportschwierigkeiten in die Einsatzräume." Fabeyer indes, mit der Natur bestens vertraut, habe sofort die Gefahr dieser neuen Fahndungsmethode gewittert. Ihm sei es gelungen, sich per Anhalter aus dem Staub zu machen.

Die Fahndung erreichte einen weiteren Tiefpunkt, als Heereshubschrauber aus dem Bundeswehr-Stützpunkt in Rheine angefordert wurden, um die Waldgebiete des Wiehengebirges aus der Luft zu beobachten. An eines hatte niemand gedacht: Die Funkgeräte des Heeres und die der Polizei arbeiteten auf unterschiedlichen Frequenzkanälen. Das, so Burghard verzweifelt, konnte „durch keinen technischen Trick dieser Welt" geändert werden.

Kein Wort zu verstehen

Irgendjemand hatte die rettende Idee, einem Beobachter an Bord eines Heereshubschraubers einfach ein Polizeifunkgerät in die Hand zu drücken. Das Ergebnis kommentierte Fahndungsleiter Burghard voller Sarkasmus: „Er [der Beobachter] störte zwar nachhaltig den Polizeifunkverkehr im 200 Kilometer entfernten Regierungsbezirk Arnsberg, bei den unmittelbar beteiligten Bodenstellen war indessen kein Wort zu verstehen."

Keinem Polizisten, sondern einer aufmerksamen Kasseler Bürgerin war es zu verdanken, das Fabeyer nach 573 Tagen Fahndung endlich gefasst wurde: am 24. Februar 1967, zufälligerweise auf den Tag genau ein Jahr nach den tödlichen Schüssen auf den Polizeibeamten in Meyerhöfen.

Noch am Vorabend war Fabeyer 350 Polizisten in den Wäldern bei Wolfhagen entwischt. Am

Bruno Fabeyer: Meine letzten Tage vor der Festnahme

„So ab Mitte Februar waren sie in Fulda am Herumgurken. Da bin ich nach Kassel gefahren. So ungefähr am 20. [Februar 1967] war ich morgens noch in einer Kirche und habe gebetet, Herrgott beschütze mich, daß sie mich nicht packen. Dann las ich in einer Zeitung, ich glaub' es war in der Abendpost oder so einem Käseblatt, daß eine Apothekerin in Heringen mich erkannt hätte, als ich Nervogastrol kaufte. Hab' ich vielleicht gelacht! Da war ich nie gewesen. Na, denk' ich, wart' mal, was die jetzt machen. Bin ins Kino gegangen und nachts zu den Segelfliegern. Am 24. [Februar 1967] dachte ich: Frühstückst du noch eben und dann mußt du mal wieder die Platte putzen. Mit dem nächsten Zug wäre ich ins Sauerland gefahren. Sitz' ich da und kau' so für mich hin, guckt mich doch eine Frau an. Ich denke: Quatsch, die schlafen doch alle noch. Siehste, und das war mein Fehler. Zack, zack, waren zwei Bullen da. – Aus der Traum, Bruno."

nächsten Morgen gegen neun Uhr saß er dann im hellen Mantel in der Besucherkantine eines Kasseler Kaufhauses und verzehrte in aller Ruhe ein Würstchen. Schon dieser Speise wegen fiel er, der sich offenbar gut getarnt glaubte, der Kaufhauskundin auf. Sie bewahrte einen kühlen Kopf, verließ den Raum und das Kaufhaus, lief 50 Meter zur nächsten Telefonzelle und rief im Kasseler Polizeipräsidium an.

Gegen 9.30 Uhr stürmten vier Polizisten den Erfrischungsraum und nahmen Fabeyer fest. Er war so verdutzt, dass es ihm nicht einmal mehr gelang, seine Waffe zu ziehen.

Urteil: Lebenslänglich

Fabeyer wurde verhört, fotografiert und wenig später von Kassel in das Zuchthaus nach Celle transportiert. Am 16. November 1967 eröffnete das Landgericht seines Geburtsortes Osnabrück den Prozess gegen ihn. Nach mehreren Verhandlungstagen wurde Fabeyer zu lebenslänglicher Haft mit anschließender Sicherheitsverwahrung verurteilt.

Der Welt hinter Gittern entkam Fabeyer zeit seines Lebens nicht mehr. Er starb am 8. Februar 1999 in Bad Orb im Spessart. Zu diesem Zeitpunkt kannte fast niemand mehr den Mann, den einst die halbe Republik fürchtete und suchte.

Der damalige Cheffahnder Waldemar Burghard aber, der in den 1970er-Jahren zum Direktor des Landeskriminalamtes Niedersachsen aufgestiegen war, hatte weder Fabeyer noch die Fahndungspannen vergessen. Inzwischen im Ruhestand, verfasste Burghard 1999 einen „Nachruf auf Bruno Fabeyer". Darin erinnerte er an die Biografie des Schwerkriminellen, an dessen Delikte, aber auch an die Pannen der Polizei und an die Lehre aus dem Fall. Der Nachruf schließt mit dem Urteil:

„Fabeyer hat Mängel und Grenzen einer bundesweiten Fahndung aufgezeigt, die – wenn überhaupt – erst sehr zögernd und nicht immer vollkommen beseitigt wurden. Und er hat Eigenwilligkeiten und Überheblichkeiten von Bundesländern aufgedeckt, die immer wieder noch einmal durchscheinen. Bis auf den heutigen Tag. Deshalb erscheint es nicht ausgeschlossen, dass ein Fall Fabeyer nicht wie gehabt, aber doch so ähnlich wieder einmal passieren könnte."

Quellen und Literatur

Diese Sammlung historischer Kriminalfälle vom Land hätte nicht erscheinen können ohne die Unterstützung vieler: in Archiven, Bibliotheken, Museen und Heimatvereinen. Sie haben Dokumente und Bildmaterial zur Verfügung gestellt, auf Quellen und Kriminalfälle aufmerksam gemacht oder mit anderen Hinweisen weitergeholfen. Leserinnen und Leser des Landwirtschaftlichen Wochenblattes Westfalen-Lippe haben auf interessante Kriminalfälle hingewiesen oder bei den „Ermittlungen" geholfen. Wertvolle Anregungen verdanke ich dem Austausch im Schreibseminar „Tatort Dorf", das ich gemeinsam mit Prof. Dr. Werner Freitag im Sommersemester 2011 am Historischen Seminar der Universität Münster geleitet habe. Die Beiträge der Teilnehmerinnen und Teilnehmer dieses Seminars sind auf der Internetseite www.tatort-dorf.de zusammengefasst, die zusätzliche Informationen zum vorliegenden Buch enthält.

Allgemein

Dirk Blasius: Kriminalität und Alltag. Zur Konfliktgeschichte des Alltagslebens im 19. Jahrhundert. Göttingen 1978.

Reinhart Koselleck: Geschichte, Recht und Gerechtigkeit. In: Ders.: Zeitschichten. Studien zur Historik. Frankfurt 2000, S. 336–358.

Karl S. Kramer: Grundriss einer rechtlichen Volkskunde. Göttingen 1974.

Gerd Schwerhoff: Historische Kriminalitätsforschung. Frankfurt, New York 2011 (Historische Einführungen, Bd. 9).

Werner Troßbach und Clemens Zimmermann: Die Geschichte des Dorfes. Von den Anfängen im Frankenreich zur bundesdeutschen Gegenwart. Stuttgart 2006.

Vorwort

Friedrich Schiller: Vorrede zu „Merkwürdige Rechtsfälle als ein Beitrag zur Geschichte der Menschheit" (1792). In: Ders.: Sämtliche Werke, Band V: Erzählungen und theoretische Schriften, hg. von Wolfgang Riedel. München 2004, S. 864–866 (Zitat S. 865).

Gustav Radbruch: Geschichte des Verbrechens. Versuch einer historischen Kriminologie (1951). In: Ders.: Gesamtausgabe, hg. von Arthur Kaufmann. Band 11: Strafrechtsgeschichte. Bearb. von Ulfried Neumann. Heidelberg 2001 (Zitat S. 21).

Ein entfernter Verwandter

Aufruhr 1225! Ritter, Burgen und Intrigen – das Mittelalter an Rhein und Ruhr. Hg. vom LWL-Museum für Archäologie, Westfälisches Landesmuseum Herne. Mainz 2010. (Darin vor allem die Beiträge von Heinz Finger, S. 21–33, und Ulrich Andermann, S. 35–46.)

Annette von Droste-Hülshoff: Der Tod des Erzbischofs Engelbert von Köln. In: Sämtliche Werke in zwei Bänden, hg. von Günther Weydt und Winfried Woesler. München 1973, Band 1, S. 194–199.

Wer das Land eines anderen pflügt

Eike von Repgow: Sachsenspiegel. Hg. von Karl August Eckhardt. Göttingen, Berlin, Frankfurt 1955 (MGH Fontes Juris Germanici Antiqui, Band 1,1).

Eike von Repgow: Der Sachsenspiegel. Hg. von Clausdieter Schott. Übertragung des Landrechts von Ruth Schmidt-Wiegand. Übertragung des Lehenrechts und Nachwort von Clausdieter Schott. Zürich 1984, 2. Auflage 1991.

Rolf Lieberwirth: Sachsenspiegel. In: Lexikon des Mittelalters. Stuttgart 1977–1999, Band 7, Sp. 1240–1242.

Arno Borst: Lebensformen im Mittelalter. Frankfurt, Berlin, Wien 1973, S. 360–372 (Zitate S. 363).

Das Buch der Übeltäter

Wilhelm Kohl (Hg.): Das Soester Nequambuch. Neuausgabe des Acht- und Schwurbuchs der Stadt Soest. Wiesbaden 1980.

Das Attentat auf den Bischof

Landesarchiv NRW, Abt. Westfalen, Münster – Signatur: Fürstentum Münster, Landesarchiv 518/19 III c.

Josef Niesert (Hg.): Münsterische Urkundensammlung. Band 1: Urkunden zur Geschichte der Münsterischen Wiedertäufer. Coesfeld 1826, S. 40–46.

Klemens Löffler (Hg.): Die Wiedertäufer zu Münster 1534/1535. Berichte, Aussagen und Aktenstücke von Augenzeugen und Zeitgenossen. Jena 1923, S. 95–97.

C. A. Cornelius (Hg.): Berichte der Augenzeugen über das Münsterische Wiedertäuferreich. Münster 1853, Nachdruck 1983, S. 44–46.

Hermann von Kerssenbrock: Geschichte der Wiedertäufer zu Münster in Westfalen. Übersetzt und herausgegeben von S. P. Wiedmann. Münster 1929, S. 26–30.

„Dass Du mir thatest den Hals abschneiden"

Protokoll zum Überfall auf den Ahmser Krug 1724 zitiert nach:

Ansgar Becker: Der „Neue Krug" in Ahmsen. In: Jahrbuch Bad Salzuflen 1997, Bielefeld 1996, S.139–145.
Wilhelm Brockpähler: Steinkreuze in Westfalen. 2. Auflage Münster 1983.

„Allerhand Mutwillen gezeiget"

Herbert J. K. Söthe: Die Brüchtenprotokolle des Gogerichtes zur Meest 1562 bis 1725. Greven 2011.

Dörfer vor Gericht

Michael Frank: Dörfliche Gesellschaft und Kriminalität. Das Fallbeispiel Lippe 1650–1800. Paderborn 1995.
Barbara Krug-Richter: Von nackten Hummeln und Schandpflastern. Formen und Kontexte von Rauf- und Ehrenhändeln in der westfälischen Gerichtsherrschaft Canstein um 1700. In: Magnus Eriksson und Barbara Krug-Richter (Hgg.): Streitkulturen. Gewalt, Konflikt und Kommunikation in der ländlichen Gesellschaft. Köln, Weimar, Wien 2003, S. 269–307.
Margarete Wittke: Mord und Totschlag? Gewaltdelikte im Fürstbistum Münster 1580–1620. Täter, Opfer und Justiz. Münster 2002 (Veröffentlichungen der Historischen Kommission für Westfalen XXII).

Freies Geleit für Totschläger

Margarete Wittke: Mord und Totschlag? Gewaltdelikte im Fürstbistum Münster 1580–1620. Täter, Opfer und Justiz. Münster 2002 (Veröffentlichungen der Historischen Kommission für Westfalen XXII), S. 141–162.

Duell auf dem Domplatz

Frank Dierkes: Streitbar und ehrenfest. Zur Konfliktführung im münsterländischen Adel des 16. und 17. Jahrhunderts. Münster 2007 (Westfalen in der Vormoderne, Band 1).
Mechthild Siekmann (Hg.): Tatort Domplatz. Der Münster-Plan von 1609 und seine Geschichte(n). Dokumentation und Faksimile. Bielefeld 2009.

Die Bande und die Bauern

Arnold Beuke: Diebe im Münsterland. Pferdediebstahl und andere Beschaffungskriminalität vor und während des Dreißigjährigen Krieges. In: Westfälische Forschungen 54 (2004), S. 57–98, bes. S. 74–77.

Westfalens berühmtester Mordfall

August von Haxthausen: Geschichte eines Algierer-Sklaven. In: Annette von Droste-Hülshoff: Sämtliche Werke in zwei Bänden, hg. von Günther Weydt und Winfried Woesler. München 1973, Band 1, S. 833–841.
Horst-Dieter Krus: Mordsache Soistmann Berend: zum historischen Hintergrund der Novelle „Die Judenbuche" von Annette von Droste-Hülshoff. Münster 1990, 2. Auflage Höxter 1997 (Schriften der Droste-Gesellschaft, Band 19).
Horst-Dieter Krus: Der Mordfall Soistmann Berend. Der historische Hintergrund der „Judenbuche". In: Stefan Baumeier, Heinrich Stiewe (Hgg.): Die vergessenen Nachbarn. Juden auf dem Lande im östlichen Westfalen. Bielefeld 2006, S. 101–107.
Jochen Grywatsch: Ein „Sittengemälde" mit „Vorurtheil". Die „Judenbuche" als Quelle für das jüdische Leben im ländlichen Ostwestfalen um 1800. In: Stefan Baumeier, Heinrich Stiewe (Hg.): Die vergessenen Nachbarn. Juden auf dem Lande im östlichen Westfalen. Bielefeld 2006, S. 109–120.

Kriminell an der Grenze

Annette Hennigs: Schlangen – das Dorf an der Grenze. In: Heinz Wiemann (Hg.): Geschichte der Dörfer Schlangen, Kohlstädt, Oesterholz und Haustenbeck, Band 1. Bielefeld 2008 (Sonderveröffentlichungen des Naturwissenschaftlichen und Historischen Vereins für das Land Lippe, Band 83), S. 348–368.
Josef Mooser: „Furcht bewahrt das Holz". Holzdiebstahl und sozialer Konflikt in der ländlichen Gesellschaft 1800–1850 an westfälischen Beispielen. In: Heinz Reif (Hg.): Räuber, Volk und Obrigkeit. Studien zur Geschichte der Kriminalität in Deutschland seit dem 18. Jahrhundert. Frankfurt am Main 1984, S. 43–99.
Annette von Droste-Hülshoff: Westfälische Schilderungen aus einer westfälischen Feder. In: Sämtliche Werke in zwei Bänden, hg. von Günther Weydt und Winfried Woesler. München 1973, Band 1, S. 529–562, Zitat S. 541–542.

Robin Hood des Eggegebirges?

Arno Sinne (Hg.): Hermann Klostermann – Wildschütz und Straftäter. Dokumente und Veröffentlichungen, zusammengestellt von Arno Sinne. [Paderborn] 1997. – Enthält unter anderem die [vollständige?] Reproduktion einer „Acta der Königlichen Oberförsterei Hardehausen betreffend den berüchtigten Wilddieb Klostermann, de anno 1867[–1885]".
Joseph Weingärtner: Der Wildschütz Klostermann (Westfalen). 1867 und 1868. In: Willibald Alexis (Hg.): Der Neue Pitaval. Eine Sammlung der interessantesten Criminalgeschichten aller Länder aus älterer und neuerer Zeit. Leipzig 1869, S. 356–386.
Jodocus Donatus Hubertus Temme: Wildschütz Klostermann, ein neuer Rinaldo. In: Criminal-Bibliothek, begründet von J. D. H. Temme. Berlin 1872, Band 1, S. 60–108.
Hans-Dieter Hibbeln: Der Wilderer Hermann Klostermann. Wahrheit und Legende. In: Die Warte 54 (1993), S. 30–31. – Hans-Dieter Hibbeln hat in langjährigen Recherchen viele Originaldokumente und Literatur zu Klostermann zusammengetragen. Seine Sammlung, das „Klostermann-Archiv", wird im Stadtarchiv Paderborn aufbewahrt.
Peter Bürger: Hermann Klostermann. Wildschütz, Volksheld und Marketingexperte? In: Ders.: Fang dir ein Lied an! Selbsterfinder, Lebenskünstler und Minderheiten im Sauerland. Eslohe 2013, S. 401–468.

Die Macht des Gerüchts und der Vorurteile
Landesarchiv NRW, Abt. Westfalen, Münster, Kreis Beckum, Landratsamt Nr 76: Acta betreffend vorgefallene Mordthaten, Selbstmorde, Mordversuche, Verstümmelungen.
Kreisarchiv Warendorf, Amt Vorhelm A 782: Acta Specialia: Die Ermordung der Elisabeth Schütte zu Enniger betreffend.
Sandra Licher (Bearb.): Die Ermordung der Elisabeth Schütte zu Enniger betreffend. Osnabrück 2010 (enthält einige Auszüge vor allem aus der Akte im Kreisarchiv Warendorf).
Urte Allkämper: „Grausam ermordet im Kampfe um ihre Tugend …" – Volkskundliche Aspekte eines Sexualmordes im Münsterland des späten 19. Jahrhunderts. In: Rheinisch-Westfälische Zeitschrift für Volkskunde 48 (2003), S. 55–84.
Urte Evert: Fußspuren, Blut und Samenflecken. Polizeiliche Ermittlungsarbeit am Beispiel eines Sexualmordes im Münsterland des späten 19. Jahrhunderts. In: Westfälische Forschungen 54 (2004), S. 177–207.
Walter Tillmann, Diethard Aschoff: Ennigerloh-Enniger. In: Susanne Freund, Franz-Josef Jakobi, Peter Johanek (Hgg.): Historisches Handbuch der jüdischen Gemeinschaften in Westfalen und Lippe. Die Ortschaften und Territorien im heutigen Regierungsbezirk Münster. Münster 2008 (Quellen und Forschungen zur jüdischen Geschichte in Westfalen, Band 2), S. 329–335.
Susanne Freund (Hg.): Historisches Handbuch der jüdischen Gemeinschaften in Westfalen und Lippe. Grundlagen – Erträge – Perspektiven. Münster 2013 (Veröffentlichungen der historischen Komission für Westfalen, NF 11).
Christoph Schmitt: Rohling, August. In: Biographisch-Bibliographisches Kirchenlexikon, Band VIII (1994), Sp. 577–583.
Marga Spiegel: Retter in der Nacht. Wie eine jüdische Familie in einem münsterländischen Versteck überlebte. Herausgegeben, eingeleitet und erläutert von Diethard Aschoff. 3. Auflage Münster 1999 (Geschichte und Leben der Juden in Westfalen, Band 3).

Grausiger Mord am Kirchweg
Daniel Wichmann: Erst viele Jahre später wurde der Täter gefasst. In: Ibbenbürener Volkszeitung vom 17. August 2002.
Werner Suer: Flucht führte zum Geständnis. In: Ibbenbürener Volkszeitung vom 19. September 2002.
Beide Beiträge sowie weitere zeitgenössische Zeitungsartikel und Bekanntmachungen zum Fall finden sich auf der Internetseite www.suehnekreuz.de/nrw/doerenthe.htm.

Mord und Totschlag auf dem Pachthof
Münsterscher Anzeiger, Berichte vom 13. Januar bis 16. August 1910, insbesondere: „Der Doppelmord bei Lütkenbeck vor dem Schwurgericht" vom 16. und 17. März 1910 sowie die Meldung „Hinrichtung" vom 16. August 1910.
Christian Steinhagen: Münster – die großen Kriminalfälle. 2. Auflage Münster 2012.

Hellsehen am Tatort
N. N. Hermann: Die Iserlohner Hellseher-Experimente. In: Kriminalistische Monatshefte. Zeitschrift für die gesamte kriminalistische Wissenschaft und Praxis 2 (1928), S. 221–224.
Albert Hellwig: Der Insterburger Hellseherprozeß. In: European Archives of Psychiatry and Clinical Neuroscience 88 (1928), S. 177–236.
Corinna Treitel: A Science for the Soul. Occultism and the Genesis of the German Modern. Baltimore, London 2004.
Friedrich Kammeier: Volksglaube im Kreise Lübbecke. Ein Beitrag zur westfälischen Volkskunde. Marburg 1954. (Schriften des Volkskunde-Archivs Marburg, hg. von Gottfried Henßen, Band 4).
Michael Schetsche, Uwe Schellinger: „Psychic detectives" auch in Deutschland? Hellseher und polizeiliche Ermittlungsarbeit. In: Die Kriminalpolizei, 25 (2007), S. 142–146 (Heft 4).
Der Spiegel, Heft 48 vom 21. November 1977, Seite 264–266 (Interview mit Gerard Croiset alias Gerard Boekbinder).
Deutscher Bundestag, 17. Wahlperiode, 2. Untersuchungsausschuss:
– Stenografisches Protokoll der 19. Sitzung am 14. Juni 2012 (auf S. 78–80 Befragung des Kriminaloberrats Felix Schwarz, Hamburg, zur „Geisterbeschwörung" in Hamburg 2008/09).
– Stenografisches Protokoll der 22. Sitzung am 3. Juli 2012 (auf S. 66–70 Befragung des Kriminalhauptkommissars Markus Weber, Köln, zur Hellseherin aus München).
Tanjev Schultz: Hui Buh, dein Freund und Helfer. In: Süddeutsche Zeitung vom 20. Juni 2012, Seite 3.

Das Drahtseil über der Landstraße
Hans Straßl: Das Hennigsdorfer Automobilattentat. In: Kultur und Technik, Heft 1 (1987), S. 62–65.
Uwe Fraunholz: Verkehrssünder, Attentäter und Denunzianten. Anti-automobile Gewalt und polizeiliche Aufsicht über den Straßenverkehr in Westfalen während des Kaiserreiches. In: Westfälische Forschungen 54 (2004), S. 209–226.
Landwirtschaftliche Zeitung für Westfalen und Lippe vom 21. Februar 1908 (Frage 48 – „Automobilunfall") und 16. Oktober 1908 (Bericht „Automobilhaftpflicht").

Tod in der Bauerschaftsschule
Münstersche Zeitung vom 25. März 1917.
Lüdinghauser Zeitung vom 24. März 1917 und 3. April 1917.
Jürgen Steindle: Auf Spurensuche nach dem „Warum?" – Vor 85 Jahren erschüttert der Mord an der Lehrerin Maria Sicking die Bauerschaft Ermen. In: Westfälische Nachrichten vom 27. Juli 2002.
Informationen des Heimatvereins Ermen, Lüdinghausen.
Landesarchiv NRW, Abt. Westfalen, Münster – Regierung Münster, Nr. 30382: Die Schule zu Ermen, Lüdinghausen 1892–1958; Regierung Münster, Nr. 11546: Revisionsberichte der Schule zu Ermen, Lüdinghausen 1907–1919.

Der Junge von Kayhausen

Frank Both, Momoun Fansa: Faszination Moorleichen. Oldenburg 2001, S. 37–66 (Schriftenreihe des Landesmuseums Natur und Mensch, Heft 80).

Peter Pieper: Moorleichen. In: Reallexikon der Germanischen Altertumskunde, Band 20 (2002), S. 222–229.

Ein Mörder, der zum Opfer wurde

Lars Lüking: „Seit Menschengedenken sind in Lippe keine Hinrichtungen vollzogen worden." – Der Umgang mit der Todesstrafe in Lippe seit 1879 am Beispiel eines Strafverfahrens aus dem Jahre 1923. In: Lippische Mitteilungen 78 (2009), S. 255–268.

Der Seher und die Goldmonstranz

Markus Kamps: Ein nie aufgeklärter Kirchenraub. Der Diebstahl der von Galenschen Sonnenmonstranz aus dem Dom zu Münster 1923. In: Das Münster 55 (2002), S. 141–143.

Stadtarchiv Bünde: Einwohnermeldekarte des Amtes Ennigloh, Gemeinde Holsen. Stadtarchiv Bünde, Kartei-Nummer AH 570425 (undatiert, letzter Eintrag ca. 1950 – biografische Daten zu Hempelmann und seiner Familie).

Westfälische Zeitung, Bielefeld, 19. März 1932: „Holser Hinnerk" vor den Geschworenen.

Westfälische Neueste Nachrichten, Bielefeld, 19. März 1932: Ist „Holser Hinnerk" meineidig?

Ernst Heinrich Wilhelm Meyer: Bilanz der Jahre. Aus dem Leben eines deutschen Rechtsanwaltes. Essen 1939, S. 150–153.

Ernst Heinrich Wilhelm Meyer: Der Schuldträger. Hamburg 1935, Berlin 1941.

Ein Wochenende im März

Werner Freitag: Landvolkbewegung, Zentrumsmacht und dörfliche Gewalt. Der Konflikt um den Eberborg 1929 im Oldenburger Münsterland. In: Johannes Altenberend in Zusammenarbeit mit Reinhard Vogelsang (Hg.): Kloster – Stadt – Region. Festschrift für Heinrich Rüthing (Sonderveröffentlichung des Historischen Vereins für die Grafschaft Ravensberg, Band 10), Bielefeld 2002, S. 335–350.

Maria Anna Zumholz (Hg.): Krach um Jolanthe. Krise und Revolte in einer agrarisch-katholischen Region 1929–1930 und der Konflikt um die Deutungs- und Erinnerungskultur. Münster 2012.

Verbrechen im Wald

Landesarchiv NRW, Abt. Westfalen, Münster
– Forstamt Bredelar, Nr. 163: Betreffend Zusammenstöße mit Holzdieben usw. / Verstärkung des Forstschutzes durch Landjäger, Schutzpolizei 1928–1939.
– Forstamt Bredelar, Nr. 127: Strafanzeigen über sonstige strafbare Handlungen, Vertragsstrafen 1928–1954.

Ein Rindviehzüchter als „Staatsfeind"?

Aloys Schulze Lohoff: Große Versteigerung der rotbunten Zuchtviehherde – Katalog zur Auktion auf Gut Schulze Lohoff, Laer (Privatdruck) 1936.

Gisbert Strotdrees: Höfe, Bauern, Hungerjahre. Aus der Geschichte der westfälischen Landwirtschaft 1890–1950. Münster 1991, S. 154–156.

Vor furchtbaren Richtern

Wochenblatt der Landesbauernschaft Westfalen 1939-1945. Die Zitate sind entnommen aus
Folge 7 vom 13. Februar 1942 („Kein Bauer ohne Ehre – ein Abmeierungsurteil gegen einen Volksschädling"),
Folge 20 vom 16. Mai 1942, Folge 22 vom 30. Mai 1942, Folge 24 vom 13. Juni 1942, Folge 26 vom 27. Juni 1942, Folge 32 vom 8. August 1942 (jeweils unter der Rubrik „Strafen, die als Lehre dienen").

Andreas Knobelsdorf: Politische Strafjustiz in Ostwestfalen-Lippe von 1933 bis 1945 und ihre Verarbeitung nach 1945 – ein Forschungs- und Seminarbericht. In: Jahresbericht des Historischen Vereins für die Grafschaft Ravensberg 78 (1990), S. 173–241.

Michael Schwartz: Bauern vor dem Sondergericht. Resistenz und Verfolgung im bäuerlichen Milieu Westfalens. In: Anselm Faust (Hg.): Verfolgung und Widerstand im Rheinland und in Westfalen 1933–1945. Köln, Stuttgart, Berlin 1992 (Schriften zur politischen Landeskunde Nordrhein-Westfalens, Band 7), S. 113–123.

Lars Lüking, Landesarchiv NRW, Abt. Ostwestfalen-Lippe, Detmold, Zuschrift vom 14. Januar 2014 zu den Todesurteilen des Sondergerichtes Bielefeld und der Umwandlung durch das Reichsministerium für Justiz, Berlin.

573 Tage Fahndung

Der Spiegel, 14. März 1966, S. 43–50: Blut und Bonbons.

Der Spiegel, 27. November 1967, S. 67: Hier ein Stück Wurst, dort ein Tritt. Bericht von Gerhard Mauz.

Zum Bruder Fritz Fabeyer vgl. die Kurzbiografie im Internetportal „Stolpersteine in Osnabrück", Eintrag „Fritz Fabeyer", unter der Adresse www.osnabrueck.de/stolpersteine.

Waldemar Burghard: Bruno Fabeyer – ein Phänomen. In: Kriminalistik 21 (1967), S. 505–507 (dort auf S. 507 der Text Fabeyers über seine letzten Tage vor seiner Festnahme).

Waldemar Burghard: Der Fahndungsfall Fabeyer. Vor allem ein Bericht über Erkenntnisse und Erfahrungen aus einer Großfahndung. In: Kriminalistik 21 (1967), S. 620–624.

Waldemar Burghard: Nachruf auf Bruno Fabeyer. Ein Typ, der Polizeigeschichte schrieb. In Kriminalistik 43 (1999), S. 415–417.

Neue Osnabrücker Zeitung, 27. Februar 2006: Vor 40 Jahren zitterte eine ganze Region vor Mörder Fabeyer.

Bildnachweis

Gertrud Premke, Bad Essen: Seite 172
Stadtarchiv Bad Homburg: Seite 60–61
Stadtarchiv Bad Salzuflen: Seite 33
Archiv Klaus Deux, Cloppenburg: Seite 147, 150
Stadtarchiv Coesfeld: Seite 50, 53
Landesarchiv NRW, Abt. Ostwestfalen-Lippe, Detmold
– Strafprozessakte D 21 B Nr. 564: Seite 136, 137
Stiftung Museum Kunstpalast Düsseldorf (Horst Kolberg / Artothek): Seite 25
Heimatverein Ermen: Seite 127
Domschatzkammer Essen / Jens Nober: Seite 8
Deutsche Presse-Agentur / dpa picture alliance Frankfurt: Seite 169
Ibbenbürener Volkszeitung – Archiv, Ibbenbüren: Seite 105
Historische Bildergalerie Letmathe-Oestrich: Seite 113
Friedrich Schütte, Löhne: Seite 135
Privatarchiv von Elverfeldt, Marsberg-Canstein: Seite 87, 153, 154
Landesarchiv NRW, Abt. Westfalen, Münster:
– Fürstentum Münster, Landesarchiv 518/19 III c: Seite 29
– Aufschwörungstafeln, Nr. 943-2: Seite 62
– Kreis Beckum Landratsamt, Nr. 76: Seite 92
– Kartensammlung: Seite 91
Landwirtschaftliches Wochenblatt Westfalen-Lippe, Münster: Seite 57 (Bernadette Lütke Hockenbeck), Seite 102, 103 (Marie Kofoth), Seite 106, 144 (Gisbert Strotdrees), Seite 161,164 (Archiv)
LWL-Amt für Denkmalpflege, Münster: Seite 141
LWL-Archäologie für Westfalen, Münster: Seite 9
LWL-Landesmuseum für Kunst und Kultur, Münster: Seite 40, 55 (Sabine Ahlbrand-Dornseif), Seite 65 (Hanna Neander)
LWL-Medienzentrum für Westfalen, Münster: Seite 44 (N. N. Lindemann), Seite 70 (Friedrich Hundt)
Stadtarchiv Münster: Seite 109
Volkskundliche Kommission für Westfalen, Münster: Seite 122, 123, 163
Verwaltung Schloss Nordkirchen: Seite 56
Landesbibliothek Oldenburg: Seite 11, 14, 17, 43 (Oldenburger Bilderhandschrift des Sachsenspiegels – Leihgabe der Niedersächsischen Sparkassenstiftung)
Landesmuseum Natur und Mensch, Oldenburg: Seite 131, 132
Kreisarchiv Paderborn: Seite 81
Privatbesitz: Seite 142, 156, 158
Stadtarchiv Soest: Seite 13, 21, 22, 37
Annette Fischer, Schlangen: Seite 31, 34, 47, 73, 75, 78, 84
Kreisarchiv Warendorf – Amt Vorhelm A 782: Seite 93, 100

LWL-Internetportal „www.westfaelische-geschichte.de", abgerufen am 20. Januar 2014: Seite 32, 69, 76.

Reproduktionen:

Algemeen Politieblad van het Koningrijk der Nederlanden, 's Gravenhage, Band 17 (1868), S. 508/9: Seite 83

Albert Hellwig: Okkultismus und Verbrechen. Berlin 1929: Seite 116, 117

Kriminalistische Monatshefte, Oktober 1928: Seite 120

Reallexikon der Germanischen Altertumskunde, hg. von Heinrich Beck, Dieter Geuenich, Heiko Steuer, Berlin, New York 2002, Band 20, S. 227 (mit freundlicher Genehmigung des Verlages deGruyter, Berlin): Seite 133

August Rohling: Der Talmudjude. Münster 1871 – Digitalisat aus dem Bestand der Universitäts- und Landesbibliothek Münster (mit freundlicher Genehmigung der ULB Münster): Seite 97